凡生琐记／方蕤 著

我与先生王蒙

北京联合出版公司
Beijing United Publishing Co.,Ltd

图书在版编目（CIP）数据

凡生琐记：我与先生王蒙/方蕤著. —北京：北京联合出版公司，
2015.1

ISBN 978-7-5502-3962-3

Ⅰ．①凡… Ⅱ．①方… Ⅲ．①散文集－中国－当代
Ⅳ．①I267

中国版本图书馆CIP数据核字(2014)第267038号

凡生琐记：我与先生王蒙

出版统筹：新华先锋
责任编辑：李　婷　徐秀琴
特约编辑：宋亚荟
封面设计：孙丽莉
版式设计：杨祎妹

北京联合出版公司出版
（北京市西城区德外大街83号楼9层　100088）
北京盛源印刷有限公司印刷　新华书店经销
字数140千字　620毫米×889毫米　1/16　17印张
2015年1月第1版　2015年1月第1次印刷
ISBN 978-7-5502-3962-3
定价：36.00元

目录

难忘初恋 /001

情感波折 /005

特殊婚礼 /010

身世不幸 /014

少年才华 /017

不忘恩师 /020

名字由来 /025

「右派」经历 /027

瞬间决定 /033

金鱼死了 /036

忽然展翅 /039

舌战之后 /047

落下话柄 /055

为何反常 /061

新居趣事 /065

多一双眼 /068

老王哥哥 /071

房东进言 /084

育婴日记 /092

他乡故知 /101

离开新疆 /109

长子山儿 /117

次子石儿 /120

女儿伊欢 /124

难舍亲情 /131

孙子名言 /135

秘密旅行 /137

嫁夫随夫 /141

都是话痨 /146

看法不二 /151

关于绯闻 /155

旧宅小院 /159

山村「别墅」/165

人生两爱 /171

购物请客 /176

语言魔怔 /179

猫道主义 /192

「下台」之后 /195

泛吃主义 /205

十足教条 /211

形右实左 /220

人生格言 /223

花甲之年 /228

无所不爱 /235

金婚约定 /240

情系新疆 /247

如此「自传」/252

情比金坚 /255

跋 /258

附录 /260

难忘初恋 | 我们不会忘记最初的相识，它决定了我们的一生，并用这一生证明：人需要爱，没有爱的人生是沙漠里的人生，是难以忍受的。

　　1951 年，我在北京女二中读书。同年寒假，被临时调至中共东四区委协助"三反五反"运动做文书工作。

　　东四区委坐落在东四十一条 39 号。这是一座很讲究的三进四合院，各院都有自己的耳房和小跨院。王蒙写的《组织部新来的年轻人》应该是以这个院子为原型。

　　能来这里工作很让人兴奋。参加过期末考试，没等做完期末评定、总结之类的事，我就立即来报到了。

　　一进门，我被带到中院的北房。这是间很宽敞的办公室，里外间有许多明亮的玻璃窗。后来我才知道，宣传部在这里办公，里间是当时区委宣传部部长韩冲的办公室。

　　接待我的是陈大姐，脸圆圆的，笑起来有些甜，看上去很朴实。她见到我说："欢迎你来帮忙。"

　　我被领到后院。正在忙着搬运行李的时候，见一个男青年，身穿一件不太合身的灰色棉袄，脸上托着一副淡黄色边的圆眼镜，向我们宿舍走来。

　　这不是在河北北京师范学校暑期办公室，召集我们开会的团区委的王蒙吗？

这时他已经走近。

果然是王蒙。

他看着我，又看看临时改装的寝室，兴奋地说："来这儿工作？欢迎！欢迎！你就住在这儿啊！来几个人？"

"就我一个。"我说。

"太好了，你跟陈大姐一起工作呀。我就在你们前院的办公室，一个大门里。"他自我介绍。

"好啊！好！"我想怎么这样巧，又在这儿相遇了。

这天中午，我们同在一个厨房打饭。没有餐厅，打好饭，端回自己的办公室去吃。

队伍很长，我见王蒙打好饭，往前院走去，隔几步还回头往队伍中看看，走到办公室门口，没有马上进去，而是把头大幅度地转过来，刚好我们的目光相遇，他朝我笑笑才走进屋去。

当时我想：这个人挺有意思，挺热情。

那时大家吃的都一样，一碗白菜汤和两个窝窝头。每月的伙食费是11元5角。后来我知道，当时王蒙吃饭不花钱，他那时是供给制。

连来带去我在这儿待了半个月的时间。和大家一样夜以继日地工作，完全不知道疲倦。

王蒙那时由团市委中学部调到东四区团区委，还做团的工作。有一天晚上，11点多钟了，我正在办公室专心做表格，忽然听到嘭嘭敲窗户的声音，抬头一看，王蒙正趴在玻璃窗上，朝着我笑。他在窗户外，我在窗户里。

他说："一天没看见你，我在团市委开了整整一天的会，刚刚回来。"

"你们好辛苦啊，这么晚才回来。"

"你不也是嘛！别干了，休息一会儿，出去散散步！"

这么突然，这么直接，我一时不知该怎样回答。而且陈大姐就坐在我的对面，他却只对我一个人发出邀请。

"不，不去了，我的事还没干完呢！"

他不走，一步也不动。

"去吧，外面的空气特别好。"他怯生生地说。

"对不起，我真的不想去，我的事还没做完呢。"我不知该怎样推辞。

"去吧，就走一会儿，去吧，去吧！"他的声音中带点乞求。

我迟疑着慢慢站起来，跟陈大姐说："一起到外面散散步去吧！"

陈大姐会心地一笑，说："不了，我不去了，你们去吧！"

走出办公室，就看到王蒙掩饰不住他的得意。

"我们从后门出去好吗？"他建议。

"好吧，听你的，我不熟悉。"

走出正院，经过侧面的一个小跨院，见那里有一架双杠。他问："你练吗？"还不等我回答，他腾地一下就上了双杠，前后摆动，还做了前翻。

我笑了。

他问我："怎么样？"

我"哼"了一声，还在笑，心里却在想，工作上是我的"前辈"，这时候倒像我的低年级同学！

大概已进入午夜了，街上行人很少。也许是我第一次跟一位异性单独待到这么晚，而且是深更半夜地走在大街上，所以感觉很不自然。走前走后，离远离近，都觉得别扭。已全然没有心情去欣赏夜景，只是东一句西一句，说些八竿子打不着的话，话题无论好不好笑，都刻意去笑，而且一笑笑半天。

从东四十二条西口出来，不知不觉地走完了半条东四北大街，我们都意识到该回去了。

那天，王蒙送我到区委会后院，分手时他跟我说："回见！"时过境迁，许多记忆淡漠了，但那一刻的情景始终清晰。

很快开学了，我匆忙赶回学校。

回校不久，出乎我的意料，接到了王蒙给我的第一封求爱信。开始是这样写的：

"你为什么这么快就离开了，你走了，也不跟我说一声，我想你……"

情感波折

> 我和王蒙的情感联系曾有一年的中断，那是因为我的情绪多变。弥合之后，我们都体会到：分手以后的团聚，是命运给人的报偿。

　　在到东四团区委帮助工作前，我已和王蒙相识。那时他是团区委的干部。团区委成立了生活指导委员会，借河北北京师范学校的房子办公。7月的一天中午，他们在一间坐西朝东的教室里，召集我们学生干部去开会。当时我正在北京女二中读书。我一进去他便说："我好像在哪儿见过你。"

　　我也感觉他不陌生。当时他穿着件小领口的白衬衫，式样旧，又不合体，个儿不高，脸瘦长，戴一副小镜片的圆眼镜，一说话眼镜就不停地往下滑，于是不停地往上托。

　　结婚后我们常争执第一次见面究竟在何时何地。他说，是那一年春天，在北海公园前门的一株大柳树下。但是我明明记得那一年我还不认识他呢！

　　夏天这次会面，我只感到这个人既亲切又滑稽。

这一年，王蒙只有 18 岁。

不久，他向我表示了好感。

有一次，他鬼鬼地笑着问我："你猜我爱的第一个人是谁？"我一愣，说："我哪里会知道。"心想你不过才 18 岁，怎么已经有过恋人了！他说："是周曼华，我在电影里看到她时，觉得她真美。我想将来我长大后，就娶像她这样的人。"说完我们都笑了。

"那年你多大？"

"12 岁。"

那以后我们在一起，无所不谈。他给我的印象是年龄不大，智商很高；爱读书，有见解；热情洋溢、诚挚幽默。

秋季里的一天，我们去阜成门外（现在的钓鱼台附近）郊游。当时那里一片荒野，有农家小院，护城河的流水十分清澈。我们在一片绿地上席地而坐。王蒙为我背诵了许多古诗，我更加感到他的少年老成。

还有一次约会，是在离女二中不远的北新桥。我在马路对面，远远地就看见他手里托着两个梨，站在那里等我。我心想，怎么能带梨啊？"梨"的谐音是"离"，认识不久就"离"，多不吉利呀！我还没来得及说什么，他就递给我一个，"吃梨！"了解他后才知道，所有水果中他最喜欢吃梨。可见他从来不在意没有"道理"的"道理"。

还有更有趣的事——

一天我们走在天安门西大街上，我有点儿累，就说："咱们坐电车吧！"

他不肯。谁知电车一进站，他却把我推上去，自己关在电车外。我在上面着急，他在下面笑。电车当当地往前开，他就在马路上跟着电车跑。

初恋时，我们不懂得爱情。我与王蒙的感情也有过反复。那时我还是个学生，情绪不稳定，变化无常，曾一度中断了和他的联系。但我们再度和好却颇为神奇。

1956 年，我在太原工学院读书。3 月末的一天上午，课间休息时，我来到学校的前门庭院，无意间看见黑板上写着"王蒙"两个字。我很好奇，原来是《火花》编辑部正在寻找小说《春节》的作者，误认为王蒙是太原工学院的学生——小说的主人公自称是太原工学院的学生。

第四节课后，我顾不上吃饭，一口气跑到解放路的新华书店，在阅览架上找到当年 3 月号的《文艺学习》，上面果然有王蒙的小说《春节》。我难以抑制内心的激动，直接坐到了阅览架的地上，小说中的"我"，呼唤的不正是我吗？

我完全没有了以往的矜持和拘谨，立即给王蒙去了一封信。

我想不管他曾受过多大的委屈，看了这封信之后，也会迫不及待回信的。

盼啊，盼！我急切地等待他的回音。

出乎我的预料，信如黄鹤，一去杳无音信。

那年暑期，在我即将离京返校时，王蒙突然来到我家，我非常惊讶。他怯生生地说："我们出去散步吧！"我们一时无话，默默地走着。一阵沉默后，王蒙直率地说，在没有我的日子里，他的生活难以想象。

我问自己，没有王蒙的日子，我是不是也同样？

感谢命运之神赐予我的厚爱，我和王蒙最终走到了一起。

分别后不久，9月9日，王蒙第一次离家出远门来太原看我。那天我正在新分配的女生宿舍里复习功课。一阵脚步声后，有人在敲门。没有想到王蒙站在门口。

"你怎么这么快就来了？"我说。

"我来了不好吗？这是我第一次出远门。"

我一时不知说什么好。

我把他介绍给几位女同学，大家七嘴八舌，一致认为王蒙是我的最好人选，劝我跟王蒙好，一定要我遵命。

我领他参观了我们的新校园，又看了看侯家巷的旧舍。他却不无遗憾地说："我没上过大学，大学生活多好。"

在校园里，我们照了许多相。可惜胶卷冲出来后，却是一片空白。原来是胶卷没有上好。那部相机是王蒙用第一笔稿费买的，苏联制造，镜头还好，只是装胶卷太麻烦，需要在胶卷边缘剪裁下来一个槽，才能上好，这也是用了好久才总结出来的。尽管没有留下照片，但至今抹不去那时的记忆。

那次我们还去看了丁果仙的晋剧《棒打芦花》。一到声调高亢的拖腔时，王蒙就兴奋地鼓掌，我倒觉得过于刺耳。散戏后没车了，从柳巷到学校大约有七八里路，我们便步行回校。一路下来走到移村的桥头，这座桥是新建的，桥的另一边就是我们的学校。过桥时，王蒙说："哦，风好像小一些了。"我说："哪里风小了，是桥栏杆把风挡住了。"话音未落，他笑得前仰后合，问我："桥栏杆还能把风挡住？"至今我也弄不清当时怎么说出那样的蠢话。以至这些年来只要我说话做事不太贴谱时，他总会说"桥栏杆把风挡住了"。

太原海子边公园的小巷里，有家小餐馆，生意红火。那个年代，生意做得如此热气腾腾已属不易。我们找个座位点了山西名菜过油肉，只见一名方脸男服务员，头戴小白帽，一手高举着菜盘子，脚下生风满堂飞，口中吆喝着："来了！三鲜汤一碗！"……同时又忙不迭地招呼着另一桌的顾客。那种热情，那种微笑，那种从容，以后多少年也没见过。王蒙在他的一篇散文《鳞与爪》里描写过我们对这个服务员共同的美好印象。

那一次的经历，我至今难忘。

我体会到王蒙常说的一句话："分手以后的团聚，是命运给人的报偿。"

特殊婚礼

结婚一年后，王蒙成了"右派"。而少不更事的我们，当时却浑然不觉，一派欢天喜地。多年以来，王蒙不断地感慨："爱情和文学的成功，使我成为幸运者。"

深深的海洋，深深的海洋，你为何不平静？不平静就像我爱人，那一颗动荡的心。

在流行唱这首南斯拉夫民歌的年代，王蒙向我求婚了。

我踌躇不定。那年我才是个大学三年级学生，还没独立，还没有条件考虑婚事。

然而王蒙接二连三地来信。我想，那时候他的文学天赋和语言能力真是帮了他的忙。频繁的信件来往，有时甚至一天两封，而每封信都像诗，都像散文，亲近、体贴，又充满才华和理性，让我无法也无力拒绝。

在他频频的求婚攻势下，1957 年 1 月 28 日，我们结婚了。

婚礼是在我们的住所举行的：北京小绒线胡同 27 号前院南屋。那是两小间破旧歪斜的房子，纸糊的顶棚上常常有老鼠爬来爬去，一年四季见不到阳光，与邻房一点儿也不隔音……但我们已经是兴高采烈，精心地在房子里安置了几件还算体面的家具。软椅、转椅、手摇留声机、玻璃门书柜……

婚礼没有任何仪式，没有主婚人，没有伴娘、伴郎和牵纱童。

绿色镶花边的中式
棉衣，就算我的礼
服，王蒙穿的是一
身藏蓝色海军呢的
中山服。

婚宴是自家做
的炸酱面，用餐时
没有来宾。王蒙那
个时候对于热闹的婚礼有一种特别的反感，所以，我们的婚礼，王
蒙根本就没有告诉几个人。另外，当时王蒙刚调动工作，与新同事
来往还比较少，与熟悉的老同事之间，还因为特殊时期，处在一种
不正常之中……

他的《组织部新来的年轻人》已经酝酿着一场风波，涌动着一
股暗流。舆论对王蒙非常不利。我们选这个时候结婚，很多人不来
很自然。

当天下午，亲朋好友来祝贺，送来花瓶、相册、衣料、书签，
这些礼品在当时已很珍贵。但是我仍然觉得，婚礼不应该这样冷清，
我隐隐有种不祥之感。

客人们说说笑笑。虽然桌上摆的喜糖、花生、脆枣现在看来都
很低劣，却没有影响大家的兴致。

我的很多同学是第一次参加别人的婚礼，除了问安、祝福以外，
显得有些拘谨。

王蒙提议，我们一起听唱片吧！

我们放了苏联的《列宁山》、周璇的《四季歌》、《天涯歌女》，

又放了柴可夫斯基的第四交响曲第二乐章——《如歌的行板》，还有《意大利随想曲》。接着，王蒙自告奋勇唱了一首意大利歌曲《我的太阳》。

大家恭维他可以当歌唱家。

或许受了王蒙的感染，大家唱起《深深的海洋》。这是当时学生们最爱唱的歌。

在同学的祝福声中，我们度过了一个特别的婚庆。

婚后不久，1958 年年初，王蒙在"等待处理"期间，去景山少年宫基建工地当小工。

后来我们的房子作了调整，跟王蒙的母亲一起住后院。房子是一明两暗，我们住一间，还算有自己的一个小窝。但是很快情况发生了变化。1958 年 5 月，王蒙被戴上"右派"帽子，秋天被下放到门头沟区桑峪一担石沟劳动，我已经怀上了第一个孩子。这期间我经常回到我母亲那边住。而我们在小绒线的房子也因此没有了往日的温馨。

那段时期，王蒙从山沟回来，我们俩很难相遇。据说上面担心这些改造者如果预先知道休息日，会有问题，所以一般是当天宣布，当天开始休息。而他休假只有两三天，在这极短的时间内，他徒步翻山越岭，花去半天时间。到了北京城，首要的事是尽快找到我，上哪儿去找呢？到孩子姥姥这边，我却在奶奶那边等他，当他赶到那边，我又回来了。

为此，他落下了病，常常在夜里做同一个梦，给我打电话，不是电话号码错了就是打不通，好容易接通了，"喂、喂"了一阵子，说话的人却不是我，于是又开始不停地重拨。

1989 年他卸任部长以后，写的第一个短篇小说是《我又梦见了你》，里面记述了这个情节。我知道，这中间包含着我们共同的记忆。

我和王蒙相识、相恋是在 1952 年冬季，那时他 18 岁——后来，他写了长篇小说《恋爱的季节》，对这部小说的内容和十分贴切的名字，或许我最能心领神会。

王蒙曾问过我："你怎样证明你的真实的人生？"

我说："有你了。"

王蒙又问："怎样证明我的存在？"

我说："有我了。"

我们一步一步地走过人生旅程，结婚以来，我们从没有婚外的风流故事，他更不会去"拈花惹草"，我们珍惜的是我们自己。

王蒙常常感慨地说："家庭就像健康，你得到的时候认为一切你所获得的都是理所当然，甚至木然淡然处之；而当你失去之后，你就知道这一切是多么宝贵，多么不应该失去。我这一生没有什么憾事，人间没有比爱情和文学的成功更令人骄傲的了，我是一个幸运者。"

和王蒙的相识，使我对他有了更多的了解。王蒙身世不幸，这或许更成就了他的才华。

幼年的王蒙，生活在一个不幸的家庭里。由于种种差异，使得父母的关系水火不容。外祖母、母亲和姨妈组成联盟，一致对抗单枪匹马的父亲。有一回，王蒙的父亲从外面回家，刚走到院中，一盆才出锅的热绿豆汤兜头泼过来。直到今天，都无法抹去滚烫的绿豆汤烙在王蒙心中的印迹。

王蒙印象最深的是他 5 岁那年，父母不知什么原因又闹了起来。妈妈哭着把王蒙藏起来。王蒙心里很恐慌，但他还是懂事地劝妈妈："你不要哭，等我长大后，挣了钱给你。"一会儿，他又想起爸爸，便问妈妈："爸爸呢？爸爸哪儿去了？"妈妈却伸手捂住他的嘴，吓唬着说："别出声，不许你见他。"

王蒙的堂姐从小跟三叔（王蒙的父亲）好，见三叔可怜，偷偷跑过去，悄悄对他说："他们都在家，藏起来了。"父亲手里拿着巧克力，却找不到孩子。他坐在一把褪了色的旧藤椅上，一根接一根地抽烟，不知什么时候，屋门被反扣上，推也推不开。父亲大声喊着："快把门开开！"王蒙站在门外，扒开门缝往里看，只见爸爸像愤怒的狮子，来回不停地走着；一会儿又坐回那张藤椅，点着烟，吸进去，吐出来，屋里弥漫着一团团的烟雾。

这种残酷的事实，使王蒙幼小的心灵受到了极大的伤害。我们相识以来，他并不轻易提起这些。我能感觉到，他不愿触动这块伤痛，但是，他却常在说，人需要爱，没有爱的人生是沙漠里的人生，是难以忍受的。这是他的切肤感受。

王蒙上学后，不喜欢放学就回家，宁愿一个人在马路上闲逛，因为他害怕看到父母吵架。7岁时，有一次他漫无目的地走在西四牌楼的南北大街上，忽然闻到一股肉香味儿，原来是一家烤肉店。看到橱窗里摆着的各式美味佳肴，真想美餐一顿。但是他没钱，也不可能向爸爸、妈妈要。于是他恋恋不舍地离开烤肉店，照直往前走。无聊的他，看到路边的一家棺材铺，顺手推门走进去，看看这口棺材，又看看那口。突然问道："掌柜的，您的这个棺材多少钱？"店铺掌柜惊讶地看着这个小孩。"你这小兄弟问这个干什么？还不快回家。"王蒙自觉没趣儿，赶紧退了出来。

小时的王蒙打发这种无聊、寂寞生活的方式有两种，幻想和读书。冬季的中午，遇到好天气，太阳暖暖的，大人在午休，他就会陪着猫，坐在房檐窗下的台阶上，看树枝上的小鸟自由自在地飞来飞去，想象如果自己有一双能飞的翅膀该多好！思绪一下子把他带到童话世界里，他可怜那个卖火柴的小女孩，感叹七个神秘的小矮人……他编织着一个又一个五彩缤纷的梦。

王蒙自幼爱看书。9岁时，他独自去离家最近的民众教育馆内的小图书馆看书，入了迷。直到天黑，整个馆里就剩下他一个人，管理员不断催促，他才回家。他在那里看了《少林十二式》、《太极拳式图解》、《十二金钱镖》、《小五义》，看了《悲惨世界》和沈从文、丁玲的书。他对文学的兴趣，或许从那时候已经开始孕育。

直到有一天，王蒙不经意地流露出深藏心底的痛苦。我们的儿子山儿3岁那一年，我在花市书店为他选了一本活动的小画册。这是一本很奇妙的书，它会在掀动中不断变换图形。一会儿头部是火车汽笛，身子是拖拉机，脚部是汽车轮子；而翻过一页，脚会变成雪橇，身子成为机翼，头部成了旗杆。

王蒙看到后不住地问："这是哪儿来的？"

"买的。"

"哪儿买的？"

"书店呗！"

我很奇怪，为孩子买的一本小画册，怎么招来这么多的盘问？

王蒙说："我小时候，也曾有过这么一本，是父亲给我买的，羊角、鹿身、马腿，变来变去。那时，没有别的玩具，觉得很好玩儿。"接下去他说："这种扭曲，使我想起许多……"

这句话，让我感到震撼——多年来，他承受着莫大的痛苦，他把这些深深地埋藏在心底。

80年代末，他写下了长篇小说《活动变人形》。这是他写得最痛苦的作品。他说，写起来有时候要发疯。别人说，这是王蒙唯一一部家族小说，身心和灵魂全部沉浸在小说中。而王蒙自己也说，这部小说付出了很多个人情感，有自己非常刻骨铭心的经验。

王蒙5岁上学，五年级便越级考上中学。这是因为他强大的学习动力和他的刻苦用功。我常想：如果现在的孩子们能够这样，还愁学不成吗？

　　王蒙常常夸耀自己，5岁上学，同时考上两个学校，最终选了北师一附小（现名为西四北四条小学）。

　　我说："谁能比得上你，你是神童嘛！"

　　他却只顾自说自话："整个小学，只第一学期考了第三名；其他各学期，回回第一。小学没毕业，读完五年级，跳级考入中学。"

　　说王蒙是"神童"，是玩笑话，而他的用功却是事实。对他来说，最重要的是成绩好可以免缴学费，这样就能为妈妈省点钱。

　　王蒙在他的同学中算是小个子，坐在第一排，头显得很大，看上去跟他的身体不协调。上课他用心听讲，功课一经老师指点就明白。他喜欢提问题，以他的聪明对付课堂上的功课绰绰有余。果然，一个学期读下来，他品学兼优，不仅免缴学费，还得到其他精神、物质的奖励。五年级便越级考上中学。

　　多年后，王蒙虽然从事文学创作，但从没减弱过对数学的兴趣。他非常佩服几何老师王文溥，并夸耀自己"强大"的逻辑思维能力，是从王老师那里学来的。1990年原平民中学（现四十一中）举行校庆，师生分别四十余年又在母校重逢，王蒙问王文溥老师："您还记得我吗？"

王老师说："还能把你忘了？我教了几十年书，好学生多得很，但真正出类拔萃的，能给人留下深刻印象的并不多，你，我当然记得很清楚了。当初我就想，你应该学数学。"王老师还进一步发挥，"如果你学了数学，估计早成大数学家了。"

每当王蒙说起这件事，都是一副十分得意的样子。

王蒙很喜欢上音乐和外语课。至今他还没有忘记乔书梓老师教唱的《车水歌》与《第一次的春雨》。他说乔老师是一个很出色的男高音歌唱家，在歌剧中扮演过重要角色。这种经历让王蒙一直叹息，现在的中学音乐教育完全不能和他那个时候相比。

王蒙对英语教师华玮的牛津式发音赞不绝口。他说，华老师是满清贵族的后裔，举止高贵，风度翩翩。华老师的教学技艺使他在初中就对英语产生了浓厚的兴趣。遗憾的是，初中毕业后几十年，他都没有接触过英语，直到 1980 年第一次去美国，在机场办理登机手续，完全无法交流，才痛下决心，要重新拾起英语。在衣阿华大学，他为自己定下指标，一天背 30 个单词，并且同时参加了几个英语学习班。短短几个月过去，他居然可以自如地应付一些场合。不论是美国人还是华人，都对他英语水平的突飞猛进感到惊讶。衣阿华大学国际写作计划的一位负责人在谈起王蒙的英语会话能力时，感到难以置信，大声说："It is impossible!"（那是不可能的！）

王蒙的文学和语言表达能力似乎有天赋之才——之所以说是天赋，因为对他来说，几乎毫不费力——初中二年级时，他的一篇作文《春天的心》就被选入北平平民中学的年刊。当年他还参加过校级和市级的演讲比赛。小小的个子，站在讲台前，露出一个大脑袋，胸有成竹，振振有词，显示出他的少年才气。

当年，王蒙参加全市讲演的题目是"三民主义与四大自由"，内容经过"军事调处执行部"代表叶剑英将军的随员李新指点，以孙中山的"三民主义"和罗斯福提倡的"四大自由"为论据，怒斥国民党的反动统治。他对政治的关切也过早地表现了出来。

1948 年，在动荡不安、民生凋敝、民怨沸腾中，只有 14 岁的王蒙，在高年级进步学生的引导下，参加了汹涌澎湃的学生运动，同年加入中国共产党。我始终觉得，这未必能表示他政治上的成熟。他是被时代剥夺了童年！

王蒙平生第一次造句，造了一个大长句，受到级任老师华霞菱的"激赏"。王蒙称这是他"写作"的开始。一个老师的一句话成就了一个孩子的一生。

据王蒙说，他小时候总体来说是听话的，但也有例外。一次在课堂上，老师低头看书，他从课桌内放出一只小鸟，引得同学们哄堂大笑。老师拿腔拿调地说："太放肆了！"王蒙因此挨了一通批评。

后来王蒙常给孙子讲这个故事，孙子们百听不厌，最感兴趣的是老师说的四个字"太放肆了"。

王蒙说，他也做过不大光彩的事。一次语文考试，有一个字怎么也想不起来。因为一个字，得不了 100 分太可惜了。于是他偷偷看了书。老师在宣布成绩时说："有一位同学，虽然卷面上全对了，但是我不能给他 100 分，下课时这位同学到我的办公室去。"让王蒙留下的，正是他由衷佩服的华霞菱老师。

王蒙清楚地记得上二年级时换了级任老师华霞菱。华老师个子比较高，脸庞大，还有点儿麻子，当时刚从北平师范学校毕业，是北师的高才生。

华老师口齿清楚，教学态度很认真。她特别重视语音教学，她用当时的"国语注音符号"一个字一个字地校正他们的发音。王蒙说，自己有些字读的和现在的普通话不一样，比如"伯伯"读"bebe"，"侦察"的"侦"读如"蒸"，"教室"的"室"读上声而不肯读去声，等等，都是从华老师那里学来的。尽管知道正确发音，但只要一说话，就回到华老师的道上了。

王蒙说华老师要求非常严格，她经常对一些"坏学生"训诫体罚，如站墙角、不准回家吃饭等，他和同学都很怕她。但她教课、改作业实在是认真极了，所以，即使受处罚的学生，也都认为华老师真正是一位好老师。

王蒙平生第一次造句，句题是"因为"。他造了一个大长句："下学以后，看到妹妹正在浇花呢，我很高兴，因为她从小就不懒惰。"

华老师在全班念了这个句子，从此，王蒙受到了华老师的"激赏"。

王蒙说，他平生第一次下馆子是华老师请的。那次，华老师带他去先农坛参加全市中小学生运动会。会前，请他去一个糕点铺吃了一碗油茶、一块点心。这件事带给他一次新的体验，以至多年后还不忘把这种体验写在小说中。

王蒙说，1942年以后，华老师就不再教他了，以后再没有一个人像华老师那样严格而细致地教过他。

1983年5月，王蒙写下《华老师，你在哪儿？》的文章，文章中写道："华老师，您能得知这篇文章的一点信息吗？您现在可好？您还记得我的第一次造句（这是我的'写作'的开始呀）吗？您还记得我的两次犯错误吗？还有我们一起喝油茶的那个铺子，那是在前门、珠市口一带吧？对不对？我真想念您，真想见一见您啊。"

1945年，华老师响应当时政府的号召，为了推广"国语"去台湾任教，成为台湾卓越的幼儿教育专家。许多年来，王蒙无时不在寻找他的老师，谁能想到，他们竟然有重逢的一天。

1988年9月3日，我在日记中记录了这一天的情况。

王蒙写了《华老师，你在哪儿？》，在那个时候，这简直像是在"问天"了。

谁能料到，被海峡分隔阔别43年的师生，竟在1988年金色初秋的北京重逢了。

9月2日黄昏，在细雨蒙蒙中，王蒙来到北京饭店，一进门，一眼就认出了他的老师，快步上前，鞠躬，握手。

"华老师，您好！"望着眼前的老师，他有些恍惚，不知是在梦里，还是在现实中。华霞菱老师身着淡色旗袍，黑发高绾，尽管年过七十了，依然那么精神。"哦，这就是我的学生，王蒙。部长，你好！"华老师一口流利标准的普通话。"您可别这么称呼，"王蒙马上说，"我是您的学生……"

在亲切的相互问候中，他们来到二楼龙寿厅。陪华老师来大陆探亲的傅春安先生，是著名歌星包娜娜的丈夫，经常往来于新加坡和海峡两岸，是他在台湾找到了华霞菱。华老师一开始听说大陆的"文化部长"找她，她还有点紧张，后来听到包娜娜的名字，才放下心来。华老师一直在台北从事小学及幼儿教育工作，间或也写些儿童文学作品。

席间，大家频频举杯，祝贺他们师生重逢，感谢傅先生立下的汗马功劳。话题自然转向师生的旧情。华老师亲切地说："你的大作，我已拜读，写我的那篇，我很感动，想不到你当时小小的年纪也对我的印象如此深刻。记得当年我刚毕业，教学经验浅，那天还有师范生去实习，我紧张得竟在黑板上写错了一个字，好像是'窝'字，结果被你指出来，有这回事吧？现在想想，实在可笑。"

王蒙想了想说："这个我不记得了。我记得华老师宣布写字课必须携带毛笔、墨盒和红模字纸，偏偏我和一个瘦小女生没带，我们低着头站了起来，您皱着眉对我们说：'你们说怎么办？'我流出了眼泪，我最怕在教室外面站墙角了。那个女生说：'我出去站着吧，王蒙就甭去了，他是好学生，从来就没犯过规。'我当即喊道：'同意！'想起来真惭愧。事后，您对我进行了个别谈话，这是我平生受到的第一次最深刻的品德教育啊！"华老师笑了。

我问道："华老师，您教过的学生这么多，桃李满天下，时隔43年了，您还认得出您的这位学生吗？"

"认得认得，我教过那么多学生，印象最深的有两个孩子，一个是现在在美国任教的哲学家林毓生，一个就是王蒙。细看他还是小时候那个样子。不知为什么，我临离开北京时，他送给我一张4寸的全身照片，那么小，多有心。本来我一直保存着的，后来在一次水灾中弄丢了。"

当晚，师生互赠了纪念品，王蒙送给老师的是他签名的四卷本《王蒙选集》，华老师送给学生的是一件精美的手工艺品，那是她在海峡彼岸亲手编织的，王蒙对此赞叹不已。

这是自1945年华老师被招聘到台湾任教以来第一次回大陆探亲访友。华老师在京仅13天，王蒙三次拜会华老师。当王蒙得知老师定于9月13日启程回台湾时，考虑届时有公务缠身，不能送行，便在前一天晚上赶到北京饭店，与老师话别。他祝愿老师健康长寿，希望老师多回来走走。华老师留下了她家的电话号码。王蒙很高兴，这样他就可以经常跟恩师通电话了。

夜深了，为了让老师好好休息，王蒙不得不起身告辞。华老师依依不舍地一直将他送下楼。

这些年，又与华老师见过三次面。1993年12月，我俩应台湾《联合报》系列邀请，参加"中国文学四十年"的研讨会，在台湾停留十几天。12月19日是个星期天，我们登门拜访了华老师。

华老师兴师动众，把三位公子全召回来了。晚餐摆了一桌子菜，然后上的是炸酱面，炸酱里除了放肉外，再放上些小碎豆腐干，完全是老北京的做法。在台湾吃上这样的炸酱面，真有回家的感觉。

我们离台坐的是国泰航空公司的飞机，巧的是，华老师的二公子正好在那里做事，他热情地替我们选好座位，为我们送行。这真是我们和华老师的缘分。

王蒙的名字源于小仲马的名作《茶花女》，起名人又是大文学家何其芳，这似乎是王蒙与文学先天的缘分。

和王蒙初识时，他自我介绍，他是"蒙古"那个"蒙"字。后来知道"蒙"字有三种读音。第一声"蒙人"的"蒙"，欺骗的意思；第二声，读"萌"，意在幼稚无知；第三声，"蒙古"的"蒙"，还指美德。按王蒙的个性，他会选择第二声，他喜欢说"大智无谋"，计谋太多的人没人相信，宁肯"幼稚无知"。

有一次，中央人民广播电台的播音员问他："您的名字到底读'萌'还是读'猛'呢？"王蒙想了想，郑重宣布应该读"萌"，这样可以与军方的王猛同志区分开来。从此，正式场合他的"蒙"字就读作第二声了。但是，常和他打交道的人，还是习惯地把"蒙"读作第三声。

王蒙说，他的名字是何其芳先生给他取的。何其芳是他父亲王锦第的北大同学，同宿舍的除何其芳外还有李长之，李先生给王蒙的姐姐命名为王洒，语出蒙娜丽萨的"萨"音。给王蒙起名的"任务"就落在何先生身上了。何先生后来成了著名的诗人、文学评论家，这似乎是王蒙与文学先天的缘分。

　　1934 年 10 月 15 日，甲戌年农历九月初八，夕阳落山的时候，一个婴儿呱呱落地。当时，他年轻的父亲正热衷于研讨哲学，而何其芳先生在研究法国文学，何先生说："给你的儿子取名叫'阿蒙'吧！"这是从小仲马的名作《茶花女》中获得的灵感，书中男主人公的名字叫阿芒，阿芒、阿蒙，只是译法的不同。王蒙的父亲一听，连声说好，只是不喜欢那个"阿"字。南方人习惯叫孩子什么"阿猫"、"阿狗"的，北方人听着别扭，于是确定起单名"蒙"字。

　　恐怕何先生都没有想到，元朝有位大画家竟然也叫王蒙——我们曾在台北的"故宫博物馆"，见过此人的山水画精品——以至于有一个不太喜欢王蒙的人，看到一篇文章提起王蒙对于山水画的贡献时，竟然大为恼火，质问别人："王蒙怎么又把手伸到美术界来了？"

　　另一位和他同音不同字的是前国家体委主任、广州军区政委王猛。而且巧的是，这位王猛也是沧州地区的人，原籍盐山，与王蒙原籍南皮相距不远，口音也接近，两人时常闹出笑话。王蒙到某地参观，接待者一口一个"王政委"地叫，弄得王蒙挺尴尬，赶忙声明自己不是政委。当王蒙向王猛说起此事时，王猛哈哈大笑，说："那又怎么样，我走到哪里还常常有人问我有什么新作品呢！"

「右派」经历

1958 年 5 月，王蒙成了"右派"。他情绪一落千丈，百思不得其解问题的症结。最后还是想到了一条：自己太狂妄了。不狂妄，年纪轻轻，能写出那么多小说来？

近些年来，王蒙时常被问到这样的问题："当初你发表《组织部新来的年轻人》，不是毛主席还说过话吗？怎么你还被打成'右派'？"

王蒙说："我不知道，我怎么知道？不是我自己把自己定成'右派'的。"

1957 年 11 月，正在七三八工厂做团委工作的王蒙，在毫无征兆的情况下，突然受命去北京团市委参加"学习"。

领导对他说："这次要解决你的思想问题。"

这一去，他便不断地学习，不停地检讨，但是最终他也不知道自己究竟犯下了什么罪过。最后开了整整一天批判会。会开得规模很小，只有 5 个人。会也开得很文雅，大家说话细声细气，只是一切"问题"都被猛烈上纲上线。

1958 年 5 月，王蒙终于被戴上"右派"帽子。这顶"右派"帽子和所谓"摘帽右派"加在一起前前后后一下就是 21 年。

当时的王蒙情绪一落千丈，多少天食无味，夜无眠，他百思不得其解自己问题的症结。最后还是想到了一条：自己太狂妄了。不狂妄，年纪轻轻，能写出那么多小说来？

一段时间以后，他对我说："我自幼受党的教育，现在党给我戴上帽子，就要戴上，这是纪律，也是对我的挽救与一种特别方式的教育。现在需要改造，我就应服从，好好改造……"

我知他这是不想拖累我，让我跟他划清界限。

然而，我却无论如何想不通，在我眼前明明是一个堂堂正正、才思过人、有正义感、有理想的好人，为什么偏偏要睁眼说瞎话呢？

我不去想，我也想不通，我依旧是，我行我素。

1958 年 5 月，我成了自由人。（我自己的事，暂且不说。）

王蒙"右派"期间的生活被写进他的长篇小说——《失态的季节》。

1958 年上半年，"听候处理"的王蒙在北京少年宫当小工，学手艺——和泥递灰、抛砖供瓦、抹墙抹地，身体单薄的王蒙竟然可以胜任重体力劳动。他很有些欢欣鼓舞，骄傲地说有一次跟别人比赛挑砖，竟比得对手闪了腰。

秋天，去门头沟区斋堂公社军响乡桑峪生产队参加农业劳动。

1961 年冬季，王蒙被荣幸地摘帽，"回到了人民队伍"，但仍被称为"摘帽右派"。同年，被分配到北京师范学院中文系任教。

对于"摘帽右派"一词，他有一个独特解释。他说，"摘帽右派"一词的构成与特色极近似于"原部长"或"前部长"，人当了原部长、前部长，就成了刀枪不入、金刚不坏之身，也就是说无法再改变、再免职了。就像成了"摘帽右派"以后，也就永远无法再摘帽子了。摘的结果是无法摘，前和原的结果是永远的永远。

他喜欢搞这些个文字操练，真没有办法。

1959 年春节，他有几天休假，便建议我与他一道去桑峪探望农民老乡。他始终认为农村和农民都是很纯洁的。

我当然很乐意去，并且做好了一切准备。但没想到的是，遭到了许多阻拦，"他那儿是什么地方你不知道吗？""你怎么可以在过年时到一个'右派'改造的地方去？""你的立场哪里去了？"最使我感到难以接受的是，说这些话的不是别人，都是我的一些亲人。为这事，我和他们发生了激烈的冲突，我决不会屈服于他们的压力，决不接受他们为我所设计的态度和做法。

我选择的是与王蒙同甘共苦。

大年初二，我们坐了百十里地的火车去桑峪。

一进村口，王蒙忽然显得慌张起来，很不自然，不停地催我快走。这是为什么呢？我们在一起使他觉得惭愧？自己没有权利与妻子共同欢度春节？

我被匆忙领到老乡家，也许这样更安全，能避免更多的麻烦。

虽然平日我们有很多的话，但是，这样的气氛中，只有沉默寡言。

我还做了一件常人无法做到的事，就连当时的王蒙都感到惊讶。

1961 年，王蒙在三乐庄劳动。这一年很关键，因为在头一年，"表现好"的已经摘了帽子。而王蒙仍然没有摘帽。

当年的五一节前几天，我计划去三乐庄看王蒙。我知道，愈是"五一"、"十一"，他们这些有问题的人愈是不允许回城。于是我特意去国际友人服务部买了一盒他喜欢吃的点心。

"五一"凌晨，我换好衣裳，穿上结婚时买的一双半高跟、式样很入时的鹿皮鞋，提着食品兜，向南郊方向进发。

我在体育馆路西口与红桥的交界处乘上有轨电车。街上的人逐渐多起来，男男女女南来北往，颇有点儿节日的气氛。

我在永定门下了电车，换上长途汽车，在大兴县的西红门大队下了车。穿过马路,隔着麦苗已经返青的农田,远远看到一片平房,心想这就是王蒙他们的生产基地了。

走过农田,来到生产基地,远远望见一个人,正从一道断壁后绕过来,向北边的房子走过去,突然又停下不动了。那不是王蒙吗?我急忙加快脚步,可那双半高跟鞋实在让人走不快。

我走到他面前,兴奋不已,说:"真巧,你在这儿。"

王蒙看了看我,表情平平,没有一点儿喜悦的神色。只是愣愣地说:"你怎么来了?"

"我来看你啊。"

他心事重重,好像没听进我的话。

"你们住在哪儿?我还给你带了点心。给!"

他踌躇着,一时不知怎样才好。

过去,谈起他的改造生活,王蒙总是把它形容成一次神奇的旅行或者一次伟大的洗礼……但是眼下,王蒙看着他们的那间房,好像很担心此时会出来一个人。

他紧张地说:"你快走吧!"

"我,我要看看你住的地方,你是怎样生活的?"

王蒙很为难,又不忍心立刻让我离开,只是紧张地说:"你看一下就走吧,他们都是'右派',你、你不要太热情……"

我不假思索地就跟他走进房间。房子虽多,但他们全集中在一间里,屋里空气的污浊难以形容。"右派"们都坐在自己的床铺上,埋头写着什么。

我一进去,所有的人都抬起头,看着我,像是看一个外星人。

"你们好!"我不敢太热情地问了个好。

"啊，啊！"一两个人对我的问候有一点儿淡淡的回应，其他人仍低头做自己的事。

王蒙示意让我离开，我退了出来。

他勉强跟出来，说："你快走吧，我不送你了。"说完转身就回去了。

直到今天，我才了解到王蒙在那个非常时期，受到一些非人的待遇，他都是默默地独自承受。他怕我伤心，更不愿我为他担心。

他能从逆境中挺过来，还因为他"不可救药的乐观主义"，他觉得他选择了革命，同时就选择了曲折和艰难，这一切不完全是外来的。从灾难中走出之后，王蒙常常说："我个人有个发现，在严峻的日子里，家庭的功用实在是无与伦比。仅仅政治上或工作上的压力是不会把一个人压垮的，凡是在那不正常年月自杀身亡的人几乎无一不是身受双重压力的结果。即是说他们往往是在受到政治上的打击与误解的同时又面临家庭的解体，在家庭里受到众叛亲离的压力。反过来说，身受政治与家庭两重压力而全然能挺过来的实在不多。有许多宝贵的人才、可爱的人物身处逆境而终于活过来了，健康地活过来了，我想这应该归功于他们的家庭和家人。是家庭和家人使身受严峻考验的人得到了哪怕是暂时的温暖，得到喘息，得到了生活的照顾，得到无论如何要坚强地活下去的信心和耐心。"王蒙为自己庆幸。

在大部分"右派"实现了脱帽、撤离生产基地后，王蒙先是分到北京近郊的县城，做些实地调查工作。而后，于1962年9月被调到北京师范学院，教了一年半书。当时听过他课的一些学生，像冯立三、汪兆骞等人，至今还常来看望他们的老师。王蒙自己并没有上过大学，却有这么一段在高等学校任教的经历，这是他后来颇引以为荣的。

1963年春节刚过，我们从小绒线胡同迁入北京师范学院在景王坟全国总工会干部学校临时租用的一幢教工宿舍。我和王蒙结婚以来首次有了自己的家。

我们住二楼一间朝阳的居室，光线能直射到我的床头。这比起我和王蒙的旧居，有天壤之别。

从这时起，我可以和王蒙单独在一起生活了。我整天哼着最流行的《美丽的哈瓦娜》。歌中有一句词是"明媚的阳光照新屋，窗前开红花"，正好表达我们结婚6年得以平安地正常生活的美好心情。

那时的生活过得单纯而愉快。王蒙白天在学院上课或听课，晚间在家备课或批改作业。

一天晚饭后，突然有人敲门，进来的是两位陌生的青年。他们自我介绍是北大的学生，听说王蒙住在这里，慕名而来。他们说去了很多书店，想买《青春万岁》，可是买不到。书店的人也说，不知什么原因书还没有出来。两个年轻人的话触痛了王蒙。平静的思绪被搅扰，王蒙怎么能轻易放下写作的初衷？

瞬间决定 | 王蒙和我用了不到 5 分钟的时间，就决定举家西迁新疆。而几年前，王蒙还得到过毛泽东的亲自保护。他一身豪气地说："活一辈子，连正经的痛苦都没经历过，岂不是白活一回？岂不是枉走人间？"

当外人问起我们是怎样去的新疆。恐怕没有人猜得出过程是这样轻而易举。

1963 年秋的一天，我正在 109 中学上课，课间，有我一个电话，是王蒙打来的。

——我正在会上，号召作家们到下面去，我们去新疆好不好？

——我同意，新疆是个好地方。

——你同意，我就请新疆的代表王谷林给联系了。

——孩子呢？

——一起去啊，全带上。

前后通话不到 5 分钟，就定下了举家西迁的大事。放下电话，我忽然感到两腿无力，气血一直往上升。新疆，多么遥远的地方，而我们基本上是没有出过远门的。

但是我能理解王蒙。

正因为从来没离开过大城市，没有离开过北京，我们才有一种对于遥远，对于边疆，对于辽阔国土的向往。用王蒙的话来说，这里有拼搏，有冒险，也有自信。

王蒙悄悄对我说:"有本事走,就有本事回来。敢远走高飞,就敢做出一点成绩。如果什么都没做成,一事无成,老死边关,自然也心甘情愿。"

我俩商量定了,才分别告诉我们的双亲和朋友,自然遭到他们好心的质疑和劝阻。

——在北京,你们才安顿好家,还不好好过几天安定的生活。多好的地方也不如北京好。

——怎么还要带孩子去?你们太年轻,异想天开,这样考虑问题不实际。

——如果一定要去,先让王蒙一个人走,看情况,再考虑下一步。

亲友的话不无道理,但王蒙能安于在北京师院中文系任教的平稳生活吗?虽然他已博得学生们的喜爱,且拥有一个安逸的小家庭。

我们也知道这是去一个全新的环境,是边疆,是少数民族地区,但我喜欢新鲜生活,对少数民族的风俗习惯,我有兴趣。我想即使环境再恶劣,生活再苦,条件再差也没什么,我能行。

我一心只求这个环境对王蒙比现状好,有这一条足够了。很多细微的事不必去想。

至于王蒙先去,这是不能考虑的。我俩必须在一起,这是没有商量余地的:在一起,边疆也是家园;不在一起,家园也就不再存在。

我知道,虽然不正常的经历使王蒙变得畏畏缩缩,但他对自己的热情、才华和未来仍然充满信心!

我们都是这样浪漫而且自信,不怕背水一战。我也相信,新疆的辽阔大地对王蒙是有好处的:他的感情可以锻炼得更加坚强,他的经验可以变得更加丰富,他的心胸将会变得更加开阔,他的文学素材将在新疆得到积累，他的文章风格将会在新疆得到改变与发展。我认为，十年中王蒙将会做出卓越的成绩，十年后我们是可以胜利地回来的。

1963 年 12 月 23 日，我们举家西迁。清晨，作家萧也牧代表中国青年出版社来送行，出版社并派遣了车辆为我们代步。

登上开往乌鲁木齐的 69 次列车，找好座位，把精心携带的一瓶小金鱼平放在桌上，然后打开窗户，洒泪告别亲朋至友。

在嘈杂声中，听见人们议论："还带小金鱼？"

是啊！我们四口之家，两个年幼的儿子——5 岁的山，3 岁的石，再加上必不可缺的行李包裹，"阵容"已够庞大的了。但是，金鱼非带不可。那是在他重新走上工作岗位，且有了自己的家之后亲自饲养的。金鱼陪伴我们，给我们增添了生活的乐趣。

列车疾驰飞奔，把村庄、农户、高高低低的山丘、树叶脱落的树干，相继甩在后面。

"我们什么时候能回来？"我问。

"三五年，顶多十年。"他毫不犹豫地自信地说。谁料到，这一去就是 16 年！

金鱼死了

金鱼不能适应新疆的水土，人总应该比金鱼强吧？

　　我们抵达乌鲁木齐已是深冬腊月，满处是内地罕见的冰天雪地。

　　友人说："你们为什么这时候来？现在正是最冷的季节。何不选一个好季节？"

　　这话不无道理，但当时，王蒙那股热劲儿是等不及的。他这个脾气至今还是如此，做任何事决不拖泥带水，说办就办，性情急。当然在当时的处境下，王蒙清楚，有必要去一个新地方，寻找新的机遇。他担心夜长梦多，如果不是趁着文联读书会的东风把调往新疆的事办好，今后，又有谁来过问他的工作安排？王蒙热爱文学，也自信有搞创作的本事，然而他毕竟刚一发芽就被掐了尖儿，连一本书也没有出过就成了"右派"。

　　到了乌鲁木齐，我们被热情地接到文联南门家属院。

　　一进院子，就给我们一种好感：一扇大黑门，经过门厅是个四合院，后跨院有一排很整齐的平房。院墙粉刷得洁白。其中有两间房是纵深相通的格局，王谷林走到这间房前，止住脚步，"这就是你们的家。"

　　迈进家门，一股暖流迎面而来，和在户外冰天雪地的寒冷形成明显的反差。

房间整整齐齐，连接里外间的是一扇火墙。做饭和取暖用的火炉，是砌好的一个砖灶。炉灶内的火焰烧得正旺，原来是邻居徐广华提前两天就已经把火点起来。他们还把自家的茶具拿过来，给我们使用。我们感动极了，这就是我们温暖的家。

到新家后不久，食堂做的饺子就端了上来。于是大家七嘴八舌地介绍新疆羊肉如何肥嫩可口，新疆牛奶如何浓香醇厚、营养丰富等。新疆购物按公斤计量，价格比北京高，但工资标准也高。初次与大家见面，王蒙非常高兴。最后同志们为了照顾我们的休息，赶紧告辞了。

煤在炉灶里噼里噼里燃烧着。王蒙望着熊熊的火焰，有兴致地拿起火钩和煤铲，不停地添煤。添进去新煤，又拿出将要烧尽的煤，不厌其烦地摆弄着。

陌生的环境带来了新鲜感，当然也带来不适应，当天夜间王蒙就捂着肚子叫苦不迭。不知道是在从火车站到家的途中喝了凉风——当时乌鲁木齐的气温是摄氏零下二十多度，还是新疆饺子的羊肉馅太肥，或许是他太兴奋了。幸好没有酿成大病。

第二天晚上，四条小金鱼全都死了。

说起来，同志们都问："你们换水了？"

答："换了！"

同志们说，新疆的水硬，怎能不晒几天再换水呢？本来在新疆养鱼就不容易的呀。王蒙相当扫兴。金鱼是不能适应新疆的水土了，人呢？人总应该比金鱼强吧。

没有几天，火墙也出了问题。王蒙添煤太多太勤，反而使煤得不到充分燃烧，不但火经常灭，而且燃烧不充分的烟郁结在火墙的烟道里，使烟道很不畅通。随着严寒的加剧，房间里愈来愈冷。我们没有足够的防寒物品，带来的只有在北京时用的被、褥、衣、帽。于是赶紧添置了新疆毛毡，花50元为王蒙买了一件栽绒外衣。这件外衣他穿了十几年，直到1979年，我们返回北京时，又把它传给了正在新疆大学读书的儿子。

房外到处是冰，厕所好像一座冰丘。除了冰，看不到地面。茅坑深有10米，底部是一个大的连通池，望下去如临深渊，望而生畏。使用时找不到可以蹬踏的一小块地面，净是高低不平的若干小冰峰。

上街步行，原本是件极平常的事，可是对于初去的人，不亚于走钢丝。大街小巷，处处是坚硬、光滑、污浊的冰，简直令你寸步难行。尤其过马路，更是提心吊胆，唯恐在你滑倒的时候，正好过来车辆。王蒙还算心细，他观察了当地人走路的样子，很快总结出诀窍：勇敢迈开步伐，用力往下蹬地。王蒙打趣地说，到处是冰场，滑冰不用买门票了。

当然，与这些小小的不适应相比，初到新疆的我们，感受更深的是同志们的热情关怀。自治区文联的同事、作家前来看望，帮我们整理行李物品。文联的同志还为我们两个儿子找好了幼儿园——自治区妇联幼儿园。王蒙很快到《新疆文学》编辑部上班，立即适应了工作。关于我的工作，出了一点儿麻烦，因为人们想当然地认为我是教语文的，所以就为我安排了教授语文的岗位。其实，我是物理教师，而当时似乎乌鲁木齐的中学不缺少物理教师。最后，有关部门与我商量，让我到市三中去教地理，并打趣说，反正物理地理都有一个"理"字。于是，我当了三个月的地理教员。

我们到新疆一年来，王蒙几乎没有几天留在家里。1964年春天，他去了吐鲁番，写下散文《春满吐鲁番》，发表在《新疆文学》上。这给了我们相当的安慰。5月，他又去了边远的南疆喀什地区。

对于初到乌鲁木齐的我，一个人带着两个年幼的孩子，生活的艰难自不待言。一天，我病倒了，发烧39摄氏度，昏迷过去。醒来时口干得要命，尽管热水瓶就在床头柜上，我却硬是抬不起胳膊，喝不上一口水。当时，我是多么希望王蒙就在我身边啊！

当年秋天，王蒙风尘仆仆地从南疆回来了，带来了欢笑和作品。

出人意料，迎接他的却是无情的拒绝与排斥。

初下去时，他是受到称赞的。《新疆文学》的一位负责人刘波给正在南疆的他写信说："你来了，很快就下去了，而且写出了作品，东西写得好，区党委和大家都很满意……"

但是，等他回到乌鲁木齐的时候，"文艺整风"已经开始。电影《北国江南》和《早春二月》正在接受批判，对《海瑞罢官》也已开始"商榷"、"争鸣"，气氛极为肃杀。在这种气候之中，怎么会有王蒙写作与发表作品的可能呢？已经排好版的《红旗如火》，在付印前被抽了下来。人们窃窃私议："王蒙这样的人是不能用的……'右派'帽子虽然摘了，但仍然是'摘帽右派'……"难道他永远被排斥在革命文艺队伍之外吗？我们的心情又沉重起来。万里迢迢来到新疆，到头来竟仍然是"不能用"！

王蒙对我说："这种事情真是毒化我们的生活啊！什么时候生活里能够消除这些毒素呢？"

文章虽然发表不成，王蒙心里却留下了去南疆的深切感受。他瞻仰了世界驰名的喀什大清真寺，目睹了在尘土弥漫的街道上行走的戴面纱的女人，品尝了南疆盛产的各种瓜果，还结识了不少少数民族友人。其中麦盖提县文化馆的阿卜都米吉提·阿吾提，当我们1990年秋再次访问喀什的时候，还特意赶来看望我们！

最令人难忘的是，王蒙买了两顶精致的羊皮小花帽，微型的，用针别在头巾上作为饰物，据说这是于田妇女特有的装饰。直到如今，我仍把它保存得完好无损。还有一件质地上乘的风雨衣，王蒙说那是在喀什一家进出口贸易商店买到的，底灰色，袖口、衣领、口袋和前襟都镶嵌有淡蓝色的宽绒边，式样新颖，色彩协调，我很喜欢它。以至于到了80年代，我穿上那件风雨衣，仍然觉得式样并不落伍。

年底，又说下乡搞社教，王蒙也榜上有名，并参加了集训。但后来传出消息，有三个人"没资格"，不配当社教干部，被"退回"。一位是画家，因有海外关系；另一位是个维吾尔族女同志，据说在"反修"斗争中有思想问题；第三位就是"大右派"王蒙。当时，下乡搞社教条件很艰苦，要求也很严，不过像王蒙这样的体质，下去搞上几期是完全能够胜任的。

现在不用去了，这对于我倒不是坏事。但他再一次被排斥，被打人"另册"，又使我们感到一切都是那么渺茫。

当然，也有许多好心人设法帮助他，保护他。

当时的文联有关负责人请示自治区党委主管文教的书记林渤民同志，把王蒙怎么办才好。研究结果，他们想出一个办法——找个条件好一点儿的农村，让王蒙以"劳动锻炼"的名义下去，长期蹲点，同时兼一点基层工作，这样既有劳动锻炼的性质，也有作家深入生活的意思，而且还可以把家也搬了去，安心在农村多待几年。

这样的安排，在当时情况下，可以说是最佳方案了。第一，有利于深入生活，了解生活，开拓眼界，扩大知识面。这对王蒙和他的文学生涯肯定是有好处的。当初我们决心离开北京到新疆来，追求的不正是这个吗？第二，王蒙早就下决心要学习维吾尔语，在南疆已经学了一点，但因为身边有翻译，学得不算快。这回去农村落户，干脆把他"抛"到一个维吾尔农民聚居的村落，不管怎样，也得学好维语，以至多年以后，他竟自诩在"伊犁语言学院"进修了6年——一个硕士生的学习时限。第三，他正好躲了风。政治气候一天比一天紧张，王蒙如果待在乌鲁木齐，无异于坐以待祸，自找麻烦。不光是自己，还会连累文联和区党委。到了农村，目标就小得多了，谁问起来都好说，下去了嘛！

事实上，"文化大革命"开始后，就有这样的大字报："质问文联及区党委，为什么把'大右派'王蒙调至新疆？"

所以我们是心甘情愿到边城伊犁去，高高兴兴地"服从党的安排"。

但也有许多好心肠的人来劝说："那地方不能去，要去，让他一个人先去。"

"怎么你也跟着一块儿去？那里是边界城市，现在中苏关系紧张，有个风吹草动的，那里可不太平。"

"乌鲁木齐是首府，你为什么不留在大城市，偏要到那么偏僻的地方！净是少数民族，汉人寥寥无几。"

我别无选择，也无须选择。既然我和王蒙一起从北京来到大西北，就早已下决心放弃大城市的生活。至于乌鲁木齐还是伊犁，对于我来说都是一样的。如果从另一个角度看，伊犁更富有民族色彩，更令我向往。何况最重要的是，我们全家能够在一起，即使发配到天涯海角，也是我的幸福。

"要去，我们一块儿去，只要一块儿，到哪儿都行。"我说。

王蒙给予我会心的苦笑。

说去伊犁，也不是那么简单的事，要与伊犁区党委宣传部的宋彦明同志取得联系，而他恰巧正陪女儿去北京治病，不在本地。领导说，等宋彦明同志回来再联系吧。也是熟人好办事的意思。

于是只有等待。整个寂寞的冬季，很清闲。除了每星期六下工厂劳动，王蒙没有任何事情，谁也没有别的办法，除了等待，还是等待。现在回想起来，我不禁记起王蒙的一首诗作，诗的题目是《养生篇·拉力器》。其中有这样几句："多少青春，多少肌肉，忽然展翅，不飞。"

诗句很平常，但没有切身体验是写不出这种生命被搁置的痛苦的。有时候我们也反问自己，为什么就这样凄凄惶惶地度过了一天又一天？难道不能利用这段时间写作吗？或学一种语言，钻研一个课题？于是我常劝王蒙："别管那么多，要拿起笔来写，不能发表也要写！"但是他说，不行，没有那种情绪，没有那种胆识。他是从小在党的教育下成长起来的，党让他改造他就改造；党说××不能用，这个××他就不敢用、不想用、没有兴致用了。这不但是政治的、社会的废黜，更是个人的自我废黜。这才是那种年代里最可怕的呢！

当然，人毕竟是不甘自我废黜的。在我们的生活中除了困惑和迷茫，也还充满着信任、天真、欢乐和种种新鲜的经验……

这期间，我调到乌鲁木齐七中任教。我们想从七中申请一套房子，我上班方便，王蒙也可避免以一个"游魂"的姿态出没在文联各位同志及家属的眼皮子底下。

没等我细说理由，学校就答应分给我们一套三间平房。我们非常惊讶，这么容易就把房子要到了手，如果在北京，工作一辈子也未必做得到。

定好了日子，由文联派车，司机老张一鼓作气把家具运到了我们新居门前。

当我们跨入门槛，把大大小小的家具、行李搬入室内之后，全愣了。

扑鼻而来的是小孩的尿味，桌、椅、床、沙发腿沾满了灰尘，还陷进泥里半寸，室内全是土地，连砖都没铺；三间房处在这一排房屋的终端，正是风口。这样的房子，一般人是不愿意住的。同志们议论起来：

"你们怎么能住这房？"

"你们事先没来看看房？"

"没事！"我和王蒙相视回答。

"在新疆，哪有像你们这样的，连房都不看就往里搬。"帮忙的朋友都这样埋怨。

现在回忆起来，当年我们真是多么无知幼稚、荒唐可笑而又单纯可爱；虽然百经磨难，也仍不失天真烂漫。不过现在有时候，我们倒宁愿回到那个天真烂漫的时代。

几天之后，家安置就绪了。

我们把远在东北农村的亲家奶奶接了来，为的是助我一臂之力，帮我们照料孩子。

直到现在，有两件事我们一想起来就谴责自己。一是太难为亲家奶奶她老人家了。我们汇给她坐卧铺的钱，她舍不得花，硬是乘硬座从东北来到西北。那年她已70有余，让她吃了那么多苦。她用省下来的钱做了一件黑平绒罩衣，穿起来显得很富态。最令我们后悔的是，由于我们忘记了分辨时差，错把火车到站的北京时间当成当地通用的乌鲁木齐时间（晚于北京时间2小时）。结果，没等我们去接站，老人家已经来了。她下车后在车站着了半天急，自己叫了一辆三轮车来的。

老人家生性好热闹。为了弥补过去的不周，每逢节假日，我们就带上两个儿子陪老太太去"南梁"看电影。当时正上演一大批战斗片子，我们几乎每个星期天都在机枪嗒嗒声与手榴弹抛掷的"弹光枪影"中度过。王蒙还经常代笔为老人家写家书。老太太逢人就称赞王蒙。

我们在这里过了一个愉快的春节。这是进疆以来第二个春节。这回有经验了，不像头一年，大年初一睡午觉，总被一批批来拜年的人从床上叫起来，十分被动。这一年我们早做准备，桌上放好了糖、豆、大红枣和小点心，每样一盘，再备些红酒、烧酒来。拜年的人依旧是三五成群，络绎不绝。

年初二，王蒙带两个儿子去北京老乡、歌词与剧本作者刘家琪同志家做客。两个孩子不知怎么玩得高兴，一边吃一边打架，还爬上餐桌用手抓鱼，险些把成桌的酒菜打翻。刘家琪同志的爱人因被打成"右派"，不在乌鲁木齐工作，刘家琪为招待我们，排队买鱼，把棉袄都丢了。他自己连采买带掌勺，费了老大劲才对付上一桌菜，却被我们的两个儿子搅得天翻地覆。为这事，我不能不埋怨王蒙，只因为那天我不在场，就闹成那个样子。山儿和石儿也很奇怪，此后再没发生过那种大闹餐桌的事。那天几乎可以说是他们童年时代顽皮打闹的一个"顶峰"。

有一天，风暴骤起，王蒙叫孩子去取报。他的目的，其实是立下章法锻炼孩子。我们住的家属院离收发室有一定距离，去取报要经过一个风口，那里风大得行人站都站不住，王蒙却坚持要4岁的石儿去取报。

"你闭上嘴，使劲向前冲！"他说。

勇敢的小儿子，抖擞精神与大风搏斗，胜利地完成了任务。

只有那一次，王蒙摆出一副训子有方的得意架势。

冬季，鹅毛大雪白花花，急促促，倾泻而下。房檐、屋脊、树梢、路边和住地到处是白茫茫的。屋前堆成雪山，推门要费九牛二虎之力。这是雪中游戏的良机。

30岁的父亲跟6岁和4岁的儿子尽兴地、认真地打起雪仗来。先是教孩子滚雪球。王蒙双手合拢把一团雪捏紧，放在雪地上，从这边滚到那边，愈滚愈大，然后再用力拍紧，这样做了许多雪球，当作武器。父子双方交战，激烈万分，如果我不加干涉，他们是不会轻易"停火"的。

乌鲁木齐的春天来得晚,我们度过了一个无聊的、漫长的冬天。王蒙平时情绪还可以,只是常常消化不良,从中医院拿来许多"香砂养胃丸"、"香砂正气丸",吃了都没有效果。有一天一位来自上海的医师认出了王蒙,以极为尊敬的态度和他大谈文学,使王蒙又尴尬又欣慰。回来说了,我俩相对唏嘘不已。

真是奇怪！究竟还要付出多少代价，王蒙才能懂得生活的复杂与严峻？懂得复杂与严峻后，他还能这样向往光明和快乐吗？

4月初，冰雪还没解冻，就迎来了1965年的初春，一切都办好了，王蒙准备去伊犁。他一人先去，等安顿好，我和孩子再去。

我赶忙给他准备行装。几件随身替换的衣服，加上盥洗用具，很简单。4月中旬的一天，我送他到车站。在公共汽车的站牌下，他满怀信心地对我说：

"要不了多久，很快我就会接你们来，等我的消息吧！"

两个孩子与我更是相依为命了。幸亏有亲家奶奶帮着照看他俩。我的工作繁重——任一个高中班的班主任，还兼两个年级的课；晨起带学生训练，晚上辅导自习。孩子们总盼望我早点儿回来，每到晚上大儿子就趴在窗户前，望眼欲穿。见到我办公室的灯熄了，就立刻跑出来迎我，远远一通狂呼，然后两只小手拢住我的双膝不放。

这期间，王蒙隔三岔五地有信来，他极其兴奋地向我描述伊犁的风光、风土人情，叙述他在伊犁的所见所闻及各种感受。

这一年6月，王蒙在一封信中诚恳、真挚、热情地要我也去伊犁。

真是奇怪，已经是"文化大革命"的前夕了，王蒙仍然那样透过玫瑰色的色彩描绘着、感受着边疆大地，用无比光明与欢乐的胸怀去拥抱着生活。究竟还要付出多少代价，他才能真正懂得生活的复杂与严峻呢？而且，在懂得了生活的复杂与严峻以后，他还能这样向往光明和快乐吗？

我不知道。我只想尽快去到他的身边。

王蒙不断来信，叙述在伊犁的生活。他说，伊犁是一个亦城亦乡的"具有共产主义风貌"的地方。他去了距伊宁市8公里的巴彦岱，被分配在二大队一生产队参加劳动。他学会了使用砍土镘；爱上了维吾尔农民的食品；他住在老乡家里，努力学习维语……看他的信，就像他在那里留学，在那里旅游，几乎是乐不思家了。但他还是思家。从去了伊犁，我们通信讨论的第一主题便是：什么时候我也去伊犁，实现我们的团聚呢？

调动工作，准备搬迁，成为我生活议程中的首要项目。

我所在第七中学的张校长，平素有些待人拘谨，例行公事，但逢到关键时刻，很仗义，通情达理。他说："你们去边城，是到下面去，这里工作再离不开也得放你。我支持你们。王蒙那里，需要你去，你们一定会有作为的。"第一关就通行无阻，于是我抓紧工作，在完成教学进度的同时，提高质量，给后进生辅导补课，为的是期末取得优异成绩，要善始善终嘛！

"我看，等你来时，还是要把老小送回北京去。毕竟这里是边境，如果有风吹草动，扶老携幼总不方便……"这是王蒙在离开乌鲁木齐时做出的果断安排。

1965年7月，我利用暑期，送回亲家奶奶和两个半懂事又不大懂事的儿子。"没想到，刚来还不满一年，又回去了。"亲家奶奶不无遗憾地说。我也没想到，那次竟是跟她诀别了。倒是两个儿子很高兴，说："太好了，回北京找姥姥去了。"

在和王蒙的通信中，我们约定 8 月 20 日赶到乌鲁木齐碰头，他把"家"接去。那天的列车，像知道我的心思似的，破天荒地准点抵达。12 点 40 分，阳光耀眼，我在人群中挤着，刚出站口，忽然听到有人在喊："我在这儿哪！我在这儿哪！"我顺着熟悉的声音，一眼望到了他。他身穿在北京时我给他买的银灰色衬衫，戴一副茶色窄边近视镜，满面洋溢着微笑，兴奋掩盖着倦意。

"我等你半个小时了，来早了。"他赶忙接过我的手提包，"要搬家，怎么还带这么多东西？"

"没什么，这是他爷爷给你带的信远斋的酸梅糕。"

他为之一震，但什么也没说。

我们回到家，你看着我，我望着你。孩子不在身边，好冷清啊！再一看，房间内窗台上、桌子上洒满了灰尘。顾不上打扫，简单吃了碗挂面卧鸡蛋，就开始筹划搬家和工作调动等事宜。

几天之后，阳光变得柔和了，已经是夏末，大西北的夏天本来就不长。那天下午，凉风习习，我俩漫步在乌鲁木齐西公园。西公园又叫鉴湖公园，风景优美，位于市政府近旁。其实我们并不单纯是逛公园，我还肩负重任，要去市教育局人事处办理调离手续。入园后，我们又计议了一下，王蒙在池塘边那张靠背椅上等我的消息。工作调动在市教育局遇到了麻烦。

"教师紧缺，上面有精神，不放人。"乍一听我几乎要昏过去。随后，不知哪来的一股力量和勇气，我振振有词地与之理论，最后人事处的那位女干部给我开了绿灯。

"放了，凭了我的一场舌战。"我告诉王蒙。

"好极了！好极了！我早就说过，你办事行，你办事比我自己办事还有本事呢！其实你是真正的人才……"王蒙不顾周围的游人，高声地说。看来他已经高兴得不知道说什么好了。

临启程的前一天，我们夜宿在朋友陈柏中家（我们自己的家当除了随身牙具外，其余全部卷进了行李箱，在乌鲁木齐我们已经无家可归了）。他们住在市总工会的宿舍内，地点在旧市区西侧红山商场附近，距离我们将要搭车离去的老满城货运站很近。他们家房间窄小，两个女儿平时睡上下铺，但是陈柏中、楼友勤夫妇珍重友谊，非留我们住下，一则离上路时的车站最近，二则可以畅谈心曲。他俩为我们准备了美味佳肴，有梅菜扣肉，水磨年糕汤……当然，还有绍兴黄酒。他们二位是浙江人。

"你们下去好。王蒙有了生活，凭你的才能，将来肯定会给人们、给历史留下万古流芳的佳作。"陈柏中夫妇争先恐后地说。时过境迁，这一席话却始终留在我们的记忆中。

次日凌晨 5 时许，陈柏中夫妇站在老满城货运站门口为我们送行。（陈柏中同志后来长期担任《新疆文学》杂志主编，现为新疆自治区文联副主席。）一辆接运水泥的巨型解放牌卡车，外带一个拖斗，便是我们的旅行搬家车了。水泥比重大，占的地方小，这样，车槽的上部就有空处满载我们所带的全部家什。家具杂物高高堆起，上面蒙上一层草绿色的帆布，远看简直像一尊庞然大炮。我俩坐在司机楼里，就算是"一等舱"的雅座了。司机马师傅，回族，对我们十分关照。

1965年9月8日，天气凉爽。王蒙披上墨绿卡叽面料风衣，我穿上王蒙从南疆为我买的那件银灰色的款式新颖的风衣，一同坐在司机楼内，开始了远赴伊犁的征程。

一路颠簸剧烈，视野倒还开阔，可以边走边欣赏天山北麓的大好风光。我们用手抓住扶手，头向下缩着，以防一不小心撞着车顶。

"昌吉，呼图壁，离开乌鲁木齐了！"

"石河子，建设兵团，周总理来视察过的。"

岔路口有通向油城克拉玛依与通往独山子、奎屯的指路标，"这一带有许多上海支边青年！"

一路上，王蒙充当了热心导游，不仅介绍地理、气温、特产、风土人情，还时常有所发挥，说明它的由来及发展。他有一种由衷的地理热情，对于新地域、新城市、新乡村、新生活、新事物、新环境、新人以及新的一草一木，都抱有极大兴趣。哪怕是在逆境中，他的心态仍是如此佳好，实在不同一般。

下午5点到达乌苏。车要在这里过夜，旅客全部下车住店。这种晓行夜宿的旅途生活，颇有点古代情调。

第二天中午经过精河县。这里处于沙漠地带，有全疆及全国著名的治沙站。勤劳的维吾尔人在沙漠中开拓出一片绿洲。过了精河，地貌果然不同，到处是大大小小的沙丘，使我们想起童年读过的《沙漠历险记》之类的书，在困顿中不乏浪漫感受。

快到了，这里是南来北往的交通要地——五台。五台四面都是山，中间一小块平地，从乌鲁木齐、克拉玛依、博乐等地到伊犁，都必须经过这个要塞式的地点。这里没有居民，只有为公路运输服务的加油站、旅舍、维修站和饭馆，也有邮局及银行。我们夜宿在兵团农五师经营的红星旅店。我们入睡前去农五师食堂，要了个红辣椒炒的回锅肉和丸子汤、米饭，还要了二两白酒。途中能吃得如此解馋，令人喜出望外。后来回想起来，有一种"文革"前最后的快乐生活之感。王蒙老说，五台红星饭店的酒肉晚餐甚至令他想起《苦难的历程》第一部一开始描写的克里米亚海滨疗养地的腐朽的快乐生活。真是与俄罗斯没法比，人家的腐朽生活是海滨疗养地，我们俩的最后享受的记忆只不过是一碟粗糙的肥肥的回锅肉与二两白干酒。

吃完，感觉出白天跋涉的疲劳，不到 9 点就熄灯就寝，凌晨 3 点 40 分，传来阵阵嘈杂声音，汽车发动机的强音把我们从梦中惊醒。司机同志说要早起赶路，大家谁也没有怨言，同住招待所的人们睡意蒙眬地各自对号入座，新的旅程又开始了。

王蒙兴奋地告诉我："今天会很早就到伊犁，这一路上净是风景。"

我顾不上旅途中的疲劳，把牢扶手，凝视远方。车子逐渐减速，爬坡，是蛇形的盘山路。偶尔车子弹跳很高，类似朝鲜同志表演的在弹簧垫上的飞人。这时我就得紧紧用双手护住头顶，生怕撞上车顶壁。

果然，似乎进入了世外桃源。没有人烟，两侧都是高高的山岭、原始森林、雪松、野生植物、山峰上积年不化的冷傲的白雪……山坡上还时而看到羊群与护林人盖的木房子。山坡上修了一些挡雪的栅栏，是为了保护牲畜的。往下看，是流水潺潺的山涧。

"请司机同志就在这儿给我们拍个照！"王蒙高兴地喊着。

咔，一张双人照，永恒地记载下我们双双赴伊犁的形影，也记载下天山山脉二台林区的风光，它是我们最珍贵的纪念。

再向前行进，好险啊，我几乎要吓昏过去。公路依山傍水，一个90度转弯之后，沿坡直下，好似直向湖里冲去。我不禁失声喊叫。王蒙特别兴奋地说："这是赛里木湖了。它藏在高山里面，究竟怎么形成的，还是一个谜！"

我望着湖水，真想跳下去。我蹲下，用双手捧起湖水，刚要送到嘴边，王蒙说："这湖水是咸的，不能喝。"湖边风大，吹得我头发飘扬，就这样，王蒙给我拍摄了一张当时叫作"小疯子"、现在该叫作"现代派"的照片。

当我俩再次在车里坐稳后，不约而同地说："咱北京香山的眼镜湖，还能称得上湖吗？！"伊犁还没到，就有点踌躇满志而且"忘了本"似的嘲笑起北京来。如今回想，这种嘲笑又焉知不包含着"吃不上的葡萄是酸的"那种可怜的意味呢。不过当时我俩都情绪高涨，至少是"做高涨状"。

一路风光，一路深情，一路向往，一路感慨，似乎有说不完的话。"到果子沟了，就只剩下一百多公里的路程了。"王蒙又作了预告。不知不觉中越过了天山，眼前穿行在尘土飞扬的大路上。路边一堆堆的苹果，小贩就地摆摊。

到了霍城县的清水河子镇，汽车在这里休息。这里是中苏边界，离苏联只有40公里。当时中苏关系正处于十分紧张的时期,遥望边界,回想起当年我们参加革命时对苏联的向往,不禁哑然若失。

车过巴彦岱了。那是王蒙在伊犁"蹲点"的地区。他和那里的维吾尔族农民"三同"——同吃、同住、同劳动。巴彦岱的公路平坦,路旁不停地传来一串串马蹄声,是四轮马车,上面坐着穿红挂绿的男女老少维吾尔族农民。公路两旁,家家户户架起葡萄架,宅院中还有果园。

"你看,这就是我的房东阿卜都拉合曼的家!"王蒙说。两扇掩不住的对面开的木制门,院墙里可以看见果实累累的苹果树。可惜车子飞速掠过,还没等我看清王蒙住在哪间房子,车子已经越过了那扇他时常进出的小院门。

"你看到这个水磨房了吗?伊犁一带都是水磨,格林童话集里描写过水磨房主。再看,这是多么大的苹果园,园门锁上了。契诃夫写过《樱桃园》,将来,咱们写个《苹果园》吧。这是皮革厂,伊犁的高腰皮靴,穿起来神气活现,像顿河的哥萨克……"

三十多年以后,回想旧事,我忽然发现,以王蒙的气质和性格、口才,也许他本来应该去当一名导游。如果他当年选择做导游而不是写小说,他的一生,我们的一生,会不会是另一种样子了呢?

依然是严酷的时代，严酷的处境，被毒化了的生活，但是我们走到哪里都会碰到一个个的好人。我们愿意记住这些人而不去斤斤计较或耿耿于怀另一类落井下石的人。

王蒙充当了三天导游。我们怀着几近于补度蜜月的心情，在1965年9月8日15时50分抵达西陲边城——伊宁市，当地人俗称它为"伊犁"。

伊犁汽车站位于工人俱乐部和食品门市部对面的白杨林中，一下车便是一番尘土飞扬、熙熙攘攘的景象。卖瓜子的、卖莫合烟的、卖卷烟用的旧报纸的、卖自制酥糖的，还有卖电影明星照片的，都聚集在汽车站门口，十分热闹。听说伊犁居民有从事小商小贩的传统习惯，即使在"批资本主义"最厉害的年月，也是禁而不止，停而不绝。

我们的车在汽车站略作盘桓后便按事先约定，向在伊犁区党委宣传部任秘书的宋彦明同志家驶去。

宋彦明夫妇很热情地迎接我们，并留我们先在他们家住下。他们的房子原是伊犁中苏友协的办公室，客厅很大，地上铺着漂亮的地板，屋子一侧还堆放着木材和办公用的书架等杂物。西边有个套间，想必是宋彦明夫妇的卧室了。

王蒙抢先说："我们就住这屋，睡地板。"并解释这几个月在巴彦岱农村，已习惯了"打地摊"。

"那怎么行，你们还是住里面套间。"宋彦明同志一再说。他原是兰州大学中文系毕业生，很有兄长风度。

"这里就很好，行，谢谢了。"我补充说。那些木材和书架等正好组成一道屏障，我们把行李堆放进去，真是再好不过的栖身之地。

宋彦明同志又说："崔老师的工作，我和州文教局谈过了，尽量安排在城里，离巴彦岱近一些的学校，这样王蒙回城方便些。"

我连声说好，一时不知该怎么感谢他。

依然是严酷的时代，严酷的处境，被毒化了的生活，但是我们走到哪里都会碰到一个个的好人，帮助我们的人，我们愿意记住这些人而不去斤斤计较或耿耿于怀另一类落井下石或者嫉贤妒能的人。

夕阳快落山了，我们婉转谢绝主人的款待，出门去逛伊犁。我早已按捺不住地想看一看，这座被王蒙誉为"共产主义型"的城市，是个什么模样。

从解放路拐向斯大林大街，我目不暇接地望着，走着。走过红旗百货商店、市银行、市图书馆、文化馆，再往前，便是一片片的私人摊贩了。卖羊肉的，把羊腿高高挂起，吆喝着招徕顾客。从正面看，肉又厚又新鲜，翻过来，里面却藏着筋头巴脑的劣质货；另一边，打馕人盘腿坐在地下（馕是新疆特有的一种面食），巨大的馕坑边沿，许多刚烤好的馕堆成一座小宝塔，香喷喷的，很诱人。打馕人高声叫嚷："不要粮票，一角五一个！"这里的东西显然比乌鲁木齐便宜，鸡蛋也才要 6 到 8 分钱一个。卖货的维吾尔族同志说的汉语大都带有西北腔，又夹杂着维吾尔族特有的发音，en 和 eng 不分，p 和 f 也常混淆，听起来别有一种味道。大街上几乎看不到小汽车，偶尔走过一辆苏联吉普"嘎斯69"，便是豪华车辆了。马车、牛车和驴车很多，不时还有哈萨克牧民骑着大马走过。车马过处，尘土飞扬，空气中充溢着牲畜粪尿的气味。

街头巷尾常能见到几座俄式建筑。褐色的拱形屋顶，屋檐延伸出来，由四根雕花柱子撑着，形成一把美丽的伞。王蒙说，这里受俄罗斯影响很深。沙皇时期，伊犁曾被帝俄侵占10年，后来经清政府力争，特别是左宗棠率大军开过来，才收复失地，但仍留下不少俄罗斯居民，十月革命后又有些"白俄"迁过来，现在他们都成了中国的俄罗斯族。伊宁西部的努海图地区，便是俄罗斯族与塔塔尔族聚居的地方。我仔细观察，确实看见几个披着大披肩的俄罗斯妇女在那座屋檐下进进出出。

走了没多久，王蒙就有点不好意思地对我说："其实，你已经走完了伊犁的主要街道。这里就这么一条大街。伊犁的市容我们已经欣赏完了。"

我心里咯噔一下，这就是你所称赞的"共产主义型"的城市吗？你也太会吹牛皮了！"真让我失望！"这句话刚到嘴边，又被我咽了回去。既然已经来了，我就应该懂得怎样去发现生活内涵的价值，埋怨又有什么用？！

夜幕降临，很多店铺开始上门板。王蒙建议我们赶快找个地方吃点什么，否则这里的店铺关门早，我们只好饿肚子了。

我们在红旗百货商店三楼找到一家红旗食堂。女服务员很热情地请我点菜，我不知道怎么竟鬼使神差地点了一个烹大虾！王蒙说他当时几乎昏倒——在那样的年月，那样的地方，居然想吃烹大虾，真是太浪漫、太"幻想曲"、太"资产阶级"了。女服务员眼睛睁得圆圆的，半晌才摇摇头回答："没有！"后来许多年，王蒙一直拿这个"典故"讽刺我，认定他抓住了我的短处。每当我做了不切实际的事情，或者进了饭馆而定不下来点什么菜，或者他点了菜我听着无法苟同死不点头的时候，他就会半调侃半义愤地问："您用点儿什么？烹大虾！"

不过，平心而论，我们初到伊犁时，那里的商品供应还是十分充足的。当地盛产的奶油、蜂蜜、瓜子，等等，商店里都能买到，而且价格很便宜。我们在农四师商店里买的羊毛毡子，质量极佳。小餐馆里，每天都供应热气腾腾的羊肉包子和拉面，后来许多年我们都习惯于用"小半斤"来充饥。"小半斤"是当地行话，拉面分"大半斤"、"小半斤"两种，"小半斤"就是四两。那手工拉成的细面条，浇上羊肉、番茄酱、土豆泥，色泽鲜红，味道十分鲜美。

几天以后，我调到伊宁市二中任教，"家"也落在那里。由于家属院的住宅尚未建成，我们暂时住在办公室。所谓办公室是指曾经充当过办公室的几间房子。长长的走廊两边，依次挂着"团委"、"工会"等牌子，实际上已没人在里面办公，有的已做了仓库。我们住了一大间，它原是二中汉语教员祖尔冬·沙比尔的住房，因为我们来，特地腾出来让我们住，他自己克服困难住小间。

说起祖尔冬，还有一段有趣的插曲。

那天，我们从宋彦明同志家搬出来，由于装车技术太差，刚上解放桥，大小沙发椅就从车上滑落在地。正在狼狈不堪时，一个陌生人走过来问：

"你们去哪儿？从哪里来？"

"去二中。从北京来。"

"哦，欢迎欢迎。我叫祖尔冬·沙比尔，也是二中的教员。"

他汉语讲得很流利，身体也壮实。一只胳膊挎起一个沙发就往前走，主动充当了义务向导兼搬运工。我们就这样和祖尔冬成了朋友。"文革"中，我和祖尔冬在一个"战斗队"里"闹革命"。后来，祖尔冬也搞起了写作，而且成为维吾尔族著名作家，担任过新疆作家协会副主席。他受到德国一个研究东方语言文学的机构的重视，曾经被邀请到德国住了一段时期。

"家"安置好了。一间约15平方米的木结构房屋，集卧室、书房、起居室、工作间、餐厅、厨房于一体，布置得合理、舒适，我们很满意。

随之而来的，却是一连串出人意料的事情。

砰砰！家里从早到晚总有人敲门。

"我是××单位的，慕名而来看望您。"

"我是您的读者，通过作品与您相识，今天见到您，很荣幸。"

"您是北京的大作家，能来伊犁，是我们这个地区的骄傲。"

不速之客络绎不绝。我来伊犁之前，王蒙长住巴彦岱，人们找不到他，现在却找到家里来了。

几天之后，又听到一些离奇甚至荒唐的传言：

"他是'大右派'，毛主席亲自给戴的帽子。"

"他们两口子都是犯了错误才下放来的。"

"听说他爱人上大学时就有作风问题。"

王蒙从不把这些话放在心上。他总是这样自我安慰："让他们说去吧，光听这些还有个完？"

我所在的伊犁二中，是一所"民汉学校"，校内大都是民族班，由维吾尔族老师任教，我教汉族班。学生们很欢迎我，尤其爱听我说北京话。老师们也是一见如故，我工作得很开心。然而，打击马上就来了。

9月底，我上班不久，正和大家一起喜气洋洋迎接国庆佳节与自治区成立10周年庆典时，传来消息，说贺龙元帅率领一个分团到伊犁来慰问各族人民。这是一件大喜事，我们翘首以待。但万万没想到，校方竟通知我，不允许我参加欢迎活动，而且据说这是经过严格的政治审查后决定的。我气得几乎发疯，王蒙也说太没道理，这是剥夺一个人的公民权！但他反过来又劝我："算了，算了。"那一时期，他最常说的一句话就是"算了"，他总是这样向后退缩，委曲求全。按我的性格，决不忍气吞声，于是我义正词严地通过各种方式澄清事实，表示强烈抗议，最终取得了胜利。校宣传委员正式向我赔礼道歉，并允许我参加了后来的一系列活动。

王蒙的紧张、惊慌使我非常难过。他究竟做了什么，会怕成这样，他从来不是这样，也不应该是这样的啊！

初步安顿下来后，王蒙带我去了他在农村的"家"。他始终严格按照组织上的要求，和贫下中农实行"三同"。他所在的巴彦岱红旗公社二大队离伊宁市只有 4 公里左右，坐 40 分钟长途汽车，下来再走一段路就到了。他住在第一生产队水利委员阿卜都拉合曼家里。拉合曼是位维吾尔族农民，个子矮矮的，留着漂亮的胡须，两眼炯炯有神。他的老伴，也就是王蒙的房东大娘，名叫赫里倩姆，瓜子脸，眉清目秀，穿一身玫瑰紫大方格的西式套装，一看就让人感觉到她年轻时一定相当漂亮。王蒙每日三餐喝她烧的奶茶，吃她煮的曲曲（馄饨），泡她打的馕。她总是挑起大拇指夸奖王蒙，说他白天帮他们收割、扬场、放牛，晚间盘腿坐在毡子上给他们讲故事、谈科学、说笑话。

"真是人民的好干部，我们都喜欢他，他是我们的老王。"她还一再对我说："他每天都惦记你，说你一定能来，连我们都等急了。"

他们有一个养子，十三四岁，名叫阿卜都克里木。这孩子原是汉族人，叫高周安，自幼父母双亡，跟着舅舅过日子，连温饱都得不到。舅舅心情烦躁，时常酗酒。每次喝醉了酒，便无故地打他。

他实在受不了，从家里逃了出来。不到 10 岁的他，沿着铁路线无目的地走啊走啊，饿急了就向住在帐篷里施工的工人们要口饭吃。后来他来到兰州，被孤儿院收留。三年困难时期，孤儿院迁至新疆伊犁，小周安又同几个内地逃荒人员结伴，从伊宁跑到巴彦岱。好心肠的阿卜都拉合曼夫妇身边无子女，便按穆斯林的礼法，举行隆重的割礼仪式，收养了这个可怜的汉族孩子。阿卜都克里木维语学得很快，和维吾尔族男孩子们在一起，完全没有两样。所以，拉合曼家里弥漫着一种特殊的民族团结气氛，让人感到分外亲切。

阿卜都克里木常常向王蒙说起他的童年。他还依稀记得他有一个姐姐，小名小玲子。他非常希望"王蒙哥"能帮助他找到姐姐。

"你的家乡是哪里呢？"王蒙问。

"河南。"

"河南什么地方？"

"不知道。"

这可难坏了王蒙。他一次又一次找阿卜都克里木谈心，竭力启发他的记忆，简直像如今电视剧里医生医治失忆病人的场面。

忽然一天，阿卜都克里木含着泪回忆起一首民谣，那是他幼时听人念叨过的。它叙述了一条河。王蒙抓住这唯一的线索，从地图上找到了这条河，并以"高周安"的名义给沿河几个省、市、县的革委会发了寻人信（很可惜，那首民谣和那条河的名字我们现在怎么也记不起来了）。

两个多月后，奇迹发生了。高周安的姐姐居然找到了！

原来，高周安连自己的姓也没有说对。他不姓高，是郜，原籍是河南省固始县。他的姐姐也不叫小玲子，而是小浏子。姐弟二人很快取得联系，相互寄了照片，写信诉说了别后的情况。但当时，农村生活还相当艰难，郜周安尽管这样戏剧性地找到了亲人，但千里迢迢，始终没能回乡去探望。

赫里倩姆年轻时先嫁给一个名叫乌斯曼的人，先后生过3个孩子，都夭折了，便抱养了一个女儿，名叫萨蒂姑丽。后来乌斯曼去世，赫里倩姆经人介绍嫁给了阿卜都拉合曼。现在，她把乌斯曼留下的正房让给萨蒂姑丽和丈夫阿穆特哈吉住，她与拉合曼老两口住在旁边小院里。我和王蒙的到来吸引了拉合曼家所有的亲戚，萨蒂姑丽夫妇带着五个孩子来看望。他们的长女名叫拉依赫曼，只有七八岁，却很能干，王蒙说她是他的维语老师，在她的帮助下，王蒙已经能用维吾尔语作简单的对话了。

王蒙用维语问了拉依赫曼一句话，并向我解释说："我问的是'您的家庭成分是什么？'这是维语课本上的一句话。"只见拉依赫曼严肃地、一字一字地回答了一句维语，意思是"我的家庭成分是贫农"。她说话时张大了嘴，正面对着王蒙，示意让王蒙注意她的口型，那神情俨然是个称职的小老师。

他们的小院子里，处处是果木，院门也不大上锁，别有一番情趣。王蒙后来在他的作品《虚掩的土屋小院》中，对此有详细的描写。

我们大家围坐在一个小炕桌旁，赫里倩姆为每人端上一大盘拉面，那面条长得让你用筷子挑不到头。席上说说笑笑，特别快乐，我感到像是作了一次极好的旅游，又好像我们在遥远的疆域拥有了一座别墅。

然而，就在这高高兴兴的时刻，身边再次出现了阴影。

阿穆特哈吉匆匆走来告诉王蒙："你在伊犁州的朋友找你来了。"

伊犁州的朋友？王蒙大惑不解。这时进来一位少数民族同志，经介绍才知道他是伊犁州一个局的干部，哈萨克族。王蒙初到伊犁时，住在伊犁饭店，与一位乌鲁木齐来的客人同屋。一天晚上，这位哈萨克族朋友来找那位乌鲁木齐来的客人，便与王蒙攀谈起来，谈得很投机。从谈话中他得知王蒙马上要去巴彦岱，他说他会来看王蒙，没想到时隔半年，他真的找来了。这位哈萨克族朋友汉语说得极好，发音准确，四声分明，语法也很完整，显然是受过专门培训的，与本地的"土汉语"完全不同。他看上去很精干，彬彬有礼，给我留下很好的印象。

但王蒙的神情十分尴尬，说话支支吾吾，嘴里像含着茄子。他这样突然反常，使我觉得很奇怪。那位哈萨克族朋友似乎觉察出什么，借口还要去看亲戚，匆匆告辞了。

回到伊宁王蒙告诉我，原来他听别人说，那位哈萨克族朋友属于"思想有问题"的什么什么"分子"，正在机关接受监督劳动。王蒙生怕人们把他这个当过"分子"的人与另一个不相干的"分子"联系起来，看作"阶段斗争的新动向"，所以一提此事就紧张得脸色都变了。

他惶惶不安地问我："你看怎么办？"

"什么怎么办？"

"我真怕他再来。"

王蒙的紧张、惊慌使我非常难过。他究竟做了什么，会怕成这个样子！他从来不是这样，也不应该是这样的啊！

房东起身告辞时，忽然推开手帕，把我们待客的小点心和奶油糖果拿了几块包起来带走。我很奇怪。王蒙说，这是表达他们的欢悦和对主人待客的满意。

冬天到了，我们迁入伊宁市二中新修的一排家属宿舍。这些房子后窗都朝向解放路二巷宽敞的土路。维吾尔族人盖房往往喜欢把窗子开在临街的一面，他们说从窗内眺望行人诸景，是一种"塔玛霞"，即欣赏自娱。他们的窗子上一般挂有白色或淡蓝色的挑花窗帘。一块布，在它的周围边缘"雕刻"上蝴蝶或树叶图案，看起来栩栩如生，它几乎成了维吾尔族人的象征。在伊犁，常见到一些妙龄少女用手工做窗帘，既显示她们的心灵手巧和好美习性，也表现出一种民俗文化。

迁入新居后，我也凑热闹，请维吾尔族女老师做了几个挑花窗帘，挂上，很新鲜。对于当地民族一切美好的东西，我们都乐于吸收，以丰富自己的生活。我们觉得，这不仅是入乡随俗，而且是从善如流。我的挚友、汉族老师张继茹见到我家的维吾尔式窗帘，说："学这个干什么，好好的一块布挖几个洞！"话虽这样说，可她至今还留在伊犁。她在 60 年代初自天津支边去新疆，一扎下去，就是一辈子。

没有料到，自挂上这窗帘后，几乎天天有人敲我家的门，找"阿衣霞姆"或"米吉提"等。原来，来人误认为我们是他们要寻找的少数民族朋友。等进了门，看到我们的汉族面孔，他们才大吃一惊，紧接着是抚胸行礼，连声道歉，且退且疑。

也有些类似乞丐的少数民族的人敲我们的门，伊斯兰教把施舍看作信徒的一个义务，他们从来不会拒绝乞丐的。当乞讨者发现我们并非维吾尔族穆斯林之后也连忙退走，但我们都遵照穆斯林的习惯对他们有所赠予，这使我们觉得与当地少数民族缩小了距离。

第二年春季，王蒙在巴彦岱的房东大娘（我们称她"阿帕"，就是"妈妈"的意思）同姐妹们一起专程来伊宁市二中看望我们。她们在我们门前房后转悠了半天，不敢敲门。后来进入室内，径直走到临街的后窗前，高兴得脸色发红，指点着我们的窗帘，尖声尖气地连连叫好，然后才顾上问我："你好吗？巴郎子（孩子）好吗？来伊犁生活习惯吗……"

王蒙特意为房东阿帕买了茶砖，烧了茶。他说："今天您到我家来，就喝我亲自烧的奶茶吧！"对于女客们来说，这也是打破惯例，因为在她们家里，男人是从不动手做这些事的。

"您看像不像，味道怎样？"王蒙征求天天给他烧茶的阿帕的意见。

"味道好极了。盐、奶都适度，如果再把牛奶用文火慢慢烧，烧起了奶皮，就更好了。"阿帕回答。

在新疆那些年，我们喝惯了奶茶，后来回到北京，还常常为买一块茶砖而到处奔波。起初在王府井茶庄和崇文门西大街的茶店可以买到湖南茯砖，以后那里没有了。为买茶砖，就得去二里沟的新疆驻京办事处。我们似乎仍然没有离开新疆，每每一面喝奶茶，一面回忆伊犁的往事。

　　房东阿帕问寒问暖。她建议我们把孩子接来，说老王在巴彦岱工作，我一人在家太孤单了。我们一起嗑着瓜子，喝着茶，吃着小吃，有说不尽的话题。我和客人们的交谈，都由王蒙翻译，他十分有兴趣地干着这个差事，认为是他学习维语的好机会。我偷偷观察，见他果真是一面翻译一面仔细观察客人们说话时的口型。

　　房东阿帕给我们带来了她亲自晾制的葡萄干。在她起身告辞时，忽然摊开手帕，把我们待客的小点心和奶油糖果等拿了几块包起来带走。这举动使我很奇怪。事后王蒙说，当地人有这个习惯，这是表达他们的欢悦和对主人待客的满意。看来王蒙对维吾尔族朋友们的生活习俗，已经了解得比较细致、深入了。

多一双眼

西藏自治区负责同志开玩笑说，下次王蒙"犯了错误"下放，我们坚决要求把他下放到西藏，培养出一个懂藏语的部长——作家。

在我们启程去新疆前以及刚到新疆时，王蒙一直反复地对我说："要深入生活，要跟少数民族打成一片，要真正地了解、熟悉他们，就得把语言学会。懂了语言，才可能比常人多一扇窗户，多一双眼睛，多一副耳朵……"这不仅是他的宣言，也是他的兴趣和行动。

当他做翻译、读维文原版小说及用维语与新疆各阶层人士对答如流地交谈的时候，许多汉族同志不禁提出一个共同的问题："你怎么学得这么快？这是天赋吧，我怎么就不行？"

依我看，王蒙学得有兴趣，但也很苦。他是无时不学，无处不学。那时没有什么广播教学和教材，凡是生活中能听到的，看见的，他都学。在维吾尔族地区，无论男女老幼，都可以成为他的教师。房东大娘的外孙女拉依赫曼，当时只有八九岁，就是王蒙的"小老师"。拉依赫曼口齿特别清楚，发音标准，她认真负责而又当仁不让地担负起给王蒙教授维吾尔语的职责，一遍遍耐心地、不厌其烦地做示范，为王蒙校正发音和语调。王蒙每天就寝前，总要反复背诵30个单词，他说这样记得牢。时常，夜深人静，他在梦话中连连高声喊着一个单词，吓得我直哆嗦。我从睡梦中被他惊醒，于是彻夜无眠。

后来"文化大革命"开始，要求熟记"老三篇"和"语录"，王蒙干脆诵读维吾尔文的"红宝书"，既符合上级要求，又学会了维语。有一次他用维语大声朗诵《纪念白求恩》，竟招来一位维吾尔族老太太旁听。老太太甚至说，她原以为是广播电台的维吾尔族播音员在朗诵哩。

王蒙主张学了维语就要用，并开玩笑说，他学到了 8 个单词，可以发挥 10 个单词的作用。一年以后，他给大队干部做翻译，已经可以达到同步翻译的地步，人家一边说，他一边译，同时理顺语法，弄清重点，人家说完他也正好译完。后来他回到新疆自治区文联工作，一些维吾尔族同志开会发言，还都愿意找他当翻译，说王蒙的翻译能帮助他们发言成功，使他们的意图得到更好的表达，更易于被汉族同志所接受。1984 年，王蒙访问苏联乌兹别克加盟共和国首都塔什干。乌语与维语，用王蒙的话说，就像天津话与北京话一样地接近，所以他能用维语与当地人士直接交谈，乃至在接受电视采访时也直接用维吾尔语回答问题。

当地一位导游用英语对王蒙说："我从未想到过一个外国人可以如此熟练地讲我们民族的语言！"王蒙对此得意极了。

王蒙也十分热衷于炫耀自己的维吾尔语口语，一遇机会就爱讲。回到北京以后，说维语的机会少了，他无论在马路上或是商店里，只要遇到维吾尔族同志，便马上凑过去说几句维语，好似过了瘾。直到后来担任文化部部长时，他还是创造条件说维语。有一次，他与当时的国家民委主任司马义·艾买提联合招待西藏歌舞团。司马义·艾买提同志本来可以用汉语讲话，王蒙却硬是要他用本民族的维语致词，由王蒙担任现场翻译，以至于在场的西藏自治区负责同志开玩笑说，下次王蒙"犯了错误"下放，我们坚决要求把他下放到西藏，培养出一个懂藏语的部长——作家。这真不失为一个好主意，当然，王蒙只愿当个作家。

那些年，王蒙被剥夺了发表作品的权利，但是谁也剥夺不了他勤奋学习的精神；剥夺不了他深更半夜在梦话中喃喃说维语的习惯。他说："写不成，可以做翻译；翻译不成，可以学理发；当理发员也不成，还可以跟维吾尔族同志交朋友……"反正他要生活。

"文革"十年期间，他把心爱的钢笔扔在一边。他的衣服口袋里、书包里，绝没有钢笔。遇到写个什么材料，填个表格之类，就向我们的儿子借笔用。"不写作了，不写作了。"这句话他常常挂在口头。他甚至以没有笔而自豪、自嘲、自轻、自贱。

老王哥哥

当地人很喜欢王蒙，用汉语称呼他"王大队长"、"老王哥哥"、"王民"（把"蒙"读成"民"）。

由于王蒙维吾尔语讲得越来越流利，他可以与当地的少数民族干部、农民完全打成一片。农村与伊宁市的许多红白喜事，尽管是按照少数民族与穆斯林的风俗进行的，王蒙仍常常是座上客，遇到都瓦（宗教祈祷），王蒙便低头静默，表示他虽不参与，但对兄弟民族与他们的宗教十分尊重。其他一切礼节，包括洗手方式以及盘腿而坐，把掰碎了的馕泡茶吃、敬老，还有礼貌用语，如第二人称和各种祈使动词采用尊称形式等，他都可以毫厘不差地做到合乎标准。他常常衷心赞美兄弟民族生活习惯中讲卫生与讲礼貌的特色。他很善于发现他们的长处，我从未听到他说他们一个"不"字。

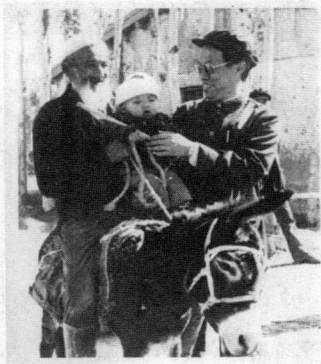

时隔许多年后，1990年我与王蒙重访新疆，在伊犁和巴彦岱乡，当地农民、知识分子，仍都把王蒙当作自己的亲人。每到一处，主人杀鸡宰羊，倾吐衷肠；分手时，依依不舍，洒泪话别。伊犁河畔一个庄子里，公公婆婆都已去世的古丽尼莎见到王蒙，一面叫着"老王哥哥"，一面抱住他痛哭失声，在场目睹者无不为之动容。在乌鲁木齐文联宿舍，已故维吾尔著名诗人克里木·霍加的妻子高哈丽雅（塔塔尔族），一个当年的金发美人，见到王蒙也是放声大哭。在场的陈柏中同志说："做人能做到这样，一个作家能做到这样，也就可以了。"临别时，高哈丽雅把诗人生前最喜欢佩戴的一条可可色领带给了王蒙。

王蒙在巴彦岱劳动锻炼期间，担任过一年副大队长，我们重访巴彦岱时，许多农民老远就喊："大队长来了！"他们忘不了他。王蒙对农村基层干部也很有感情。他坚决反对那种不分青红皂白，随意攻击、谩骂村干部的做法。1978 年 5 月，王蒙第一次重新在《人民文学》上发表作品。那篇题为《队长、书记、野猫和半截筷子的故事》的小说，开头就有这样一段话：

应该怎样为人民公社的基层干部画像呢？是描写他们的风吹日晒下黝黑而皱裂的皮肤吗？……同情他们熬红了的眼睛和嘶哑的喉咙吗？……还是为了他们往往处在矛盾的焦点，受到各方面的夹击而不平呢？

当时，王蒙所在的第二大队，党支部书记名叫阿西穆·玉素甫。1990 年，我们到这位已退下来的白发书记的家，王蒙自豪地指着房顶说："你还记得吗？ 1968 年你上房梁的时候，我还来帮过工呢！"

"啊，是啊，我们忘不了。你们也要记住我们的成绩。我们保护、培养了一位作家，让全世界都知道了我们伊犁的巴彦岱……""阿书记"诙谐的话，引得众人大笑。

1990 年年底，"阿书记"为给现任乡支部书记卡利·毛拉克配制假眼，两人一起到北京来住了一个多月。这期间一直由王蒙接待。对于他们的食宿、市内交通及联系假肢厂检查定制等事情，王蒙都大包大揽下来。我则专门招待他们来我家做客，并给他们摄影留念。

除了巴彦岱的房东阿卜都拉合曼外，王蒙还有一家房东，老汉名叫伊斯哈克，大娘名叫穆斯罕。前面提到的与王蒙抱头痛哭的古丽尼莎便是他们的儿媳。他们都来自南疆的喀什噶尔。那时，穆斯罕生的第一个孩子夭折了，他们心情恶劣，便步行三个月，来到伊犁。他们给王蒙详细讲述从焉耆翻过天山冰峰来到新源县的情形，讲他们怎样在天山的刺骨寒风中过夜。我们听了，深感生之维艰。活着，本来就不容易啊！

伊斯哈克质朴、老实、勤劳。穆斯罕则性情开朗，喜欢唱歌，有时她在劳动中引吭高歌，嗓子又尖又亮，像少女一样。她唱的歌都是南疆风味的，用王蒙的话说，是"骑毛驴吃桑葚"的味儿（南疆有植桑养蚕的悠久传统），与北疆民歌骑着马奔驰在草原上的旷野风味不同。

不但我和王蒙与伊斯哈克、穆斯罕结下了深厚友谊，我们的孩子也与他们的一儿一女结为好友。儿子一来，就跟他们上运河游戏，如果赶上打麦，三人便一同去麦场，骑在那拉着石磙子脱粒的马上玩耍。伊斯哈克的女儿叫塔西古丽（"石头花"的意思），秀美而剽悍，管教她的弟弟拉合曼时从不手软，常常伸手就是一巴掌，干活儿也极利索。她一见王蒙就大喊"大队长哥"，特别爱听王蒙给他们讲故事。她不满 17 岁就出嫁了，现在已是好几个孩子的母亲。

伊斯哈克有一次很认真地问王蒙:"中国在什么地方?是在喀什噶尔吗?"

王蒙告诉他,中国是我们29个省、市、自治区(当时海南尚未划省)的总和,当然也包括新疆——伊犁和喀什噶尔。可无论怎么样讲,老汉也不明白,连什么叫新疆他都不明白,他只认可具体的村镇,最多到县市。王蒙谈起此事总是不胜叹息。这些维吾尔族老农民,一方面是那样善良、纯朴、真诚,待我们如同至亲骨肉,确有许多优秀品质值得我们学习;另一方面,却又实在是太闭塞,太缺少文明教育的洗礼了。边疆的一切,真是让人牵肠挂肚!

每年夏秋之际,王蒙都在麦场上劳动。他学会了摊场、晒场,直到有一定技术性的扬场。他很喜欢扬场,说这个活儿有"韵律性"。

打场疲倦了,浑身全是土,王蒙多么想跳进大海去畅游一下!我知道他是最喜欢游泳的,然而眼前哪里有海?哪里有江河?哪里有哪怕是小小的游泳池?有的只是路边的一道小渠沟,一个小泥坑。即使这样,他也曾脱掉衣服跳进去,跟当地一些光着屁股的巴郎子混在一起,戏水自娱。每当他说"今天下水游泳了",我就替他难为情,路上那么多行人,还有过往汽车上乘客的眼睛呢。

一劳动,王蒙就换上最旧最破的衣裳。那身衣服洗了又洗,补了又补,后背全是汗渍。他的衣服之破,不但在城市,就是在当时物资匮乏、生活贫困的农村,也可以数一数二。有时我觉得他是在有意无意地突出自己的衣衫褴褛。为什么呢?是表示艰苦朴素?是不修边幅的名士风度?还是低头认罪,只有那副样子才能说明自己改造得好?我觉得他做得太过头了。为这,我俩常常争论不休。我认为不管处境怎样恶劣,劳动也好,改造也好,自己是个"大写的人"，就应该堂堂正正挺起胸膛做人。我行我素，是我的一贯主张，干吗穷酸到这种地步，褴褛到这样一副叫花子相！

王蒙的自行车也是远近驰名的。那是 1956 年新年买的杂牌车，车身锈得一塌糊涂，车把断了又焊上，大梁也焊过一次，车条常常缺俩少仨。巴彦岱的农民都拿他的车取笑，但又称赞他的车骑起来轻便、好使，甚至有人试探着想买他的车，但王蒙拒绝"出让"。他在巴彦岱的房东家里养了一只黑白花猫，每次远远听见他那"除了铃铛不响哪儿都响"的自行车的响声，猫就会跳上房顶，一直跑到村口去迎接他。这辆破车一直用到 1975 年买了适合农村用的加重"飞鸽"，又直到 1979 年我们离开新疆前才正式与它告别。

王蒙至今仍然喜欢骑自行车。在文化部任职时，他买了一辆英国产的女式凤头车，凡到近处去办事，就骑车。可凤头车太名贵，一般的存车处他都不敢存，反而不如骑破车方便。他开玩笑说，虽然鸟枪换炮了，毕竟不如扛着鸟枪时潇洒。在新疆的那辆破车，连车锁都没有，去澡堂子洗澡，一去起码一个小时，把车大模大样地放到浴池大院，从不会丢失，多方便，多自在！

我曾谈到临街的窗。不错，它是一景，从里往外眺望静和动的景物，满有伊犁特色。走在巷子里，看一排排窗户朝街的房子，和家家户户挂着的精美的富有民族特色的窗帘，也很有味道。可是这样的窗子也给我带来了不安，我常常觉得缺少安全感。日间有时有顽童向我们的窗子扔石头，石子穿过玻璃飞入室内，打碎了物品是小事，一不小心还会伤人。到了夜间，更是害怕非常，生怕会破窗进来一个坏人。王蒙有时忙，回不来，我只身一个人，常常竖起耳朵听动静，难以入眠。王蒙在巴彦岱的劳动强度很大，有一天收工已是夜里 11 点半，他极累，可是想到我一人在家害怕，还是蹬上那辆破车，夜行 10 里路赶回家来。到家快下半夜 1 点了，当！当！当！窗户上敲了三声响，这是我俩的暗号。我立即惊喜地跑出来。谁知家属院的后大门锁住了。王蒙推着车在门外，我站在门里。

"这怎么办？"

"怎么办呀？"

"找钥匙去。"

"不行，太晚了，没法敲人家门。"

王蒙见大门底下有半尺多高的空隙，急中生智，便把破车往当街一撂，自己从门下爬了进来。

我给他掸掸衣服上的土，问："车呢？"

"不管了。"

对于把自行车扔在大街上，他完全放心。他说："贼娃子（西北地区这样叫小偷）都是有本事的好汉，如果他们偷了我的那辆破车，他们不觉得丢人，不觉得晦气吗？"我欲笑无声。

有一回，我们学校组织师生在通往巴彦岱的公路上劳动。完工后，我没回家，而是沿着相反方向步行一个多小时，来到王蒙的房东——阿卜都拉合曼家。我的突然到来，受到他们全家的热烈欢迎。房东阿帕忙着切非常鲜的羊肉、胡萝卜和洋葱，再用柴火点燃的炉灶做了一锅抓饭。户外天棚下低矮的小饭桌上摆了许多盘抓饭。

我有些踌躇："是不是需要用手抓？"

阿卜都拉合曼微笑着说："不用，用勺。"他拿起勺示范。他们对汉族同胞还是"放宽政策"的，但他们自己更喜欢用手抓着吃，据说用手抓才吃得香。

晚间，房东的亲戚全来了，我们盘腿围坐在毡子上，说笑话，拉家常。

那天我夜宿在王蒙平时住的那间小茅屋里。屋子面积只有 4 平方米，除了一个炕、一个灶外，屋顶还有一个歪斜的通往天空的烟囱。有趣的是，两只燕子在屋檐下做了窝，彼此相亲相爱。王蒙不止一次对我说，燕子要选好心人的房子才会住下来。他直感到这儿的风水好，命运不会亏待他的。

"你想孩子了吗？"他问我。

"想了，十分想。有时听到窗外孩子叫妈妈的声音，我的心疼得揪在一起。"

沉默之后，我们再次商议，孩子还是来到我们身边好。

夜沉沉，满天的星斗闪烁，正像我们的心彼此照耀，不必喧哗。

王蒙在这间小屋还要住多久？我不能问。

"这儿很静，夜间很得歇。"我说。

"是这样。"他说。

"我也喜欢住小屋，如果离我们学校再近一点儿，每天我都会来。"

"是啊！是啊！"王蒙好像突然变得不大会说话了似的。

小屋的空间虽小，两颗心的心事却无边无际。我们议论、分析了当前及未来。到新疆来，好；到伊犁，好；下乡，好；维吾尔农民，好。这一切都是好事，好事加好事，更是大好事。但这些好事又通向何方呢？我们这样好下去，究竟是好到哪里去呢？还有我们的双亲、我们的孩子怎么办呢？

当年秋后，"文化大革命"的狂涛波及伊犁。"破四旧"、全国"大串联"的消息从玉门关那边传来，我们学校的"革命小将"也闻风而起。

他们罢了课，闹着要到北京去。

一天深夜，我家外面忽然响起一阵乱喊乱叫声，门上发出唰唰的声音，好像有狗在扒门。幸亏王蒙在家，否则我会吓得魂飞魄散。

"你听听，这是怎么了？"我对王蒙说。

"睡吧，没事。"他回答。

第二天清早，我推门想出去，门却推不动。费了好大劲才把门打开，原来，大字报已经铺天盖地贴到我家门上了。当天，几个红卫兵闯进我家，先抄走室内一些装饰布，然后环顾四周。

"抬走这个！"一个领头的指挥着，抬走了我家的沙发和转椅。他们说，坐这么柔软的椅子，是"资产阶级生活方式"，还说要把沙发、转椅拿出去游街示众。嘴里虽这么说，他们几个人却轮流坐在转椅上玩耍。

我上前阻止："你们不是批判它吗？怎么还坐在上面转着玩，欣赏它呢？"那几个人无言以对，可也不敢再玩下去。到底是新疆的红卫兵见识少，连"革命造反"的气势都比关内弱两级。但最后，他们还是推来一辆平板车，把我家的沙发、转椅和另几位维吾尔族老师的高筒丝袜堆在车上，游街一圈"示众"。

红卫兵走后，王蒙把墙上挂的我俩唯一的一张结婚照取下来，在三面墙壁上挂了三张毛主席像。其中有一张是毛主席坐在沙发上抽香烟。

"你应该跟他们辩论，毛主席就坐在沙发上，有什么不可以？"王蒙说了这么一句。我想了想，"还是不要提毛主席吧！"

"革命小将"又回来了。进了我家，就往墙上看。

"这不是毛主席也坐在沙发上吗？！"王蒙耐不住，脱口而出。

那位小将鼻子里"哼"了一声,没说什么,又转过头去研究南墙上挂的另一幅毛主席像。

"这张像有问题!你们看眼睛!"

几个红卫兵七嘴八舌地叫着:"这是阶级敌人捣的鬼,毛主席的眼睛一大一小!"

那天闹腾了一阵儿,还好没出什么事。但还有不少人为王蒙担心,怕他在新疆有危险。

要说有危险,我们的确天天在危险之中;但也可以说没危险,因为伊犁确实没有什么人想对王蒙下手。有人说,王蒙虽然人、户口和"家"都已搬到伊犁,行政关系和档案却仍在乌鲁木齐,成了个"两不管"的人物,所以没人整他;也有人说,王蒙早在50年代已被"揪"了出来,现在不过是下乡与农民一起抢砍土锾,只能算个"死老虎",所以没人再"揪"他。我觉得,最重要的还是王蒙自来到伊犁后,始终谦虚谨慎,踏踏实实地与当地群众"三同",尤其尊重兄弟民族,热爱边疆一草一木,又在极短时间里学会了维吾尔语,完全与当地群众打成一片,这就使他置身于人民群众的保护之下。确实,整个"文革"当中,我们没有被抄过家,没有被动过一根毫毛。北京有些老同志知道后都说:"这简直是奇迹!"

"文化大革命"一开始,王蒙所属单位——新疆维吾尔自治区文联就成了整顿的重点,《新疆文学》主编王谷林同志被揪了出来,报纸电台口诛笔伐,声势浩大,惊心动魄。当时王蒙正在农村忙于夏收,收听到批王谷林的广播,颇感心惊肉跳。这里还有一个有趣的小插曲。1966年8月夏收大忙季节,巴彦岱二大队各生产队展开了夏收流动红旗竞赛。第一阶段10天过后,第六生产队进度最快,大队准备把红旗评给六队。但第一生产队副队长雅阔甫江提出了一个问题："你们批判王谷林了吗？"

六队队长是个农民，完全不懂文学，更不知道王谷林这个素不相识的人是谁，所以茫然不知所对。

雅阔甫江有一定文化，爱当领导，又善于辞令。他趁机讲了一通，说只抓收割小麦不批判王谷林是"方向有问题"。就这样连蒙带唬把红旗评给了麦收并不好的第一生产队。

1967年，王蒙曾短暂回过一次乌鲁木齐，见到王谷林，他把这事告诉王谷林。当时身份为黑帮、正负责打扫工作的王谷林笑了，操着他的苏北腔说："我还成了评比红旗的条件哟。"

当然，在这场风暴中，王蒙也有几次有惊无险的经历。1966年11月，在全国批判资产阶级反动路线的高潮中，庄子上有几个从甘肃来新疆的"自流人员"给王蒙贴了大字报。其中一个人外号叫"泡克"（大粪），他的几只母鸡吃了农药毒死了，坚持认为是某个老农投的毒，理由是那老农和他吵过架。他们找到"王大队长"，王蒙认为吵架不能作为判断投毒的依据，但"泡克"不听，认为王蒙没有为他做主，便记恨起王蒙来。王蒙对此叹息多次，说不学习形式逻辑的起码规则，真是有理说不清，无理也搅三分。还有一位社员，爱写信控告别的社员，王蒙对他态度也比较冷淡。

这两个人突然贴起大字报，大致内容是："王民是'大右派'，要把这条毒蛇揪出来！"

他们显然并不了解多少情况，连王蒙的名字也没写对。

提到"大右派"，王蒙就没什么话可说了。他除了保持沉默，还得接受这两个社员的"质询"。他做好了最坏的准备。

但那两人实在不得人心了，没有任何一个土生土长的农民响应他们的闹哄。阿卜都拉合曼叹息说："怎么能无缘无故地给一个人抹锈（即抹黑）呢？这难道是'造反有理'吗？如果这样造下去，早晚会变成造反无理的。"

那两个人终于没能闹起来，王蒙仍然平安。只不过公社领导认为在这种情况下，王蒙不宜再担任大队的领导职务，便悄悄停止了王蒙的大队长工作。

再一次有惊无险是1969年年初，王蒙所在的新疆维吾尔自治区文联两派群众组织"大联委"，给巴彦岱公社革委会写来一封信，说王蒙是没有改造好的××分子，应冻结其所有存款。公社革委会研究了一下，认为王蒙在巴彦岱"表现很好"，如果自治区认为王蒙有问题，要杀要剐，请你们自己来做，我们没有义务听什么"大联委"的指挥。公社一位名叫赵福的锡伯族同志，把这些情况原原本本地告诉了王蒙。

与此同时，由新疆生产建设兵团派出的宣传队进驻公社，搞"斗批改"。他们先找王蒙训诫了一通，过了几天又对王蒙说："经我们研究，认为对你仍是可以利用的，我们准备留你在大队搞文字与口头翻译。"这样，王蒙不但没有在"清队"中挨整，反而成了机要工作人员。宣传队员与大队干部关系不协调，王蒙尽量帮助他们沟通。一位宣传队员要申请入党，甚至让当时没有共产党员身份的王蒙替他起草入党申请书。在我家的相册中，至今还保存着一张照片，是宣传队员、大队干部与王蒙的合影，照片上写着8个大字："团结起来，共同对敌。"这是当时"清队"的口号。王蒙还帮助写过许多标语，写过阶级斗争教育展览会的解说词，无怪乎当时一个下乡插队的高中毕业生赞叹说："像老王这样的，人又好，又有本事，无论什么时候都是受人欢迎的呀！"

然而，提起这段历史，也让人觉得有点不好意思。王蒙算不算是曾经"助左为虐"呢？

王蒙被命运弃置于边疆一隅，像一条鱼被抛在沙漠里，他会不会活活地被晾干晒死呢？不会。他爱生活，他爱边疆，爱边疆人民，和他们相处得很好。他仍然感受到生活的乐趣。事后他对我说："古语说，大乱避城，小乱避乡。像'文化大革命'这样的大乱，政治性的乱子，越是大城市越厉害。我当时若在北京，不被揭掉一层皮才怪。恰恰是边疆伊犁，什么事都'慢三拍'，又是少数民族地区，所以缓和得多。第一，伊犁基本没有抄家的；第二，伊犁的私房一直私有。就这两条，在'文革'中已经是奇迹了。我们到伊犁，真是不幸中之大幸啊！"

1967年6月，伊犁的两派武斗达到极点，迫击炮和机关枪等重武器也投入战斗，一时间炮声隆隆，硝烟滚滚，枪炮声、喊杀声在寂静的夜晚格外令人胆战心惊。上街不时会吃到冷弹。正在这节骨眼，一辆毛驴车停在我家房门前。

王蒙在巴彦岱的房东阿卜都拉合曼，微笑着看着我们，双眸满是慈善。

"老王，接你们来了，快收拾一下，跟我走。"

一时我们喉咙哽塞，惊喜交集，连声说："好，好。"顿时觉得有了安全感。在这样的紧要关头，房东的这种深情厚谊，实在感人肺腑。

迈进老乡家门，一颗悬挂的心落在了实处，心想再大的邪恶，我们也是无所畏惧的了。

这边一派风景独好。院中的炉灶又移动了，房东阿帕总喜欢改变布置，经常不是把炉灶砌在凉棚下，就是搁到西面墙角去。屋里屋外，处处渗透着女主人的勤劳。阿帕喜笑颜开地为我们安置好住处说："这回你们多住些日子，等太平了，再回去。"

我们不客气地一住就是 50 天。王蒙上工，我在院子里的苹果树下看书，信手可以摘果子吃。每日三餐，盘腿入座，吃现成的。维吾尔族女主人是不让宾客动手帮忙的。

院子虽静，我却心乱如麻。这日子什么时候能到头呢？

当我们重返伊宁二中的家时，发现门上的锁已被撬坏。所幸物品损失甚微，只一听四鲜烤麸和一匹挂面不翼而飞。

回到伊宁不久，我们就把孩子接到了身边。同时接来的还有王蒙的二姨。她年轻丧偶，无儿无女，孤苦伶仃。在年近 60 岁时，毅然投奔我们，说我们待她好，愿意和我们一起度过晚年。王蒙也很想为二姨尽一份孝心。她不仅是他的姨母，而且是他的第一任文学教师。是二姨教 5 岁的王蒙写毛笔字，也是二姨帮助他造长句、做作文的。

天有不测风云。二姨从北方万里而来，兴奋至极。没想到不到两周，她竟然患脑溢血，没留下任何遗言，就默默地与世长辞了。王蒙悲痛万分。那几天我正和学生们在农场参加麦收劳动，食宿在现场，没法回家。一切后事料理，只好全靠王蒙一人。幸亏有我们学校的哈萨克族老师阿卜都拉亦穆和六中的马车夫王平山师傅帮忙，才顺利地把诸事安排妥当。我至今仍要向这两位朋友表示最崇高的敬意。

如今，我们全家都回到了北京，二姨却永远留在异域。一想起来，我们就心痛如绞。安息吧，可怜的二姨！

这时期，王蒙经常喝酒，饮酒量比过去增加了好几倍。这现象我能理解，他心中太郁闷，而且又处在当地少数民族同胞大都喜欢喝酒的环境中。

王蒙喝起酒来，不拘形式，不分场所，也不讲究下酒菜。一天他正骑车赶路，突然被大队会计伊尔泰截住，伊尔泰叫他一声大哥，把他拉到路边玉米地里，随后就从腰里掏出酒瓶。没有酒杯，没有下酒菜，伊尔泰顺手拧下自行车上的铃盖，把酒倒在里面，仰头一饮而尽。两人就这样足喝了一通。

还有一次，王蒙被一帮人叫了去。大家围坐在桌子四周，桌上放的是57度劣质散白酒，几头大蒜瓣做下酒菜。只有一个酒杯，每个人喝一口酒，唱一支歌，然后把酒杯传给下一位。满桌的维吾尔族同胞，看不出中间还夹着王蒙这么个汉族人。他开口唱的也是维吾尔族歌曲。

那天他是下午被叫去的，到了晚上9点还没回家。我放心不下，便上街去等他。等了片刻，只见他扶着墙壁慢慢走来，随后又抓着电线杆子大笑，笑得没完没了，口中还不停地说："好，好，好……"

人们都说酒后吐真言，王蒙却连声只说一个"好"字。我知道，他是大醉了，赶忙揽着他回到家，安顿他睡下。不料他在半夜三更的梦话中喊的还是"好"。

这些年，他落下了这么个毛病，常常在夜间将睡着未睡着之时，下意识地突然喊出一个怪声："噢！"吓得我浑身发抖。他叫完后，睡了，可我拿不准他什么时候会再叫，只得支着耳朵等着。他睡着了，我却瞪着眼睛，捂住心口，难以成眠。

别人抽烟是一种享乐，是过瘾，是提精神，调节情绪。王蒙抽烟却纯粹是催眠，是无聊和无趣。他抽第一支烟是在 29 岁。那时他刚到乌鲁木齐，在一次茶话会上，一位老同志递给他一支烟。他推辞说："不会。"那老同志说："抽吧，抽吧！"推让了半天，王蒙把烟点燃了，但只抽了几口就呛得不成样子。回家后他跟我说："今天我抽了半天烟，太呛。"这一下撂了两年没摸烟。

"文化大革命"中，他太烦闷了，不由自主地吸起烟来。他抽过莫合烟，像维吾尔族人一样，裁一张报纸边，把莫合烟末撒匀，卷起来点燃了抽，一会儿就灭掉。他也抽烟斗，但大多数还是抽香烟，各种低劣的烟他都领略过。不过，他抽烟有个特点：点燃起来刚吸几口就困得不行，有时甚至睡着了。所以对他来说，抽烟是起了催眠作用。他也从不上瘾，每天实在无事可做时，才抽上两支。

记得是在打倒"四人帮"后没几天，他坐在写字台前，满脸凝聚着一种庄重的责任感。忽然郑重宣布："不抽烟了。从今天起再也不抽烟了。"真的，从那时起，他再也没有沾过烟。

1990 年春天的一个晚上，我俩正在饮茶闲聊，他突然对我说："我想抽一支烟。"烟就在茶几上，有登喜路、万宝路等各种名牌。

我几乎是恐惧地等待着他去抄起一支烟，然后熟练地划着火柴点燃……但他到底没有抬胳膊去拿那伸手就能拿到的香烟。

谢天谢地，我庆幸他终于没有抽上烟。

在那动乱的年月里，学生也跟着乱动。我和一位名叫李洪的女老师在前边走，后边就会飞过来石子，躲也躲不及，还伴随着阵阵声嘶力竭的口号声："王光美，打倒王光美！"起初我们很奇怪，这是喊什么呢？我们又不是王光美！后来才恍然大悟，原来我俩穿着裙子哩，那时这是不允许的！为了避免不必要的骚扰，我们只好忍气吞声脱掉裙子，换上灰布长裤。

我家临街的窗子外面，就是两派观点不同的红卫兵组织的"接火"处。每天深夜都能听到一方"告急！告急！"的广播，另一方则使用功率超过对方几倍的高音喇叭，大放"语录歌"。日子长了，我那小儿子石儿在和小朋友玩耍发生冲突时，也会高声大叫："凡是敌人拥护的，我们就要反对……"他会背的第一首诗，就是毛主席诗词。

刺耳的高音喇叭的吼叫声，加上土造手榴弹弹片的狂飞乱舞，严重地威胁着我们的生存。王蒙首先建议："再不能在这儿住下去了，到外面找间房子吧。"我也早有这个想法。从 1966 年以来，我俩都患上了"恐小将症"。

于是，我们多方联系，展开了紧张的找房活动。新结交的各族朋友不约而同地向我们建议：沿解放路往南，伊犁河边，那里比较僻静，最好去那里住。

1967 年 10 月，我们在市中心正南方租了一处私人住宅。一间半北房，年房租 80 元，地址是：新华西路一巷五号。

搬家那天，只用了一辆四轮货运马车。赶车的是我们学校一位早已被"打入另册"的维吾尔族老师米基提。1957年，他无辜地被从讲台上拉下来，从事体力劳动。

"文革"期间他没有资格参加任何派别，别人造反，他只能埋头赶车。一路上，他少言寡语，但驾车技术娴熟，把我们那一大车东西稳稳当当地赶进院子，一直停到有暖廊的屋门前。这样我们就省力多了，轻而易举地把家具什物搬入了室内。

"谢谢，谢谢你！"我们不知道该怎么感谢。米基提却眯起眼睛微笑着，赶车走了。

1990年我们重回新疆，我回到伊宁市二中，在教学楼前又与米基提重逢。

"你受苦了。'文革'中你还帮我们搬过家哩。我记得很清楚，是你赶的马车。"我说。

他一直含泪看着我，我的话刚说完，他就哭了。一个男子汉，和我并不很熟悉，也不是同一民族，却站在我面前，泪水直向下淌。我不禁愕然。后来才从另一位老师那儿听说，米基提的遭遇太惨了。从1957年开始，他忍受了半生的屈辱，但1978年为错划"右派"平反改正时，却意外地发现，他的档案中根本就没有划成"右派"的记录，连改正都无从改正起！这是一桩多么惊人的错案！米基提白白受了那么多罪，到头来连一句平反、安慰的话也得不到，剩下的只是一个零！

新华西路一巷五号是一个值得回忆的小杂院。这里发生的一切，在王蒙的小说《逍遥游》中，有详尽的描述。

躲在小院里，日子也不见得那么好过。原来我们还是没能躲出"武斗区"。离新华西路不远就是第六中学，那里是卫生学校"红炮兵"和六中"血战红师"所占领的"据点"。连日来，他们与另一派短兵相接，真枪实炮，"战斗"十分激烈。入夜以后，枪炮声更响，步枪、冲锋枪、轻重机枪，甚至加上大炮，轰隆隆地，似乎整个城市都变成了战场。

为了安全，我把两个儿子安排在桌子下面睡觉。这一招是从我母亲那儿学来的，战争年代她也曾这样安排过我。我哄着孩子入睡，表面上镇静，心里却十分紧张。万一大炮轰到这里，岂不是一切都完了吗？那一夜，我思前想后，甚至做了"壮烈牺牲"的准备。但又一想，为什么呢？值得吗？这是怎样的一场糊涂"战争"啊！

第二天上午，我们全家四口和院里的邻居们站在小跨院的土坡上观看。只见天空升起熊熊烈火，硝烟弥漫，六中平时高高挂起的那面旗帜已经倒了。后来听说，六中损失很大，许多教室被烧毁。

武斗期间定时供水，由一位维吾尔族老汉看管，过时不候。这一天，我家的水用尽了，王蒙抄起扁担去挑水。他中午 1 点出的门，过了半小时还不回来，连 9 岁的小儿子都着急起来。正在我急得团团转时，王蒙挑着一担水回来了，水面上还漂浮着青苹果。他说："队伍太长了，好不容易才挑上这两桶水。正巧遇上私人小贩卖苹果，我买了两斤，没地方放，就想出来这个法子。"这真是他的独创，不但苹果有地方放了，水也不易溢出来。我们高兴极了，王蒙更加得意，又补充说："街上两旁都站着持枪的人，我是在枪口前挑着水桶走过来的！"我和孩子们连声赞扬："你真够勇敢的！"

可能是受了周围气氛的感染，我们的大儿子山儿拿起玩具手枪，冲到院门前"啪啪啪"地左右扫射，口中还不断地喊出："冲啊！

杀啊！"正玩得开心，骤然周围"嗒嗒嗒"地响起来，是真的子弹的射击声！我们赶快躲到窗户下面。一阵射击过后，发现院门口的电线杆子被冲锋枪子弹打穿了一个洞！我吓得不知所措，把儿子狠狠数落了一顿。他的玩具枪居然招来了"真格的"，太可怕了。可训完后，我又抱起儿子，好心疼。

我们很喜欢养猫。在我们养过的猫中，再没有一只比我们在新华西路小院里的那只黑白花的"花儿"更可爱的了。它绝顶聪明，甚至可以说智商不比人差。它会估量着时间，跑出二里地以外，迎接王蒙下工回来；它也会坐在桌子上，用前爪同我们"打乒乓球"，而且攻守自如；它爱吃羊肉，却从不偷吃它饭碗以外的食品，我们把羊肉放在桌子上，它居然会绕行"避嫌"。不幸的是，它突然丢失了，王蒙到处寻找，为此非常痛苦。后来听说"花儿"被人家打死了，死得很惨。我们简直不敢相信，也不愿相信那是真的。

这个时期，王蒙的情绪很低沉。从城市到农村，几乎所有的机构都瘫痪了，无政府主义达到极点，连巴彦岱农村的庄稼地都无人管理。王蒙的"三同"只好三天打鱼，两天晒网。从巴彦岱回到伊宁市，不论是刚吃过早餐还是晚餐前后，倒头便睡。在家里实在闲得无聊，就翻来覆去地用维语熟背"老三篇"，或养猫逗猫，或剁碎白菜帮子喂鸡……看着他这样打发日子，我心里很难过，不止一次地劝他说："你还是提起笔来吧。你写你的，不管那一套，哪怕是记录一下生活。写好了，放在抽屉底下……"他苦笑着，像是迷惑不解。如果我再劝他几句，他就会说："你在说什么啊，我怎么听不明白！"他是真的听不明白吗？还是特别厌烦我这个话题呢？

这时期，好在还有几位知己能够相互倾吐肺腑之言，我们与宋彦明正是这样。有件事我们一直觉得很难为情,那就是老宋来我们家,好多次都赶上我们正在睡大觉。老宋对此已是屡见不鲜,但他仍没能估计足。有一年夏季的一天,我们早早吃过晚饭,忽然阴云密布,雷雨交加。由王蒙提议,我俩都休息了。大约过了个把小时,雷雨过去,阴云散尽,夕阳又射出金色光芒。就在雨后夕阳照耀下,宋彦明同志来访。我俩忙不迭地起床穿衣,为他沏茶、点烟,完全打消了睡意。那天,我们三人海阔天空地神聊,从孩子上学、就业到无书可读,从文艺界的形形色色到社会上的奇谈怪论,从南北方地理风光到人情世故……当谈到北京时,就像谈另一个世界似的。

1968年春节,他们夫妇把我们全家请去吃年饭。在相互举杯说尽了祝愿的话后,老宋倡议玩"老虎、杠子、虫子",谁输了罚酒一杯。结果总是老宋赢。后来我们才发现,原来他做了一点手脚。看来,老实人也有自己的花招。

玩归玩,弄虚作假归弄虚作假,那晚我们还是谈得很多、很深。王蒙和老宋边喝酒边聊天,什么"文化大革命"、武斗、斗批改、"五七"干校、干部"就地消化",等等,前途渺茫。老宋更悲观,他甚至估计到斗批改后,他们这一批干部会被遣散,因而为今后的出路忧心忡忡。王蒙趁着酒意大谈自己要学理发,学中医,说以后就靠行医或理发吃饭。两人越谈心情越黯淡,把两瓶半斤装的伊犁大曲都喝进了肚。那年月买酒很困难,一气喝下两瓶伊犁大曲够奢侈的。喝完,两人一起出门,到斯大林大街上去跑步……

一个有趣的插曲是,由于那晚王蒙吹嘘自己学理发,老宋过几天真带了小儿子来让王蒙给推头。王蒙确实买过两把推子,那是给儿子理发用的,但他的理发技术实在不高明。老宋居然产生错觉,极其信赖地把孩子的头送到王蒙推子下。王蒙理了整整 40 分钟，自己出了一身汗，老宋的儿子也活受了 40 分钟罪。最后，理出来的头简直像狗啃的一般。老宋尽管极有涵养，见到这个场面，也只好窝囊地"噢，噢"了半天，说不出话来。

他在巴彦岱的房东阿卜都拉合曼也看出了他的烦恼。老人家真心实意地劝他说："不要发愁，无论如何都不要发愁，任何一个国家，都需要有'国王'、'大臣'和'诗人'，没有'诗人'的国家，还能算一个国家吗？您早晚要回到您的'诗人'岗位上去的，这难道还有什么怀疑吗？（在维吾尔语中，'诗人'比'作家'更神圣）"王蒙睁大眼睛，倾听着这位维吾尔族老农民的理论。这番话显然对他产生了影响，给了他很大的鼓舞和安慰。

王蒙像被彻底抛进沙漠中"挂"了起来，无人问津。他于是承担起对女儿的哺育，并写下了"婴儿记事"。

　　我们在伊宁市新华西路一巷五号的小院里过了两年，又在一中教工宿舍住了两年。那4年都属"非常时期"，生活表面上平静，似乎逍遥得很，实际上心情极其不安，可以说是百无聊赖，前途渺茫。国家乱成那个样子，我们自己的命运又从何谈起！

　　王蒙所在单位——自治区文联实际上已不复存在。"造反派"们组成了"大联委"，他们记得起王蒙的，只有扣工资，每月只发给他60元生活费。他60元，加上我的工资70元，要养活一家五口，真是狼狈极了。王蒙的工资一直扣到1971年年底才补发，我们至今都不知道是谁下的命令。在这无法无天的动乱岁月里，王蒙好像被彻底抛进沙漠中"挂"了起来，既无人问津，又不通任何消息。他为此苦恼万分，情绪低落。

　　我在学校的工作倒逐渐忙起来。我有意识地让王蒙多承担些家务。我们的小女儿伊欢正值哺乳期，喂养婴儿也是件麻烦事。牛奶需要调稀，长到第几个月时要喂蛋黄，到什么时候又得加喂蔬菜，还得补救缺钙问题……王蒙一切按书本上做，十分精心。至今打开女儿的婴儿记事簿，还可以清楚地看到：1969 年 × 月 × 日会笑；× 月 × 日哭了几场；× 月 × 日去医院注射；× 月 × 日会叫"妈妈"……这都是王蒙当年的杰作。我常开玩笑说，不知将来编他的"全集"时，这些杰作要不要收入。但王蒙有时也太教条主义，不切实际。他总是乱给女儿增加补充食品，有一次竟把孩子弄得消化不良、腹泻不止。

一天，王蒙有一瓶用来润滑自行车链条的机油，颜色金黄，表面看起来和菜子油毫无二致。山儿误把这机油当作食油用了。煎出来的鸡蛋有股怪味，妹妹不肯吃，山儿强行喂下去半个，幸好还没出什么事。我回来发现后，真心疼两个孩子，但也无可奈何。

王蒙还时常"勒令"两个儿子换着班抱妹妹去户外"日光浴"，说是给女儿补充维生素 D 以利于钙的吸收。新疆属大陆性气候，早晚较冷，中午的日光却相当厉害。两个儿子在暴日下晒得头上直冒油。那一年，小儿子石儿才 9 岁，一次抱着妹妹晒太阳，不小心跌进人防工事，居然未受重伤，也是天佑我家！

女儿 11 个月时，王蒙教她学走路。他先让女儿手扶着小车，节奏很快地往前跑，他在一旁看着。逐渐地，车放到一边，让女儿站好，他在距她 4 米远的地方招呼："来，到我这边来！"女儿睁着一双恐惧的眼睛，尝试先伸出一条腿，然后两条腿紧倒，跑起来不停，王蒙急忙在后面追。那天我们兴奋极了——女儿会走路了！

伊宁只有一座公园，叫西公园。它离我们住所极近，又不收门票，我们常常带了孩子去玩。那里游人极少，空气又清爽，到处是无人管理的丛林。我们把孩子"放了羊"，自己就坐在林间草地上，漫无边际地足聊一通。从秋季踏碎落叶直到迎来第一场冬雪，这也算是我们在那个时期唯一的一种乐趣吧。

就这样，生活看起来挺欢乐，实际上是一种无事可做的难熬的平静。生活中也有些意外的插曲。

1970年4月的一天，我去二中上班，在解放街的人行道上，与一位女同志擦肩而过。我一眼认出了她。

"黎昌若！"我的喊声使那女同志戛然止步。"你也来新疆了？"

"我来办理我弟弟的后事。取走骨灰，带回天津。"

"你弟弟黎昌骏在新疆？他怎么……"

"他从天津大学机械系毕业，分配在兵团农四师任机械工程师。武斗中吃了冷炮，当场死亡。临死时还在高声朗读毛主席语录。"

"……"

黎昌若是我的大学同学。她是黎元洪的孙女，民主人士、开明资本家黎俊卿的女儿。她在学校一向奉公守法，老老实实，称得上是"可以教育好的子女"。她本人性格独特，尤其是细心及敏锐，比一般女性都略胜一筹。我俩很谈得来，读书期间是形影不离的好朋友。但自1957年那场暴风雨以后，尤其是来到新疆，我和王蒙仿佛到了另一个世界，以前的熟人都不愿再联系，生活中形成了一个断层。今天在这边陲小城突然巧遇黎昌若，真是感慨万端。

我们约黎昌若来家里做客，促膝谈心直至深夜。她告诉我，她在大连发电厂工作。

"文革"期间家里被抄，天津的私房被没收，父亲和小弟被赶到只有 6 平方米的房子里居住，生活十分困难。我们望着她，能说什么呢？

时间不早，黎昌若起身告辞。她所住的农四师招待所就在西公园另一侧。我们抄近路，送她穿越公园。天漆黑，街上不太平，我们 3 人在寂静无人的树丛中紧步走着。

"几点了？"王蒙问。

"不知道，我没戴表，是无产者，没表！"黎昌若有意提高了声音回答。后来她告诉我，她这是为了防盗、防劫。看来经过这些年磨炼，她也老练多了。

不幸的是，1977 年我在乌鲁木齐接到黎昌若另一个弟弟的来信，说他姐姐生病住院时因误诊而死亡，只活了 41 岁，还未结婚，实在让人惋惜。她长年背着剥削阶级家庭出身的包袱，提心吊胆，度日如年，如今形势即将好转之际，她却走了。

随着女儿一天天长大，照料她的担子一天天加重。我工作越来越忙，王蒙也随时有可能被召回原单位参加"清队"。因此我们商量，想把山儿和一岁零四个月的伊欢送回北京，交给他们的姥姥和姨照料。

姨马上来信表示热烈欢迎。于是我决定利用暑假成行。王蒙对我说："你带孩子坐飞机回去。"在当时王蒙每月只领 60 元生活费的情况下，这行为近乎奢侈，但我完全理解它的内涵。自从王蒙被扣发工资的消息传出，外面就风言风语不断，即使是一些善良的人也难以免俗地对我们议论、猜测，认为我们一定是发生了什么事。王蒙这人可以忍受贫困，但绝不接受屈辱。所以，他这个提议我举双手赞成，我们就应该活得坦然，活得乐观！

1970 年 7 月 11 日，我带上一对儿女，昂首阔步登入机舱，用在高空中翱翔的"壮举"来回答那些好奇的议论和猜测。

在北京接连收到王蒙好几封信。第一封信向我报告好消息：就在我离开伊犁飞往北京的时刻，我家那只母鸡完成了它的使命，十只雏鸡破壳而出。后面的几封信则催我快回新疆。我当然舍不得离开孩子，但也只好忍痛再次登上西去的列车。巧的是，列车开出北京站后，正好经过我家路口的过街桥。我坐在窗口，很远就看见伊欢的姨正抱着她，用力地向我挥动白围巾。那转瞬即逝的镜头，在我心中留下了永远无法磨灭的烙印。

王蒙去了乌鲁木齐。此行是吉是凶，很难预料。他很快给我来了信，说他一到自治区文联，便被留下参加学习，准备下干校。这事也真有意思，6 年多无人过问，回来了也就回来了，真是有他不多，没他不少。至于学习内容，他说仍在"揭阶级斗争盖子"。我的天！文联那个不足百人的小单位，已经有整整五六年时间，什么也不做，就是斗来斗去，听说还抓进去几个人，居然到了现在连"盖子"都没揭开，真不知道是怎样难揭的"无缝钢"盖子！

1971 年 4 月，王蒙去了位于乌鲁木齐市南郊的乌拉泊"五七"干校。他来信说，每天值夜班浇水，还要自己盖房子，活儿很重。他与维吾尔族同胞住在一起，"天天读"就参加维吾尔族组。当然，这样可以进一步提高他的维语水平，他很乐意。

这里还有个有趣的小故事。有一天，与王蒙同住的维吾尔族著名诗人克里木·霍加告诉王蒙："你刚才睡觉时，有一只老鼠爬到你身上。我本来要轰走它，可看到它和你那亲昵的样子，又没忍心去惊扰它。"

　　王蒙哈哈大笑说："那太好了，原来这间房子里只有你一个朋友，现在加上这只老鼠，我有两个朋友了，这有什么不好呢？"20年后，山儿在阅读前联邦德国驻我国大使魏克德先生写的回忆他在中国经历的一本书时，竟然发现了这一段故事。魏克德先生也是一位作家，曾写过以中国太平天国运动为题材的长篇小说。他在访问新疆时，听克里木·霍加讲了这个故事，就记录下来。王蒙自己早把这事忘了，山儿把这段故事译成中文告诉爸爸时，王蒙不由得欢呼起来，连连说："确有此事！确有此事！"

　　王蒙在信上还详细叙述了他在干校的生活情况。乌拉泊那里风很大，初春一次暴风雪，他们的住房房门都被雪堵住，好长时间出不了门。劳动当然是很艰苦的，但他常常报喜不报忧，一再说参加体力劳动如何如何好，饭量增加了，觉睡得香了，觉悟也一天比一天高了……唉，我能说什么呢。9月份，我回他一封信，鼓励他好好劳动，"以林副主席为榜样学好毛泽东思想"。信发出第三天，忽然传来了林彪出逃摔死在温都尔汗的消息，我丧气极了。至今我也无法解释，当时怎么会鬼使神差地写上了那么一句话，也许是怕别人看见这封信，故意增加些"革命"词句吧。没想到才学了这么一点乖，就搞了个狼狈尴尬，真够沮丧的。

　　王蒙在干校倒不无收获。最重要的是他获得了"五七战士"的身份。这事可别小看，它至少说明王蒙不属敌我矛盾，而是"人民"中的一分子。当时新疆文联的许多老作家，如刘肖芜、王玉胡、王谷林、铁信甫江、克里木·霍加等，还都不能算是"五七战士"哩。王蒙被允许参加"五七战士"的集会，他自己都感到"受宠若惊"。另外，这一年年底，他被扣三年的工资全部补发了。他把这消息告诉我，我连忙回信："欢呼毛泽东思想的伟大胜利！"当时只能用这样的语言来表示我的高兴了。

林彪事件后，"五七"干校的管理逐渐松懈下来。王蒙来信说，他们每天晚上下象棋、打扑克直到深夜。他还受到重用，成为炊事班负责人之一。这可真是新闻，像厨房这样的"机要"重地，居然也让王蒙进去任职。他至今还爱吹嘘自己的业绩，什么一次可以和一袋面等。他还发明了用剩下的包子馅儿炸丸子，而且在小黑板上的菜谱中赫然写下一个吸引人的名称：荤素丸子。人们的胃口被他吊起来，但实际一尝，味道并不怎么样。

每逢干校休息日，在乌鲁木齐有家的人大都回家去了，王蒙就主动要求在乌拉泊的戈壁滩上值班。他和另几位少数民族学友，常常用谈伊犁来排遣生活的寂寞和沉重，并且以干校"毕业"后"回伊犁去"来自我安慰和互相安慰。这一年古尔邦节，他和一位锡伯族小伙子、一位维吾尔族同龄人和一位哈萨克族青年都喝得酩酊大醉，一个个含泪捶着桌子大叫："回伊犁！回伊犁！"

突然，王蒙又补充了一句："不！我想的并不是回伊犁！"众学友一时愕然。酒醒之后问王蒙，王蒙说他记不得，也不明白自己为什么要那么说。不管怎么样，反正桌面被他捶坏了，手也受了伤，疼了好几天。

这期间，一些有专长的"五七战士"陆续被分配了工作。干校方面表示愿意把王蒙分配到伊犁去，可以安排在伊犁戏剧团工作。王蒙写信征求我的意见，信上说："调回伊犁，去戏剧团也好。我们可以很快团聚，就在这个地区安家落户吧，这是个美好的地方……"我找宋彦明同志商量，老宋详细向我介绍了戏剧团的情况，并表示"王蒙来，团里是欢迎的"。可我心里总觉得忐忑不安。这些年，尽管处境恶劣，我也从来没有动摇过对王蒙的信心。我相信他在文学上迟早会发挥出积蓄的能量。因此我认为，从长远来说，他需要一个更广阔的环境，更宏大的舞台。为什么匆匆忙忙就把自己定在一个边陲的剧团里呢？经过两天思考，我给王蒙写了一封长信，十分坚决地表示了我的看法，不同意他调到伊犁戏剧团工作。随后，我又请宋彦明同志帮忙把调函退回，这件事就这样结束了。

过了许多年后，王蒙还总爱提起这一段经历，称赞我有主意，在关键时刻能够做出正确决策。我倒没把自己评价这么高，只不过我始终相信命运不会一直亏待我们。

几个月后终于有了结果——王蒙被分配到自治区创作研究室工作。这岗位当然很理想。他在来信中再一次称赞我的决策好。一生中大概也就这一回吧，他对我佩服得"五体投地"。接下来的问题是如何把我也调回乌鲁木齐去。王蒙活跃起来，使出浑身解数，拜托了许多人，调动了一切可调动的因素，逢人便进行游说，以至于他一推开市教育局人事室的门，那里的同志就会对他说："你是来谈崔老师调动问题吧？××、×× 已经谈过了……"

那些年，办点事很不容易。尽管王蒙托了很多人，但我调回乌鲁木齐的事仍然进展缓慢，最后一道手续——发调令（函），总也办不成。我和石儿已经等得坐卧不安。石儿天天掰着手指头，口中念念有词："掐掐算算，祷祷念念，来了，不来，来了，不来……"他就用这种小儿科的占卜术来预测我们娘儿俩调回乌市的前景。眼看 1973 年的新学年即将开始，我心里真是着急。一旦开了学，分配了课程，即使来了调函，也起码得让你等一个学期，到寒假才放你走！

　　我把这份担心写信告诉王蒙，王蒙马上发来一个电报："速来乌。"

　　刚接到电报时，我和石儿都以为事情办成了，因为电报上的字不大清楚，我们把"速来乌"看成了"函来乌"。

　　"函来乌"，这句话显然不通，反正不管怎么样，既然王蒙来了电报，我就走。1973年初秋，我和小儿子带着几件随身物品，匆匆告别了伊犁。

王蒙高中时曾患失眠症。从此他认定睡眠是天下第一等大事，"悠悠万事，唯睡为大"，"其他不可以冲击睡眠，睡眠可以冲击其他"。从理论到实践，王蒙都是一个睡眠爱好者。

1973年，正当秋色宜人的季节，我又回到乌鲁木齐。一晃，离开整整8年了。

王蒙老早就守候在汽车站迎接我们。

"不等画上最后一个句号就把你们叫来了，咱们真行！"他说。

"还不都是为了你！"

王蒙掩饰不住重逢的喜悦，他告诉我，调函已经开好了。几经周折，调进乌鲁木齐终于成功，但伊犁方面不肯放人。我们又到处找人，一直找到州长伊尔哈力同志（现已故世），才算解决了问题。

在乌鲁木齐，我们暂住在文联办公楼的一隅，本来是一间办公室，现在没公可办，就让我们住了。旁边是个木工房，堆积着许多桌椅板凳，时时传来"嚓嚓"的刨木声。

食宿很方便。吃在食堂，经常吃的是包子、面条。偶尔我们自己也改善一下生活：用电炉烧一锅红烧肉，或是煮个鸡蛋汤什么的。

"家"安顿下来后急需办两件事。一是我的工作落实到哪个学校；二是去伊犁搬家和办手续。我本想去乌鲁木齐市一中工作，那里离市区近，离"家"近，可是没想到发生了情况。一天中午，我在大街十字路口巧遇我的老领导——1964年我在乌鲁木齐市七中任教时的校长。他现在在十四中（原高级中学）。他表示，非常欢迎我去十四中，"你来，我给你分一套四居室的房子。"这么好的事，真有诱惑力。后来我又听说，为了进我，十四中理化教研组放走了一位有相当资格的化学教师。那我就更是非去不可了。

我很快在十四中上了班。一天我下班回家，还不到5点钟，太阳已经西落，夜幕徐徐降临。我匆匆赶路，觉得身后有个人尾随，我走快他走快，我走慢他也走慢。约莫走了两站地，他突然跨前一步，小心翼翼地用维语问："亚克西吗？克孜，交个朋友吧？"我回头一看，他竟吓得仓皇逃窜。大概他错把我当成维吾尔族姑娘了。那天风大，我像维吾尔族妇女一样用花围巾把头裹得严严的，于是产生了这种误会。伊犁8年，"改造"成效不小，我已被"同化"为维吾尔族同胞了。

一天，我问王蒙："怎么样？伊犁的'家'什么时候搬回来？"

"找个机会，我一个人去吧。"他说。

中秋前夕，王蒙只身一人去了伊犁。他得做搬家、转户口、迁粮食关系等一系列事情。

他一到那里，就受到我所在的伊犁二中老师、朋友们的指责："崔教师真的调走了，怎么也没告诉我们一声？""就这么走了，还没为她饯行哪！"一片叹息，中间夹杂着埋怨、怀恋和遗憾。

于是王蒙代表我，一一向各位表示歉意。他声明，这次回来，就是专程来辞行的。他一家家地去赴宴、告别，直到上路手里还拿着李洪老师给做的烙饼炒鸡蛋。

动身那天，来送行的朋友特别多。他们七手八脚，把瓶瓶罐罐、大小什物不断从那扇临街的窗里往外运送。

　　王蒙代表我，也代表他自己和孩子们，在心里暗暗地说：再见了，可爱的临街的窗！再见了，可爱的伊犁！

　　初冬，我们在十四中教工家属院内一套两间的平房里安顿下来。这是一排正要翻新的旧房，火墙烟道不畅通，屋里总是烟熏火燎的，还时不时从地皮底层和墙角中发出一股陈腐的恶臭味。

　　即使这样，我们也很满足，总算又有了自己的家，又阖家团圆了。而且，学校就在隔壁，我可以免去上下班的奔波，儿子也可以就近安排在本校读书。

　　论理，我的孩子不该在我任教的学校里读书，以防诸多不便。但由于种种原因，山儿和石儿还是进了十四中。幸好他们都不在我任课的班级，而且最让我骄傲的是，他俩表现都很好，赢得许多教师的夸奖。石儿擅长体育，尤其喜欢跑 200 米，多次在比赛场上名列前茅。山儿则喜欢埋头读书，从不招惹是非。

　　家安顿下来后，王蒙就率领两个儿子"建设家园"。他们搭厨房，挖菜窖，干得有滋有味。

　　一个两米多深的菜窖，只用两个半天时间就挖好了。父子三人站在菜窖边，显示威力似的说："等冬天窖菜时，让妈妈下去搬运！"

　　我回答："如果我下去，就再也上不来了。"我的神情十分得意，三人哈哈大笑。

　　在新疆，冬季长达半年之久。入冬前，必须把取暖用的煤备好，这是当地人生活中的一件大事。往往从 9 月份开始，各单位就忙着去郊区的煤窑拉煤，然后一卡车一卡车地往职工家里送。每逢煤来了，各单位放公假，让职工去卸煤，搬到自己家门前放好。我很喜欢干这个活儿，一见到煤，就觉得身上暖和了。王蒙帮着卸车，我则把煤一块一块地搭起来，排列成一个长方体。煤很重，有的一块有七八十斤，我吃力地把它们翻过来调过去，非摆到我看着顺眼为止。王蒙常常站在一边嘲笑我："多此一举！"

这时期，操持家务仍以王蒙为主，因为他时间比我多。他把一切都安排得井然有序。我每天下班回来，都能吃上他亲手做的热汤面，很舒服。但如果我带个朋友回来谈天说地，他的脸色马上会变得很难看。客人走了，他会埋怨我："好容易盼你回来了，还带个人来！做好的热乎乎的饭吃不上……"我打断他的话，怪他太不尊重我的朋友，为这事一晚上都不愉快。这时，他才把剩下的另一半话说完："……再说，让人家看见我，一个大男人，总在家里做饭，多难为情！"我一下子理解了他的处境和心情，当然也就不再怪罪他了。

凭良心说，那段时间，王蒙确实为家务事花费了不少时间和精力，我和孩子们心里都清楚。但他常常干了一点事就说成一大车："柴、米、油、盐、酱、醋、茶，哪一样不是我买的？"这么一表功，反而大家不领情了。那时在乌鲁木齐，买粮难是各家各户最伤脑筋的事。可能是粮食紧缺，粮店少，再加上工作效率不高，粮店门口排队之长，等待时间之久，是一般人难以想象的。我家买粮，自然是王蒙的差事。他早早骑上自行车去，排上大半天，才驮着两袋子面粉或玉米面回来（那里缺大米，平日粗粮要占60%），还弄得满身满脸都"挂彩"。大约是太累了，他回来后总是气势汹汹的，情绪极低，说话气儿不打一处来。每逢这样时刻，我和孩子们都悄悄站在一边，不敢招惹他，可他仍会找岔子大声吼叫："把我的时间全给耽误了！我的生命细胞不知又死了多少！……是谁买的粮？不买，你们吃什么？……"

这时，儿子马上回答："是您买的粮，是您买的油。您别说了，都是您……"

就是从买粮难这一件事上，王蒙也还要分析分析，他说："事情的荒谬之处在于，你的粮食供应越正常、越好，越是没有人特别尊敬粮店工作人员。如果有了粮票随时能买到粮（那个时候，根本不敢幻想有生之年能碰到不要粮票吃粮的日子），谁还会对粮店工作人员低声下气，一副讨好逢迎的德行？同样，肉吃不上了，你见了肉铺的人像见了大爷一样；火车票买不上了，你见了在铁路工作的人又恨不得给人家磕头！你的工作做得越糟，就越会有人求你。这不绝了吗？"

王蒙从"五七"干校"毕业"后，与原新疆文联多数同志一起，被分配到文化局创作研究室工作。还好，总算没彻底散了摊子。

到文化局不久，王蒙就被拉去为戏剧调演和曲艺调演做准备，主要是修改本子。文化局开了一次又一次剧本研讨会，组织了一个又一个剧本修改班子，王蒙到处出谋划策，但搞来搞去，什么成果也没有。那时的文艺界，一会儿批《三上桃峰》，一会儿批"陶钝事件"；今天批"黑画"，明天批"无标题音乐"，谁还敢写本子？！王蒙说，他常常是一面讨论剧本修改方案，一面琢磨万一这剧本将来挨了批，一查，有他王蒙的修改意见，那还不活活要了他的命！想到这里，他目瞪口呆，额头冒汗，哪儿还有心思搞什么剧本！

本子虽然没有搞成，倒是借此机会交了不少朋友。

首先是新疆话剧团的几位编导。尚久骖、吴云龙夫妇正在合写反映铁路工人生活的剧本《狂飙曲》，陈书斋正在写《绿玉河》。王蒙经常和他们一起研究来研究去，研究完了就饮酒高歌，谈笑风生。

这几位朋友都很豪爽，讲义气。陈书斋听说我们家想喝鲜牛奶而附近买不到，就每天清晨去话剧团为我们打好了鲜牛奶，然后再让王蒙或我们的儿子骑车去取。

大约是1975年年初吧，全国话剧调演，新疆的《扬帆万里》（陆天明编剧）被选中了。王蒙为修改这个剧本出过不少力，但在当时情况下，他当然不可能随剧组去北京参加调演。话剧团的朋友为这事十分抱不平，也都很同情王蒙。为了表示安慰，尚久骖夫妇、陈书斋夫妇、王华轶夫妇和郑策夫妇特地在夏历除夕联合举办了一次盛大的晚宴，邀请我和王蒙去玩了个通宵。

新疆建设兵团文工团搞创作的姚承勋，也是与我们过从甚密的一个好朋友。他是北京人，在"思乡"这一点上与我们更多一些共同语言。他听说王蒙19岁时写过一个长篇小说《青春万岁》，就一定要王蒙拿给他看。王蒙因这本书没有正式出版，不敢让他看，可他一次再次非要看不可，王蒙只好把自己冒险留下的校样给了他一份。令人十分感动的是，他不仅仔细读完了全部内容，而且用银色缎子和硬卡纸，把校样精心装订成了一本书，封面上端端正正四个大字：青春万岁。他对王蒙说："你的书，我已经为你出版了精装本！"

还有一位在讨论剧本中结识的好友，是新疆京剧团的贡淑芬。她也是北京人，1964年从北京戏曲学校毕业，被分配到新疆工作。她为人热情、真诚，常在基层或吐鲁番等地深入生活，只要一回乌鲁木齐，就经常是我家的座上客。遗憾的是，她也像伊犁的宋彦明一样，每次来访，总赶上王蒙在睡大觉，以至她有一次直率地问王蒙："我什么时候来你不睡觉？"

她哪里知道王蒙如今又创造了"睡觉要以黄金分割法来安排才为最佳"的新理论，一天24小时，什么时候困了就什么时候睡。据王蒙自己说，他上高中时曾患失眠症，去医院挂"脑系科"，医生因为他年龄太小，拒绝给他开安眠药。从此他认定睡眠是天下第一等大事，他说"悠悠万事，唯睡为大"，"其他不可以冲击睡眠，睡眠可以冲击其他"。总之，从理论到实践，王蒙是一个睡眠爱好者。许多人以为他写了那么多东西，一定少眠多开夜车，其实完全不是这么回事。我过去在娘家本不爱睡觉，每年大年三十，都是熬一夜，自从跟了王蒙，养成了大年三十晚上9点半就入睡，大年初一睡午觉的优良习惯，现在也成了睡眠爱好者，这也是嫁鸡随鸡，嫁狗随狗吧。

王蒙常常戏言，他要写一本怎样入睡的书，译成世界各种文字，定能畅销，效益将超过他的全部文学作品。

那些年，乌鲁木齐的市场供应情况很糟，在某些方面还不如伊犁。我们手里拿着各种票证——肉票、油票、茶票、肥皂票……可是什么也买不到，没货。于是，在内地有亲友的人们就想方设法从北京或上海托人捎来"进口"货。对我家来说，贡淑芬可以说是我们日常生活的"大后盾"。她认识从北京到乌鲁木齐这趟车上的列车员，每隔数月，就请她在北京的父亲为我们准备好一大块腌肉或是炒得七成熟的肉馅儿，放在饼干筒里，交列车员带来，她爱人郑毓华到乌鲁木齐火车站接站后再送到我家。

如今，贡淑芬夫妇已调到石家庄工作。她只要一来北京，仍是我家的座上客。

我们还和我青少年时期的朋友王菊芬相遇。那是我们来到新疆

12 年后，走在大街上认出对方的。她多年来一直在新疆医院外科任护士长，丈夫老高是位地质学家，也是她幼年时的邻居，两人可以说是青梅竹马。我们跟他们夫妇虽然分手几十年，一旦见了面还是亲热异常，总有说不完的话。

那段时间我们生活十分单调、枯燥，这样的时刻能在他乡遇上故知，自然是更加感到友情的可贵。我们四人经常聚在一起，从家事到国事，海阔天空地聊，他们夫妇便用美味佳肴招待我们。老高的烹调手艺十分高超，他做的东坡肉，可以说水平胜过名厨。酒足饭饱，这位地质学家还会放开喉咙唱上几段京戏，然后大家一起去登鲤鱼山。站在山顶，微风从四面徐徐吹来，让人心旷神怡。王蒙说这是"大换了精神"。

王蒙喜欢讲克雷洛夫寓言中的小青鱼，大意说小青鱼被
控犯了天条，上帝为了惩罚它，下令："把它扔到海里
去！"王蒙也许正像小青鱼，却在新疆如鱼得水，离开时，
他已经成熟、成长了。

　　王蒙一向酷爱游泳，那几年日子过得平淡无奇，他想游泳的愿
望也格外强烈。乌鲁木齐没有室内游泳池，冬天无法游泳，一到夏天，
就是他游泳的黄金季节了。

　　1973 年到 1975 年，王蒙游泳都游疯了，不但自己游，还把两个
儿子也带了去。他们头一天先蒸好一大锅伊拉克蜜枣窝头，第二天
上午就带了窝头出发去红雁池游泳，中午在那里吃饭（那窝头大约
已晒馊了），一直游到下午四五点钟才回家。王蒙说这是"神仙般
的日子"。

　　1974 年，王蒙所在的那个既不创作也不研究的创作研究室，开
始了"批林批孔"学习，每天下午必须到会。这也没能阻挡住王蒙
的游泳，他经常是游完了泳，匆匆换好衣服就直奔学习会场，头发
蓬乱，嘴唇青紫，眼眶发黑，白眼球上布满血丝，关心他的人还以
为他得了什么病，围过来问长问短。王蒙装出一副若无其事的样子，
心里则暗暗发出恶作剧式的坏笑。

　　游泳虽然过了瘾，精神生活上却还是感到空虚。每到夜晚，王
蒙就躺在床上长吁短叹。我劝他："你在伊犁积累了那么多生活，

为什么不把它写出来？是该动笔的时候了！"他似乎没听进去，一副消沉的样子。

直到1974年10月15日，过40岁生日那天，他才真正受到了触动。那天，我们很难得地买到了啤酒，我和孩子们举杯为他祝贺。他百感交集，一下子想了许多——19岁风华正茂，写了第一部长篇小说《青春万岁》；29岁而立之年，举家西迁来到新疆，还不是为多积累些生活，写出有分量的能经得住历史考验的作品来。然而历史偏偏捉弄他，雄心、抱负，都被十年"文革"消磨。如今年满40，却一事无成，深感痛心疾首！

在读了一篇安徒生童话之后，他感慨万千。那童话写了一个人的墓碑，墓碑题词大意是：死者是一个大学者，但还没来得及发表著作；死者是一个大政治家，但还没来得及当上议员；死者是一个运动员，但还没来得及破纪录。童话嘲讽了那种空有大志，永远等待，终于一事无成的悲剧性格。这篇童话给了王蒙相当大的刺激，他一再向我复述它的内容。就在过40岁生日这一天，他庄严宣告：再也不能等下去，他要今天而不是明天就开始努力写作！

他又拾起了已丢掉十几年的钢笔。刚开始，困难重重，他便先搞些维文翻译。他翻译的第一篇小说是一位青年作者写的《奔腾在伊犁河上》，内容反映放木排青年工人的生活。他还翻译了不少诗歌，其中包括新疆著名诗人铁衣甫江的作品。

铁衣甫江"文革"中遭冲击，1970年"清队"时被认定为"敌我矛盾按人民内部矛盾处理"，下放到呼图壁乡下务农。1973年文联大多数同志从干校"毕业"，他也被"收回"。王蒙和他很谈得来。赛福鼎同志主持新疆工作后，铁衣甫江由"黑"变"红"，成了赛福鼎的座上客。这次王蒙下决心重新拿起笔，想请一段创作假，但又不便开口，便请老铁从中帮忙。为这事，我们专门请老铁吃了一次饭。那时乌鲁木齐酒不好买，王蒙东奔西走，好不容易才买到一瓶广西出的据说质量不错的酒，但却带着一种浓重的药味。老铁只喝了一口就十分礼貌地"温良恭俭让"起来。我们心里明白，却也无可奈何。王蒙婉转地提出自己的请求，老铁满口答应。不久，他就与创作研究室负责人阿不拉尤夫谈妥，告诉王蒙不用坐班，安心在家写作。

决心下了，时间也有了，于是王蒙沉下心来写作。这是他二十几年来梦寐以求的。整个1975年，他几乎一直在我们的斗室里伏案疾书，第一部作品便是以新疆维吾尔族农村为背景的长篇小说《这边风景》。谁也不曾料到，他在写作中遇到了巨大的难以克服的困难。当时，正值"四人帮"肆虐，"三突出"原则统治着整个文艺界。王蒙身受20年"改造"加上"文革"10年"教育"，提起笔来也是战战兢兢，不敢越雷池一步。作品中的人物又必须"高大完美"，"以阶级斗争为纲"，于是写起来矛盾。在生活中，他必须"夹起尾巴"诚惶诚恐，而在创作时又必须张牙舞爪，英勇豪迈。他自己说，凡写到"英雄人物"，他就必得提神运气，握拳瞪目，装傻充愣。这种滋味，若非"个中人"是很难体会得到的。因此，尽管王蒙生活功底深厚，却写得很苦，作品仍然不能令人满意。

1976年"四人帮"垮台。这历史的转折也成了王蒙文学活动全面复苏的开始。文学界活跃起来，被禁锢10年的文学刊物开始逐渐恢复。王蒙贪婪地阅读着，吸收着。他在《世界文学》上读到井上靖先生的一篇作品《一个冒名画家的生涯》，读完了赞不绝口，说这篇作品写得细致、具体、含蓄，喜怒不形于色。阅读中的激动也勾起了他自己的创作欲望，这下他可以放开手脚，大刀阔斧地写作了。经过许多个不眠不休的日日夜夜，他终于完成了初稿《这边风景》，同时许多散文、诗歌和短篇小说的题材也接踵而来。

1977年，《新疆日报》发表了王蒙的第一篇短文《诗·数理化》。接着，中国青年出版社黄伊同志来信向他约稿。我趁寒假回北京探亲之便，把《这边风景》捎给了黄伊同志。这都是很好的开端，但当时的"气候"还未完全"解冻"。记得我在北京时，曾代表王蒙去探望一位多年来十分关心他的老同志。推开她办公室的门，只见她目光呆滞，竟不敢正视我。我向她介绍了王蒙这些年在新疆的情况和处境，她支支吾吾地答应着，脸上没有一点表情，看得出她很"戒备"。我马上起身告辞。回到新疆把情况讲给王蒙听，他也叹息良久。一位那么善良、热情的老前辈，竟被"文革"折腾得这么惨！在我们调回北京，到十一届三中全会后再去探望她，她像完全换了一个人，和王蒙谈起话来，依然像20年前一样真诚、亲切而有激情。

文学创作使王蒙的生活完全改变了。用他自己的话说，他"又回到了一个巨大的、有魅力的世界中来"，"只有在写作时，才会有一种空前的充实感"。

"气候"在一天天改善。1977年岁末，他写完了短篇小说《队长、书记、野猫和半截筷子的故事》，第二年1月21日定稿，24日寄往《人民文学》。5个月后，1978年6月5日，我在办公室随手翻开第5期《人民文学》，上面竟赫然印着王蒙的名字，《队长、书记、野猫和半截筷子的故事》发表了！我马上放下正在批改的作业，抱起那本杂志就往家里跑。天正下雨，我把杂志揣在怀里，浑身上下淋成了落汤鸡，杂志却安然无恙。离家门还有八丈远，我就放开喉咙大叫："王蒙，你看，你的作品发表啦！

王蒙正包饺子，拿沾满面粉的手一把把杂志抓过去，嘴里念念有词："真快！真快！"20年了，我们从未有过这样的兴奋——他终于回归了他的本行！

从此，他的写作一发而不可收。

《向春晖》、《快乐的故事》、《最宝贵的》一系列短篇小说先后发表。接着，他得到中青社邀请，去北戴河修改《这边风景》。王蒙高兴极了。他说他和中青社有缘，当年他的《青春万岁》就是交中青社出版的，中青社也已发排，只是因为1957年的变故才停下来。他总觉得欠人一份情。这次去北戴河，一来还情，二来可以到大海里痛痛快快地游泳。我为他高兴，叫他放心地去，不要牵挂家里的事。新疆这边，有我哩。

王蒙在6月16日到达北戴河，住在黑石路4号共青团中央招待所。这一去就是半年。

在频繁的通信中，我们不断交流着各自的情况。我这里的大事是，两个儿子都考上了大学。大儿子读的是新疆大学，就在乌鲁木齐；小儿子则去了陕西的军事院校。事情决定得很仓促，我甚至来不及和王蒙商量，孩子自己愿意去就去吧。尽管他俩读的学校和专业都不是十分理想，但总算赶上了高考改革这趟车。他们是幸运的。王蒙则不断介绍他在那边的生活情况。他说他从来没有经历过这样舒服似神仙的生活。上午写作，下午游泳，什么事都不用操心。他对大海有种特殊的感情，后来他的作品中曾多次出现对海的描写——多变的海，愤怒的海，平静的、嬉闹的和欢腾的海。

　　他还向我描述了 1978 年 9 月 24 日北京文学界朋友的一次聚会。参加的有邵燕祥、从维熙、林斤澜，等等。这些由于政治原因、社会原因而分别了二十多年的挚交，一旦聚首，其动情程度可想而知，连我这身处 8000 里外的人都受到了感染。

　　最令人振奋的是王蒙的第一部长篇《青春万岁》，将由人民文学出版社出版。这个难产儿，在沉睡了四分之一个世纪后，终于要问世了。我从王蒙信中知道这个消息，又读了他为这本书写的《后记》，不由得泪流满面，长时间平静不下来。

　　当然，王蒙也不是一切顺利。他花了很大力气写作和修改的《这边风景》却终于没有搞成。这本书写成于"四人帮"统治时期，整个架子是按"样板戏"的路子来的，所以怀胎时就畸形，先天不足。尽管有些段落很感人，有些章节也被刊物选载过，但总的来说不是"优生"，很难挽救，最后只好报废。

　　王蒙从北戴河到北京，又住了一段时间。这时，我从报纸上看到北京在"前三门"建成新居民楼的消息。不知为什么，我直觉我们会去那里住，就给王蒙写信说："希望我们调回北京后能分到前三门的房子。"王蒙马上回信告诫不可想入非非。几十年的逆境使他对任何好事都不敢抱奢望，即使我有所幻想，他也连忙要给我泼冷水、降温。

　　然而，形势毕竟不同了。以十一届三中全会为起点，开始了新的历史时期，长久以来压在心底的许多愿望竟都做梦般地成了现实。1978 年 12 月 5 日，由《文艺报》和《文学评论》主持，文艺界在北京新侨饭店开了一次会，为许多人的作品落实政策，其中最引人注目的是王蒙的《组织部新来的年轻人》。紧跟着，北京市文联出面联系，把王蒙调回北京。主管东城区教育工作的刘力邦同志得知此事，马上着手调我，想让我到东城区的中学任教。但我去新疆前，原单位是崇文区 109 中学。当年的教导主任赵爱兰还在，非要我回去不可，于是我在北京的接收单位也很顺利地解决了。

1979 年春节前夕，腊月廿八，王蒙兴高采烈地从北京回来了。我们在新疆度过最后一个春节。家里包了饺子，做了年糕，到处喜气洋洋，但也夹杂着一种莫名的惆怅。新疆已经成了我们的第二故乡，我们在这里整整生活了 16 年。16 年！人的一生中能有几个 16 年！我们把生命中最灿烂的时光都献给了边疆。天山的雪莲，伊犁的河水，巴彦岱的乡亲，众多的挚友，一切都那么让人依恋。如今真的要离开，我们怎么能舍弃！

冬天过去了，春风吹过玉门关，给我们带了春的消息——王蒙的小说《最宝贵的》获了奖，还有一大批作品陆续发表。我们调往北京的事也已迫在眉睫。（有趣的是，北京市文联给我们安排的住房，恰恰正是我曾经向往过的前门的新住宅楼！）

家里突然热闹起来，天天门庭若市。朋友们有的来祝贺，有的来倾吐衷肠，有的索性动手帮我们料理家什，准备行装。我和王蒙几乎每天去朋友家里吃饯行饭，一直到临上火车，还有几家来不及告别。

1979 年 6 月 12 日，我们终于登上了乌鲁木齐开往北京的 70 次列车。到火车站送行的竟有四十多人，那场景十分动人。火车徐徐开动，车上车下泪水流成一片，一只只胳膊伸进车厢，最后再送来一网兜苹果。我已经无法克制，望着那逐渐远去的人群，失声痛哭。王蒙强忍着激动，连说："我们还会回来，我们一定会再来的！"

　　王蒙喜欢给我讲克雷洛夫的一则寓言。大意说有一条小青鱼被控犯了天条，上帝为了惩罚它，下令："把它扔到海里去！"

　　王蒙刚到伊犁的时候也许正像这条小青鱼，但在人民中间，他如鱼得水。他把"家"扎在队里，快活地生活在友情中。在离开伊犁的时候，他已经大大地成熟了，成长了。

长子
山儿

王蒙发明了一个自以为得意的理论，说父爱与母爱不同，母爱是与生俱来的，父爱是后天培养的。

1958 年初春的一天傍晚，我和王蒙走出人民医院。我们刚从妇产科化验室得到检验阳性的结果，当时我的心情极为复杂。一方面是由衷地喜悦，那是我头一回要做母亲；但是那时正是王蒙"有事"的时候，我们的处境复杂又艰难。我有许多话想跟他细说，一出院门，我就有意放慢了脚步。但是，王蒙却快速跑回家，把我远远甩在后边。

原本准备好的一肚子话，无处倾诉，我感到心里一阵冰凉，回到家也不作声。他为我冲了一碗藕粉。许多日子后，我说起这段，他反而振振有词，说他只想快点儿回家，为我做点儿吃的，让我好好保养一下。一番话倒把我的嘴堵上了。

1958 年 10 月 14 日 0 点，在我临产前，是我姐姐陪着我去的同仁医院。当时，王蒙已经到北京郊区去劳动改造。那时我一心想的是他能留在我身边！那是我第一次的人生体验，一个女性快要分娩啊，精神高度紧张，心理上不可抵御地惧怕，喜悦与忧虑参半。10月14日凌晨，我们的第一个儿子以他特有的大嗓门啼哭着来到人世间。这一哭，如同开启的闸门，没完没了，倒是哭出了我的一肚子委屈。

我做妈妈了，我们有儿子了，我们成熟了，我们长大了，我们要义不容辞地竭尽全力把孩子抚育成人……我在心里说着，忍不住哭了。在这个时候，痛苦和幸福同在，王蒙却无法跟我分担和分享。

我把孩子抱在怀里，心里甜甜的。我觉得他长得特别像我，小脸胖鼓鼓的，红彤彤的小嘴，甜甜的，我第一回感受到做母亲的幸福与骄傲。

在医院住了4天，还是姐姐把我接回母亲家——那个时候我们还没有自己独立的家。

孩子出生，起个什么名字呢？我和王蒙通了几封信之后，商定叫"山"。他说这个字简单，免得上了小学，笔画多的名字不好写，而且那时他在一担石沟劳动，是山沟，索性就叫个"山"吧！我在山西太原工学院读书时怀的孕，也没有离开"山"字。

从此我和山儿相依为命。他的哭，他的笑，他的咿咿呀呀，一根根牵动着我的神经。

直到1959年12月初的一天，王蒙休假回来了。这是他第一次跟儿子见面。我想，他会无比喜悦，至少会说："这是我的儿子，我做爸爸了……"

进家门时，山儿裹得很严实，躺在床上。他走到床前，看了看，第一句话是："这孩子怎么身上有一股酸味？"一句话，让我心里别扭了半天。我板着脸，王蒙也情绪不佳。我能理解，王蒙背着重重压力，不会有好心情。

第二天，山儿醒着的时候，王蒙给山儿唱了一首东北民歌《丢戒指》。没想到，不到三个月的山儿有韵律、有节奏地"啊啊"应和着，跟爸爸唱到了一起。王蒙把两臂支在床栏杆上，弯下腰，看着儿子，大声唱，儿子躺在婴儿床上用同样洪亮的声音应和。王蒙来劲儿了，收不住地唱了好几遍。第一次的父子交流还真不同凡响。

又过了一年半，夏季的一天，也是王蒙休假的时候，那天我让王蒙带山儿先去小绒线胡同等我。他乘6路公共汽车再换115路电车到报子胡同下车，山儿哭了一路，惊动了许多乘客。到家后，王蒙把他放在床上，山儿坐在那里还是哭着找妈妈。过了一会儿，正在看书的王蒙听不见声音了，抬头一看，山儿坐在那里睡着了。一刹那，他呆住了，儿子多可怜，怎么坐着就睡着了？他知道心疼孩子了，轻轻地把山儿放平，让他躺好。事后他对我说，这是他第一次体味到做父亲的滋味。

后来王蒙发明了一个自以为得意的理论，说父爱与母爱不同，母爱是与生俱来的，父爱是后天培养的。直到十多年后，我在新疆生了第三个孩子——女儿伊欢，这是唯一一次孩子出生的时候有他与我在一起，他立即空前地宝贝起女儿来。他忽然认为，父爱本来也是与生俱来的呀！

石儿小小年纪便有了计谋。只要他想出去玩，就一定主动积极地在家"大于社会主义"——又擦桌子又扫地，又倒垃圾又挑水，然后突然不见了，天黑以后才回来。

1960 年初春的一天早晨，我起晚了，没吃早点空腹跑步到学校赶上第一节课，不料正上着课，忽然感到眼前一片漆黑，便晕倒了。当我醒来时已经躺在校医务室，校医告诉我，是妊娠反应。我写信把这个突如其来的消息告诉了正在下面劳动的王蒙，他觉得有点儿意外，但是他仍然表示孩子有生的权利。虽然当时各方面的条件都不允许我们再要第二个孩子，但这是天意，我们只能选择顺从。

当年 7 月 2 日，我在天坛医院生下第二个儿子。临产时王蒙仍然不在我身边，他回不来，似乎是天经地义。这回我平静多了，也没有了上次那种不切实际的奢望。

那时王蒙正在山沟里天天背石头，我们商量的结果，一致同意给二儿子起名为"石"。

两个儿子，一座山、一块石，结结实实地来到了人间，我们也得克服一切困难，结结实实地活下去。

这一年国家正处在三年困难时期，生活艰难的不只是我们一家，王蒙在劳动中体力消耗很大，自然急需热量的补充；两个儿子尚小，也正需要营养。我做教师，按规定要从每月的 28 斤半粮食定量中拿出 3 斤给困难户。这样我们的需求量远远地大于供应量。若能为王蒙找到几斤全国粮票，是我最大的宽慰，他在那儿，干的是超重体力劳动，享用的却是轻体力劳动的粮食供应标准，每月仅 32 斤。他怎么可能吃得饱呢？

我呢，省吃俭用，给孩子花 5 元钱买一斤点心，当时就算高消费了。看到从幼儿园回来的孩子大口大口地吃点心——在幼儿园用餐后——我说："小肚子受得了吗？"山儿懂事地说："受得了，受得了。"我的眼泪一下子涌了出来。

石儿倒真像是一块坚硬的石头，皮皮实实地就长大了。在两岁时，他特别爱哭，常常在大人熟睡的深更半夜，大哭不止。于是全家人赶忙爬起来围着他团团转，却也无济于事。有时哭着要糖吃，给了他又不要；有时哭着要划船去，三更半夜上哪儿划船去？这使王蒙特别心疼他。石儿自小喜欢穿色彩鲜艳的新衣服。1962 年夏季，我们在东单转车时走进一家小商店，想为石儿选一双凉鞋，他非要一双淡绿色的凉鞋，但至少大两号，王蒙就依着他买了下来，石儿穿上就不脱下来，提不起鞋来还要穿。

1962 年春，王蒙劳改终于结束了，我们回到小绒线胡同那并不完全属于我们的家，改住到后院的南屋。这里冬不暖夏不凉，由于潮湿，墙脚地缝生出许多小爬虫，还有土鳖之类的。不满 5 岁的山儿说："咱屋多好，有苍蝇，有蚊子，有土鳖，还有蝎拉虎子，像动物园一样，我喜欢。"令人哭笑不得。

那一年我在109中学任教，工作很忙，每天回来很晚。王蒙常常领着山儿在小绒线胡同东口的大槐树底下等我，王蒙边等边哄着孩子唱："大黄牛，肥又大，土改以后到我家……"这首民歌韵律优美，音调凄凉。有一天，我才从胡同口一露面就看见他们，山儿向我扑过来，我们常常是这样唱着有趣的歌，快快乐乐地回到家。

王蒙在"文革"期间，早已把笔扔到一边儿，如果需要填个什么表格之类的，就临时向孩子借用一下。当时的文化气氛可想而知了。

一旦遇到孩子们有个什么几何难题，王蒙可就大显身手了，从石儿那里把笔抢过来，躲到一边儿解算，然后大讲特讲证明方法："看！我都四十几岁的人了，还没忘。"又借题发挥地讲起当年几何成绩如何棒，如何为老师指出其他解题方法。明显在以此震慑儿子们。

在家里，孩子们自然给王蒙些面子，他却有些不"自知"，竟到外人那里吹嘘几何去了。剧团的一位编剧请王蒙辅导她的孩子——一位极聪明的小神童学习几何。王蒙讲得得意，偏偏小神童不买王蒙的账，与王蒙争论不休。王蒙又祭起了他的"三S"法宝，小神童也火了，表示"三S"有什么了不起，我就是不承认。搞得王蒙脸红脖子粗，最终还是败下阵来。

王蒙是孩子们的大朋友，孩子最感兴趣的是跟爸爸在大雪纷飞中滚雪球、打雪仗。"文革"期间，我们对孩子的学习抓得不紧，但是对孩子劳动观念的培养还是很在意的。两个孩子只不过七八岁，王蒙已经教会他们挑水。他还常常带着孩子清理积雪，他站在房顶上扫雪，孩子在地面上呼应，那是一种天伦之乐。他带孩子挖菜窖的情景，还真有"大跃进"的气氛，一鼓作气掘地三米，山儿、石儿像是玩了一回地道战。

石儿很有意思。小小年纪已经有了小计谋。只要他想出去玩，就一定先主动积极地在家"大干社会主义"——他自己的话，又擦桌子又扫地，又倒垃圾又挑水——然后突然不见了，天黑以后才回来。

女儿伊欢 | 王蒙到医院，大夫告诉他："是个'克孜'（女孩）。"王蒙大喊大叫起来："女儿！女儿！"当下给女儿取名伊欢——伊犁的欢乐。

1969 年 3 月 24 日，吃过晚饭，我对王蒙说，得马上去医院。王蒙赶忙推出他的破自行车，带上我就走。当时正值伊犁武斗的两派动起真格的，一路上硝烟弥漫，机关枪、小炮"啪啪"作响，吓得我心都提到了嗓子眼。

好不容易到了人民医院，王蒙说："这是一所少数民族医院，可能倒安全些，就在这儿吧。"他扶我走进去。果然，这里的工作人员全是维吾尔族。大夫和蔼可亲，马上安排我住院。两天以后，3 月 27 日凌晨 4 时女儿出世。临分娩前，维吾尔族接生员安慰我："你会生巴郎（男孩）的，你会的。"她以为这是对我最大的鼓励和安慰，哪知道我和王蒙都是求女心切哩。早晨 6 时，王蒙来医院看我，大夫告诉他："是个'克孜'（女孩）。"王蒙大喊大叫起来："女儿！女儿！"当下给女儿取了名字伊欢——伊犁的欢乐！

在生两个儿子时，由于当时王蒙的处境，他没能在我身边，这始终是难以抚平的伤痛。然而这次王蒙自始至终陪伴着我，而且苍天有眼，赐给我们一个女儿。

伊欢，伊犁的欢乐。给女儿起这个名字的时候，当真唤起我们一些欢乐。我原本以为命中只有儿子呢，这么一来，按当地的说法，叫作儿女双全，生活中有红有绿，有了色彩。王蒙听到喜讯后，在医院的走廊里，在住家的小院内，当众欢呼："克孜（女孩）！我们有个女儿了！"山儿、石儿更是按捺不住，催着爸爸快把鸡炖好，小手端着一锅鸡，到医院来看我，一面让我快喝鸡汤，一面急不可耐地寻找小妹妹。当医生把伊欢抱过来时，王蒙说这是亲生的，不会抱错的。医生又说生伊欢那天，除了我以外，全是维吾尔族产妇，他们不可能生出汉族的小女孩；可巧那天除了我，其他人全部生的是男婴。这种不必要的"论证"，没料到产生了奇异的效果，我、王蒙和我们的两个儿子顿时感到格外亲切，心想这真正是亲生的。两个哥哥看到襁褓中的小妹妹，红扑扑的小脸蛋，一头细软的长发，又惊喜又好奇，这个抱过来那个又抱。这时我和王蒙真正体味到什么叫天伦之乐。

当时的社会环境，伊犁两派正在武斗，教育系统依旧瘫痪，"复课闹革命"喊了一阵儿，仍然是只"闹革命"不复课。我的产假时间可以任意延长，王蒙在巴彦岱公社的"三同"，也处于无人管理、无人过问的状况。

这样就为我们提供了在家看孩子的机会，尤其是王蒙，他从未有过如此优越的条件，可以在我身边，和我一起照料新出生的孩子。

不过，王蒙真的管起孩子来，还真有点儿令人害怕呢。干一点事，都吵得大家不得安宁。

譬如喂两次牛奶之间要加一次水，加就加吧，他要大讲特讲加水的必要性。每次加菜泥、蛋黄或鱼肝油、钙片之类，不仅先宣讲道理，还不停地支使人递水、拿毛巾……搞得惊天动地。

这回坐月子，王蒙一直在身边伺候。喝的是王蒙亲手做的鸡汤，吃的是巴彦岱——王蒙劳动的地方——农民送来的鸡蛋与羊肉。我心满意足。

至于管孩子，他昼夜全包。女儿他带到1岁零4个月，直到1970年暑假把女儿送回姥姥家。他教会伊欢走路。伊欢1岁时，当她小心翼翼地迈出第一步、第二步，意识到没有人扶，便歪歪斜斜地小跑起来，越跑越快，停不下来。王蒙紧追不舍，终于女儿摔倒了，王蒙及时扶住了她。王蒙因此常炫耀：既要放手让孩子学走路，又要及时采取措施防止孩子摔倒。

在当时无法写作的情况下，每天为女儿伊欢记日记是不可缺少的，这也算是那个时期他唯一的创作了。当然，他看孩子的功绩，是不能埋没的，他生怕别人不知道，逢人便说自己如何带孩子。伊欢长大后，他仍不停地告诉伊欢爸爸立下的汗马功劳。伊欢也顺水推舟表示绝不辜负爸爸的养育之恩。

孩子们在我这个不大经心的妈妈的哺育下，在爸爸的大呼小叫中，茁壮成长。

小女儿伊欢，1岁零4个月去了姥姥家，在姥姥和姨的培养下，成长得很健康。她跟姨很亲，大约在3岁时，有一阵管姨叫"妈妈"。后来知道我快回来探亲了，她马上改口叫"姨"。她6岁时，我们接她来新疆住了一年。在北京车站是我的外甥张宁送行，他趴在车厢窗口，千嘱咐万叮咛："小伊欢就去一年！"伊欢在车子开动的时刻，还在大声喊："去一年我就回来。"

通过热心朋友都幸福的介绍，伊欢 6 岁就上了第 10 小学，入学时已近 9 月中旬，当年那里又是春季招生，这样她比起其他一年级学生少学了半个多学期的课程。但是聪明的伊欢入学不到半个月的工夫，成绩就名列前茅了。

在乌鲁木齐，伊欢很快就适应了。她结交了许多朋友，有维吾尔族的，有汉族的。放学的路上，他们比赛跨越很宽的水渠；大雪纷飞中，他们打雪仗滚成一团。因为是"文革"中，孩子们玩闹就以对方的姓为准喊口号，伊欢被喊成："打倒王洪文！"

伊欢在乌鲁木齐上了一年小学，学会了在冰天雪地上行走和玩耍，学会了大吃粗粮。那几年是国家最困难的几年，在乌鲁木齐，每月市民的口粮供应中粗粮占七成，而且买粮食要排几个小时的队，各单位的干部、职工以买粮为理由可以大大方方地请半天事假。伊欢在这么一个时候来到新疆，上二部制的下午班小学，中午需要提前吃饭，我们来不及给她做，便让她吃头一天做好的玉米面烤饼。她每次拿走王蒙做的一个大烤饼，合粮食半斤多。王蒙至今有时仍向女儿提出质疑：你一个 6 岁多的小女孩，怎么可能一顿饭吃半斤以上的粮食呢？说来也怪，吃了一年多的粗粮，伊欢倒长得茁壮皮实，脸蛋儿红扑扑的，比在北京健康多了。

伊欢在新疆也学会了用西北口音和人争论。有一次，二哥王石看到妹妹和另一个女孩口角，便把她叫回家里问她，伊欢生气了，照着毛主席语录说："你不了解情况就别调查！"

伊欢在乌鲁木齐上了一年多学，第二年 12 月，由朋友带回到北京。

我们没能带她再回伊犁。

她总是向爸爸提出请求，有机会再带她去一趟出生地。

1979年，我们正式调回北京，女儿已经长到10岁了。

我们觉得应该好好关心一下女儿的学习。女儿放学后，王蒙想看看她的作业，女儿不让看。尤其知道她在写作文，王蒙特别想看一看，伊欢说什么也不让看。当时我们很难过，仔细想一下，自幼就不在父母身边，也没有全身心照顾过孩子，现在突然一下检查起作业来，孩子无法接受。我们只有自责，只有遗憾。

有一天我拉开抽屉，看到女儿的日记本，就翻开看了一眼。正好女儿进来，见我看了她的日记，气得哭起来。为此王蒙批评了我，说是应该尊重女儿的隐私权，应该先得到同意才能看她的东西。我接受了王蒙的意见，向女儿道了歉。

1985年3月26日的傍晚，我和王蒙筹划第二天为伊欢过15岁的生日。我说："明日一早我就去北京饭店买一个生日蛋糕，晚餐时再做几个菜，好好庆祝一下。"

王蒙说："那敢情好。"

27日一早起来，还没等我们动手，伊欢就宣布："妈妈，今天我有几位同学来，在家吃晚饭，最好您和爸回避一下，或在你们屋别出来。我们自己会动手做，你们别管。"

听了女儿有言在先的"通告"，我们的心情是复杂的，有些失落，毕竟不能像小时候那样，把孩子抱在怀里过生日。但同时我们也高兴，孩子大了，有他们自己的天地，有他们自己的朋友，跟同龄人在一起，他们更快乐。

转眼，小女儿变成大姑娘了。

伊欢读完了中学，在报考大学时，征求我的意见，我建议她读师范，果然她考上了北京师范学院生物系，我们都为她高兴。

她在大学二年级暑假时，一天晚上，我们母女俩坐在沙发上聊天，说着说着她不说了，我想到她是有话对我讲。在我的引导下，她告诉我，她已经交了一位男友，她的学友，比她高两级，名字叫刘东升……她没料到我能理解她，告诉她应该怎样去对待，该怎样珍重初恋的感情。

这一天，我想了许多，女儿真的长大成人了，我们老了。从女儿身上，我看见了自己青春的影子。

伊欢大学毕业后，在北京农业大学就职，男友刘东升在北京投资公司工作。他们相识 4 年后，在 1992 年的夏季结婚了。女儿有机会在 1993 年又被派到荷兰海牙进修，她学得很认真也很投入。他们新婚不久，分居两地，每天必有一封信往来，3 天通一次电话。为此，我们感到十分慰藉。

1994 年年底，伊欢在荷兰学业有成，获得硕士学位归来。

王蒙时常感慨地说，就是伊欢有福气，她赶上的时候有多好！两个哥哥哪个也比不上她。

得到硕士学位以后，伊欢又在不脱产的情况下攻读博士。为此，她在生下可爱的儿子来福以后 3 个月即去了荷兰。此后一直是北京与瓦格宁根两头跑。6 年时间，她的辛苦没有白费，终于拿下博士学位。

2003 年 9 月，我和王蒙，还有女婿以及小来福都到了荷兰，参加她的论文答辩。有五位身穿黑"道袍"的答辩委员会的学者提问质疑，其中两名来自荷兰本国，一名来自德国，一名来自美国，一名来自墨西哥。由礼宾官甩着权剑引导入场，还有两名助辩站在女儿两边，一位是荷兰人，一位是华人，他们只起助威和龙套的作用，不能真参加答辩。女儿先讲一刻钟，再回答问题三刻钟。然后休会，气氛严肃。王蒙说好像是在等候陪审团的裁决，最后终于由评委主任宣布 Confirm Doctor Degree，即确认女儿的博士学位。我们很高兴，立即打电话向所有的亲友报喜。王蒙说，可惜女儿的爷爷不在了，他一辈子很向往欧洲文明，但又一事无成。如果他知道自己的孙女取得了欧洲的一个博士学位，他该多高兴呀！说这话时，王蒙很激动。

别人对我们家的感觉是：没大没小，无政府主义。但是我们自认为：不保守，不封建，民主，自由，富有现代气息。

孩子们很幸运，赶上了高考改革的第一班车。1978 年大儿子考上新疆大学；二儿子上了西安的军事院校，当时我是不大赞成他去的——王蒙又不在场，他正在北戴河修改长篇小说《这边风景》，我无法及时地跟他商量——但孩子本人坚持去，我也就随他去了。

1982 年，王蒙回新疆参加一项活动后，突然心血来潮，想到在回京的途中为何不去看一下石儿呢？于是他在乌鲁木齐给王石打电话，人没找到，便委托行政办公室留言：

王石：

　　我于 10 月 20 日乘 70 次列车经西安回京。大约在 21 点抵西安。在站台会面，请来接。

　　　　　　　　　　　　　　　　　　　　　　　　　　父 18 日

　　石儿接到爸爸的留言后，兴奋极了。他以为父亲要在西安逗留一个时期，所以就请了两天假，因为他的实际校址在三原，距西安还有几十里路呢！

　　石儿起了一个大早，先乘火车再乘公共汽车，足足用了半天时间才赶到西安。用过晚餐后，他很早就到达车站，在候车室等候。听到 70 次列车晚点两小时的消息，他心急如焚。

　　真不容易，在 23 点 18 分，终于从西北方开来了这辆列车，随着列车进站的"哐当哐当"声，石儿的心激动起来。

　　列车缓缓地停下来了，车上的王蒙抱着一个特大号的哈密瓜，披着衣服急忙下了车。王蒙心里很清楚，本站停车 9 分钟。他与儿子的会见就在这几分钟之内。

　　石儿并不晓得车厢号，只有在人群中东跑西撞，寻找父亲。

　　3 分钟后，父亲把哈密瓜递到儿子手中。

　　石儿手捧着瓜，迟疑了片刻，问道："爸爸能在西安待几天？"

　　"我这就走啊，还有两分钟！"

　　石儿一下子哽咽着说不出话来。王蒙的心里更不是滋味儿，只说："一切都会好起来，你就安心吧！再见！"

　　王蒙转身快速上了车。

　　石儿抱着大哈密瓜，觉得沉沉的。已是午夜，他能去哪里？最好是连夜往学校赶，但是早已没车了。

当列车启动时，王蒙才突然意识到自己的这番好意给孩子带来多么大的麻烦和困惑。自己为什么这么愚蠢呢？

事后说起这次火车站台上的相会，王蒙另有理论，说他的目的是长远的，要加深三原校方对于王石家在北京的印象，以便将来孩子毕业时分到北京。他说，将来孩子到哪里工作他不管，但是总要先回到北京。不知这是他的"深谋远虑"，还是推脱之词？这年春节，石儿没回家过年。大年初一，王蒙让我代表他——当然也是我的意思——去西安看望石儿，或许这是对自己过失的一种补偿！

我和石儿在西安做了一次长谈，两天两夜没合眼，生活、学习、志趣、人际关系、就业去向……

石儿很有主见，对自己的未来，有很实际的考虑，情绪开朗而乐观。我确定初四返程，中午他把我送上火车。

分别时我极力控制情绪，没让自己流泪，为的是不让石儿难过。

孩子长大了，成材谈不上，但每个人都做着自己力所能及的事。他们人生的每一个关键时刻，健康、读书、就业以至于谈恋爱都牵挂着我们的心。值得高兴的是孩子和我们之间没有任何隔阂，基本上无话不讲。

现在我们已经做了祖父、祖母，儿子、孙子都跟王蒙亲，喜欢问他难题，喜欢说自己的一些心里话，喜欢跟他玩儿。孩子在他面前，没大没小，不大讲规矩；他在孩子面前，也没有什么父道尊严。

孩子可以把他当马骑着玩，玩儿着玩儿着"马"发脾气，猛一弓腰把孩子摔在一边；跟孩子打水仗、打雪仗时，都是赤膊上阵；在枣熟落地的时候，他比3岁的孙子抢得都快。

在家里，他就是一个大孩子。

我们自以为家里富有现代气息：不保守，不封建，民主，尊重孩子的意愿。别人来我们家，感觉我们这里是没大没小，无政府主义。

在儿女的婚事上，我们完全尊重他们自己，本着独立自主的原则，喜欢怎样办就怎样办，结果是：不办。

山儿、石儿的婚事，双方同意，操办从简。

他们择一个适宜的时间，履行了结婚登记手续，双方的亲家在一起吃一顿饭，高高兴兴，完事大吉。

结婚后，有了自己的小家。大家变得来来往往，若即若离。来住，欢迎；不来，也没意见。家里有事，比如我们住平房的时候，需要出远门了，就招呼儿子来看家。

我常和王蒙说，等我们老了，生活上需要人照顾了，也不能做子女的包袱，我们一定要自己想办法，自力更生。我们养育子女，没有任何功利目的，不过是尽父母义务。

每次王蒙出差出国，他总想着给家里的每位成员、亲属以及他的朋友带点儿小礼品：有时是一个小工艺品，有时是一件T恤衫，或一个小胸花，有时给女儿和儿媳妇送一串项链之类的。

"瓜子不饱是仁（人）心"，所以王蒙是很得人心的。

孙子理直气壮地对王蒙说："你14岁的时候有玩具吗？没有足够的玩具，你不去革命又能干什么？"

这几年，王蒙在国内与国外，用中文与英语讲话，经常用长孙小雨的"名言"，作为压轴的保留节目。

小雨14岁生日时，王蒙摆出老革命的架势对他说："你爷爷14岁的时候已经加入了中国共产党的地下组织，成为一个革命者了，那时我已经读社会发展史纲和毛泽东的著作了。可你现在还这么淘气、贪玩，应该奋起直追啦……"孙子却理直气壮地说："你14岁的时候，有玩具吗？没有足够的玩具，你不去革命又能干什么去呢？"

孙子的话竟让王蒙大为感慨，他到处去说，一个社会一个政权，应该关心儿童和少年，不但要给他们提供足够的食品、服装，而且理应提供足够的玩具，否则，年轻一代人就有权利选择革命。

王蒙还引申去说，一代人有一代人的处境，历史不同了，我们的第二代、第三代人，已经不可能也不必要重复与我们完全重合的道路了。我们不必叹息后继无人和一代不如一代，也不要转而对自己这一代人的路程妄自菲薄。努力认识自己的一代和上一代，也以最大的宽容去理解下一代。

小雨时常和爷爷开玩笑。初冬的傍晚，王蒙戴上毛线织的尖帽子出家门，小雨看见后说："爷爷像卖烤白薯的。"我戴上头巾后，他说我像卖茶鸡蛋的。王蒙听了很开心，说他比喻形象，并且逢人便讲。

小雨替学校要王蒙的题字，王蒙对孙子的事一般不敢怠慢，用心写了一幅字。结果，小雨说，同学们反映："你爷爷的字与某领导的字差不多。"而那位领导的书法显然并不好。王蒙十分高兴，说自己的字直追领导。看到他如此快活，我是毫无办法。

小雨说爷爷身上连件名牌衣服都没有。其实，我们在国外没少买西装，王蒙自然有名牌。但是他更愿意穿得随意宽松，更愿意听到他没有名牌的评论。

二孙子阳阳现在个子已经一米八了，和爷爷奶奶在一起，我们倒显得瘦弱。阳阳好胜倔强，小时候跟爷爷打乒乓球，只能赢不能输，一输球，小脸倍儿严肃，可遇到这位老天真的爷爷，对孙子也是当仁不让。看他们打球是一件很开心的事。

三孙子吉米是在美国出生的，在他将近1周岁的时候，王蒙去美国看护过他一星期。王蒙喜欢和他一起下围棋，却不是他的对手。

我们的儿女都有自己的住处，孙子们来玩的时候习惯说到"奶奶家"。有一天已经很晚了，吉米热情地留爷爷住下。爷爷还是要走。吉米便问："爷爷，你是不是每天都要到'奶奶家'去？"

王蒙大笑，对他说："那不止是奶奶家，也是我的家啊。"吉米迷惑地看着爷爷，不明白是怎么回事。

我们的小外孙来福，有时出一些智力测验或者脑筋急转弯的题让王蒙回答，有时也背一首唐诗让他说出作者是谁。王蒙答不上来，来福便在电话的那一端叹气，很体己地对姥爷说："姥爷，您这么糊涂，怎么当作家啊？"

秘密旅行

我和王蒙自以为得意地参加了一次"秘密旅行"，没想到竟然是小青年们的"蜜月旅行团"。我们倒有些不好意思了。

旅行，是我们共同的爱好。但在所有的旅行经验当中，我最难忘的是早些年的北戴河之旅，虽然那次的物质条件与以后的国际、国内旅行无法相比。

那是 1982 年 8 月 26 日至 30 日的一次秘密行动。

我在新侨饭店旧址前的一个窗口旁，看到一个广告："去北戴河五日游，乘豪华轿车，安置食宿，每人 78 元。"落款是"首都汽车公司"。当时我很动心：1978 年王蒙去北戴河的时候我在新疆看家，没能去。我想这回我们能一起去了。回到家，还没等我说完，王蒙就说："我们一起去。"

我俩会心地说：保密！

那时刚刚改革开放，人们的消费水平还比较低，组织旅游还不普遍。当时王蒙日夜写作，正需要调剂一下情绪，又听说他已被提名在即将召开的"十二大"上作为中共中央候补委员。越是这样，越想过几天轻松和普通的生活。

26 日清晨 7 点，我们在崇文门新侨饭店前上车，坐在离前车门不远的第二排座位上。游客陆陆续续地上车，令人惊讶的是，他们都是清一色的青年人，双双对对，喜气洋洋，绝大部分是工人、店员，少有干部模样的人，只有我们是年长者。一了解，他们都是新婚伴侣，去北戴河度蜜月，我们倒觉得有些不好意思了。

这时司机转过身，"您二位是做什么工作的？"

"教师，都是教师。"我俩说，心里想笑。

司机倒没在意，接着说："当教师辛苦，这么大岁数了，攒点儿钱出来玩玩，也不容易。"

看得出这位好心的司机，见我们这一对年近半百的老夫老妻，也来参加"蜜月之旅"，感到新奇。

"各位旅客，我是您的导游，您遇到什么问题，尽管找我，今年我16岁，是您的小弟弟……您所乘坐的大型轿车即将出发，预计晚6点到达，那里为您备好晚餐，中途在唐山附近用午餐，您可以买到又大又甜的西瓜……祝您一路平安！旅行愉快！"

这是一位瘦高个儿年轻人，操着一口流利的北京话，口若悬河，一路拿着麦克风，跟大家侃个不停。

车子是日产旅游车，座位也算得上豪华。一路上空调只开了一小会儿，于是大家汗流浃背。

旅途轻松愉快，对对情侣，亲昵却不放肆，多数只是悄悄絮语。车子行驶途中出了一回故障，大家有秩序下车，站在路边，不急不慌地边吃东西边聊天。我们和他们不时相互问候。虽然车子耽误了3个多小时，但没有听到多少怨言，那时生活水平没有现在高，文明程度倒是比现在明显要高。

晚上近9点我们才到达目的地。

导游熟练地按车票的序号为大家分配了房间，两人一间，住房实际只有一层，通道两旁有数个单间。每间卧室设备简单然而齐全：两张床，一个床头柜，一个茶几，两把椅子，一个洗脸池。地面虽然有点儿潮湿，但整体来说还是相当干净的。

这里是位于东山地区的外国专家疗养所，位置好，在海边。外面有精心搭置的花坛，有幽雅整齐的松林，大块绿绿的草坪，散发潮湿的香气，参差排列、分布有序的石屋，都是大块的虎皮石墙壁，路边站立着典雅的扁圆夜灯。

大家收拾停当，就去食堂用餐。互不相识的双双对对 10 人凑一桌，六菜一汤共用，彼此都很谦让，吃得很文明。

夜幕降临，蛙鸣、海涛声响起。

我们看海去！这是我做了一辈子的梦，活了 49 岁，竟然从没见过大海！我俩牵着手，摸着黑，顺着声音去找大海。

第一次真切地听到轰鸣的海浪声，就觉得一切的不快都被海浪卷走。

导游把我们的活动安排得很充实，第二天去山海关参观，和第四天去爬联峰山，我俩都放弃了。王蒙说：到这儿来不去游泳，爬什么山啊？当年属于专家疗养所的浴场游人很少，海面显得很宽阔。这也是我俩认识以来第一次一块儿下海，虽然着着实实喝了几口海水，但感觉从未有过的好。

我们兴致勃勃地参加了凌晨 5 点去鸽子窝看日出的活动。

那年的鸽子窝不收门票，来看日出的人都早早地占好了有利地势，东山的海岸前、亭子前人山人海，大家的视线一刻也不离开东方的海平面。

晨起气温很低，许多人挨着冻等候日出。幸好我们准备了厚厚的外衣，加上心情急迫，倒也不觉得冷。这时，只见一抹红霞出现在海天相接之处，接着，露出一牙儿火球，很像一顶蘑菇帽。慢慢地，火球挣脱海平线的束缚，跳了出来——一轮火红的太阳！

我们大饱眼福。导游一再说，你们的运气真好，夏天阴云多，来的旅客十有八九是看不上日出的。

当天傍晚我们原计划去看晚霞，但却又有了一次额外的收获。

我们出了疗养所的大门，探索着往左拐上海滨路，曲曲折折的海岸线，沿着海岸线可以看到中海滩，连接到西山。我们很兴奋，王蒙建议沿着海边一直散步下去，我自然同意。

大约走出 1 小时左右，发现海边有高高激起的浪花，隐隐约约看见一大片礁石，被海浪凶猛冲刷着。当我们离近时，冲击声越发大了。我俩小心地走上巨石，从一块奇形怪状的礁石又跳上临海的一大块船式大石。我们就势坐下，享受海涛的声响。后来王蒙以"听海"为题，写了一个短篇小说。我们许多共同的经验，最后都变成了他的小说题材。

我俩面朝大海，感慨人生。生命短暂，转瞬即逝，而大海则生生不息。斤斤计较一得一失，有意思吗？王蒙喜欢说博大、开阔，这是他的个性，也是他的胸襟。或许是大海给他的启示吧！

30 日一大早，导游把一车人带到集贸市场，指点大家在什么地方买螃蟹，什么地方加热处理。几乎每对情侣都买了满满一网兜蟹。据说到这里的游客都是以这样的方式满载而归。而我们收获的是一生中最难忘的记忆。

王蒙不修边幅，时常衣帽不整。往往是一个裤腿长，一个裤腿短。每次出门，我都要提醒他拔出别在鞋里的裤角。若是少说一句，他就这样参加活动去了。

1979 年春，王蒙的"右派"问题得到改正，于是一通百通，我们的命运立即发生了戏剧性的变化。6 月，我们返回北京，王蒙被安排在北京市作协搞专业创作，从此，王蒙进入了创作的黄金时代。他蒙受多年的不白之冤澄清了，他重新获得了写作权利。他在实践中找到了自己，他回来后分秒必争，因为他在前20年失去的太多太多，他想尽快寻回以往的损失。况且，一旦获得了自由，他那种强烈的写作欲望，那种蓄积多年极富生活根底的素材全都活了起来。面临时代大变革，他触景生情，八面开花，写作的热情汹涌澎湃。这个时期，他的小说像雨后春笋一样接二连三地问世，如《布礼》、《夜的眼》、《春之声》、《风筝飘带》……太多太多了。

那么这个家呢？自然全靠我了，方方面面的事我都得管起来。其实未必我能管，很多事情都堆在那里、"挂"在那里。我承认在家务事上我是低能，不是一个出色的家庭主妇，不会理财，不会精打细算，缺乏领导锅碗瓢勺和柴米油盐酱醋茶的才能。我更不是一个修养到家的贤妻良母，我可以默默地做很多，只是听不进一点儿埋怨的话，我的忍耐度不算高，有时也会大发脾气。很多人称赞我是位贤内助，我受宠若惊，不敢当，因为明白自己并非如此。

我俩一起生活 40 年，从没认真谈论过"钱"字。在家里，我们的收入与支出属于放任自流。不管我俩谁的钱，都放在同一个地方，谁用谁拿。钱多，手松些；钱少，手紧些；没钱，不用。就这么简单。

2000 年年底，《当代》杂志设了一个大奖，奖金 10 万元。这年王蒙在上面发表了长篇《狂欢的季节》，感觉可能会获奖。王蒙说，如果获奖，他希望捐献出来，扶持青年作者。他说："得太多的奖，好事太多，占有太多，不好，不能心安理得，不如捐献出去……"我当即表示同意，10 万块钱的用途，用了不到 1 分钟就确定下来。

那次，王蒙得了奖，捐了出来，并正式设立了春天文学奖。他在会上说，现在衣食住行玩乐钱都够用，他愿意把奖金捐赠。参加会议的作家毕淑敏对王蒙说："您的衣食住行我不知道，至于您所说的玩乐，我想最多是与崔老师下下跳棋而已……"

王蒙说："怎么毕淑敏如此了解咱们？确实，我们的玩乐不过是下跳棋，如果天天蹦迪，再来 10 万也不够！"

为了这个家，为了王蒙能投入精力去写作，我做了许多"无意义"的事。我喜欢整洁，习惯随时随刻把东西放在一定的地方，希望有个整齐、卫生、美观的环境，使生活舒适，工作有条不紊。只是在我家，整洁保持不住两分钟，常常是边整理边被破坏。书籍本是我家的财富，也是唯一的财富，已经占满了十几个书柜，加上近几年来，各地的报刊出版物雪片似的飞来，在我家堆积成山、成灾。每天邮件一大摞，我一件一件地拆封之后，分门别类地放好，分清哪些是急需处理的，哪些是有保存价值的。我向王蒙交代之后，不多工夫再一看，总是大吃一惊：有用和没用的混在一起，报纸在地上、沙发上、茶几上支成一座座的小帐篷。只要是我交到他手里的东西，准丢，一来二去我也没脾气了。他写作起来，是有目不能视，有耳不能闻，一切都不管不顾，只要有一席立足之地，旁边再脏、再乱他都看不见。

王蒙是一个不修边幅的人，时常衣帽不整，往往是一个裤腿长，一个裤腿短，而且不知问题发生在哪里。每次在他临出家门时，我都要提醒他拔出别在鞋里的裤角，我若是少说一句话，他就这样参加活动去了。

约好了人来取稿件，或是有客人来时，我送水倒茶啊，迎来送往啊，这都没什么难的——当然也有照顾不周的时候，对于车水马龙的生活，对于不速之客，我有时候也实在是应接不暇。另外，我常为家中的混乱感到难为情，感到自己太无能。有时我想，家中有这么多"乱源"，就是有8个保姆也伺候不过来。

1979年我返回北京后，本可做更多的事情，或换一种我最喜欢做的工作，但是没有，我仍回中学，而且去了比较一般的72中教书。我拒绝教高中三年级的课程，那需要把关，我没那份精力。有时，正批改着作业，忽地想起家里还有一大堆事在等我做。第一次调工资时，不是全部人都可以调，我表现出一种常人难以想象的姿态，在小组会上，说了一堆废话，目的是谦让，不要给我调，让给别人。这样大大地减轻了校领导的困境，他们求之不得。这样做，当时在全校大概我是独一个，在北京市也是绝无仅有。这一次错过了，一错再错，在以后的调资过程里，我总比和我情况相同的人低三级。理应这样！谁让你谦让呢？你为什么不去争？凭良心而论，我并不是雷锋，但是我为王蒙多做一些，难道不是在为自己做吗？

1979 年 6 月，我从新疆返回北京后，见到一些朋友，他们很自然地要问：怎么样？你们在新疆过得好吗？我会口若悬河地说一通在那儿生活如何如何丰富、有趣而且有意义。有一次，我的一位同学问我：

"你到新疆，一去就是 16 年，怎么样，有什么收获？"我说："收获可大了：第一，王蒙学会了维吾尔语；第二，深入了基层，和维吾尔族农民打成一片，交了许多朋友，写作有了深厚的生活底子；第三，'文革'期间我们处于少数民族地区，又是边陲，那里简直是一座避风港，在关键时刻，被善良的维吾尔族农民保护起来了。如果在北京的话，王蒙恐怕要遭受更大的灾难……"

正说得起劲儿时，我的同学插话，唐突地问："我问的是你，是你自己过得怎么样？"

蓦地，我哑言塞语，窘迫得无地自容。

像触电似的，我猛然想到：原来许多年来，我没有了我自己。岁月匆匆流逝，我呢？我被岁月吞食了，被岁月淹没了，被岁月消融了。

当然，流逝、消融的岁月，是有它的内容和价值的。常言道：一个成功男人的后面，会有一个后盾型的女人。尽管这句话我不太喜欢听，但事实上充当了这种角色。

王蒙总爱说：没有了我，就没有他。

可我呢？我在哪里呢？我在他的生活中，在他的梦中，在他的写作中，在他的一切活动领域中，在他多变的时空中……

王蒙还说：如果没有了我，他简直是寸步难行。这话真是一点儿不假，没有我的时候会是什么样呢？稿纸满天飞，衣服不成套，袜子不成双，寄信找不着地址，打电话找不到号码，遇事瞎着急。

王蒙多次问我：

"你是不是认为我是一个白痴？"

我实在不知道该怎么回答才好。我知道真是有许多人尊敬甚至崇拜王蒙，可是对于我来说，王蒙永远是一个需要照顾和宽容得一塌糊涂的呆子。连他过马路的姿势我都觉得拙笨万分，几乎是瞪着眼向急驶而来的车辆走去。我不能想象，没有我的时候他能安全地穿过马路而不会滚到轮子下面。

而我自己做些事情，却常常不会被承认。就拿1959年春季来说，那时我才参加工作不久，在北京109中工作，一次庆祝活动中，我代表教职工在大会上发言，获得一致好评。会下，好多人问我：

"你的讲演稿真好。那当然了，你家有支笔杆子啊！"其实我的演讲与王蒙毫无关系。

公平地说，很久了，我已逐渐地失去了我自己——但这是我心甘情愿的选择。

都是话痨

> 我们之间的谈话不约而同有一条原则：不听、不传别人的闲话。特别是涉及人事关系的——我们常常怀疑传闲话的人就是制造闲话的人。

爱说话，这大概是我们的一种癖好。从早到晚，只要我们在一起，说起话来就没完没了。难怪女儿常来干预说："你们累不累啊？"

无论是坐下来正式谈话，还是随时随地随意聊天，我们的说话，自认为格调是高的，内容也海阔天空：天文地理，诗文歌赋，古今中外，人生感受，世事哲理……这也是因我的清高和王蒙的豁达所致。我们之间的谈话不约而同有一个原则：不听、不传旁人说的闲话，特别是涉及人事关系的，对他人传的闲话不感兴趣，甚至感到厌恶——我们常常怀疑传闲话的人就是制造闲话的人。

对发生的一些不愉快的事，我们采取的是往下撤火的方法，决不做"你蹦一尺，我跳一丈"的蠢事。生活中我们夫妻间也免不了有某些不和谐，为某件事争吵，一般说来往往是你急我不急，我急你不急；尤其是一方真的动了肝火，另一方即使有理也要让三分，待气消了，不那么激动了，我们又是一次长谈。在对待外来影响时，如果是我们中一方在外边受了委屈——无论是工作上还是生活上——跟另一方诉说，都是相互劝解、消融，做到大事化小，小事化无。王蒙特别爱讲宽容，我们都是去体谅对方的心情、对方的处境，以善心分析人家肯定会有一些不如意的事，使他的思维混乱，做了些错事，说了些浑话。我们会说许多话，可能也说了许多废话，最终仍是说到"宽容"两个字。只有宽容了他人，才能得到自己心理上的平衡。

一天，他若有所思地对我说："你看这是不是一篇小说的题材？"

我说："又有什么事儿打动你了？"

他说："人活了这一辈子，有的人不做自己应做的事，整天价去研究别人，斗来斗去，打来打去的，真没劲，多不值！"

"这算什么小说啊？"我说。

"有这么一对人，年轻时结下血海深仇，针锋相对，水火不容，你死我活。斗了几十年，斗得筋疲力尽，越斗越起急，越斗越无法平息心中的怒火。在耄耋之年的一天，他们在某一条小街上不期而遇，真是冤家路窄。但是他们做出的反应出人预料，他们对视了一会儿，突然觉得没必要再斗下去了，于是不争、不打，没有那些仇仇恨恨了。他们心平气和地以真诚的微笑和惭愧的心情去迎接对方，去靠拢对方。在他们各自的心里，都发出同一种声音：'我太愚蠢，白白来世上一遭，为什么做了一辈子蠢事……'"

没等他说完，我连声叫好："你写，要写精致，要写出他们各自的心态。结尾精彩，大手笔，像欧·亨利的小说，戏剧性的结尾。是个短篇。"

至今，这个短篇他也没写，也许是因为还没有达到他所构想的境界吧。

我们有过风和日丽的生活，也经历了暴风骤雨般的坎坷。什么是人生？每个人都会有他自己的体味，我们交流得很多。在特定环境下，造就了许多不同的人物，每一个人物都有他的一部故事，我们常常交换对各种人物的看法，从不同视角观察，力求全面，力图站在人物自己的立场上设想，他怎么会这样想和这样做？越谈越热闹，还真有它的内涵。这样的谈论很可能成为王蒙一部新小说的契机，而这部小说，还真是从生活中来的。

也有时是他把一部长篇小说的构思、详细内容，各个人物之间的纵横关系，故事情节的展开……从头到尾对我说。他说着说着，中途自己意识到了什么地方不妥，立即更正过来；也有时是我发现了什么疙里疙瘩，稍一迟疑，他马上意识到，便连连点头。王蒙说每跟我叙述一回，像是在电脑里排了一回版。

我们也常常研究某个词。以"不以为然"这个熟语来说，每当他看到报刊或听到别人的口语用错这个词时，总跟我说个没完。他说，"不以为然"是不同意不赞成的意思，而"不以为意"是不在乎的意思，二者全然不同，怎么现在人们动不动在该用"不以为意"的地方用"不以为然"呢？

拿"豁唇子吹灯——谁也甭说谁"这个北京的歇后语来说，我俩从年轻时开始讨论直至今天，竟没讨论出个结果。它的意思是说：让一个人去做一件事——这个人本不是做这件事的材料——他没有能力完成，旁边的人就可说："豁唇子吹灯——谁也甭说谁。"

我们一致认为豁唇子是无法吹灭灯的，唇是豁的，气不能集中，这句容易解释；后一句很难说清楚，第一个"谁"难道指的是豁唇子吗？王蒙为此还请教过诗人邵燕祥，燕祥解释说是指豁唇子的发音，"谁"可能读成"肥"，"说"可能读成"佛"……他讲得好，只是我们俩仍然糊里糊涂，抓不着要领。

这是一个没有结论的话题。诸如此类的话题还多着呢！

王蒙时常说：一个人能不能渡过逆境，一个重要因素是他或她有没有一个好的伴侣。处于逆境时，你能闯过这一关，而别人就没过来，为什么？十之八九是他的她或她的他将他或她推在门外。本来他在外边受了精神和皮肉之苦，回到家再受到最亲近的、跟他关系最密切的人的排斥以至歧视，或推之门外，不许进家门。那么他或她，还有活路吗？

而你受到再多的不白之冤，有可能一时不被旁人理解，那无关紧要。你回到家，你有一个温馨的家，有一个善解人意的、心地善良的、知你爱你的人，在等着你。不必再多说什么，你定然有了生活的勇气。

我不能不坦率地说：我们之间也有不说又无法说，说也说不清的时候。它常常无形中就横在我们生活当中，成了一道阴影。

夫妻间的情爱，没有比默契与沟通更珍贵的了。

默契是心灵间的相互感应，传递的是心和神，它比言语更为深邃，更为高雅。如果你获得了这种感觉，你会发自内心地舒展。

沟通，有各种方式，有各个层次，有各个方面。语言的沟通也是不可缺少的，人们需要温馨的问候。

不仅仅是在有个头疼脑热时，你的病比发生在我身上的反应还强烈，问候起来自然是诚挚、温馨的。而在平常，你的一举一动就牵连着我的心，问候起来是自然的，不会费什么心思。

当你惆怅、惶惑时，只需要蜻蜓点水似的一点儿安慰，话不在多，而在精。正在青云直上，飘飘然时，你需要的是亲人冷静的告诫。于是你蓦然警醒。

在你贫困无依无靠时，你听到的是："只要我们在一起，我们不在乎今天，明天我们将会拥有。"

在你的工作或学习中，你遇到了愁楚或难题。你得到的不是急躁，不是恼怒，不是轻蔑，相反，是格外的诚挚。

你在异地，能时时听到他或她在跟你用心说话，你在精神上是最富有的了。

如果有条件这样做，那是最好不过了。你们的分离哪怕是非常短暂的，但时时刻刻你不能忽略他。你要让她或他在你们分处两地时，也能够时时证明你们相互间的生活，你们共同存在的真实。

别误认为情书只是在你求爱时或在恋爱期间的一种传递的方式，在你们有情人终成眷属后，你千万别忽略它，它是你们保持爱恋的醇酒。

50年代，我与王蒙分离的时候，包括我在太原和后来王蒙在劳动期间，我们互相写了多少书信呀。可惜，"文化大革命"当中，我们把这些信都焚毁了，如果现在还保留着的话，我相信它们是最动人的诗篇。

看法不二 我常常被人对号入座，说成王蒙小说中的人物，于是会和王蒙有一场舌战，这时他会着急、生气："你不懂吗？这是小说，是艺术创作。是虚虚实实，虚里有实，实里有虚；真真假假，真里有假，假里有真。"

家里订的刊物各式各样，有时我会比王蒙看得还多。从中发现一篇有意思的小说，就会向王蒙推荐。而我们的看法往往很一致。

前几年，青年作家余华写的《十八岁我要远行》就是我先发现的。王蒙看后认为很有新意，高兴地为这篇小说写了评论。

1978 年，通过《从森林里来的孩子》这篇小说，我们发现了张洁独特的文学才华，王蒙高度赞扬这篇新作。说她的体验和语言非常巧妙。王蒙还特别向我推荐张抗抗的散文《牡丹的拒绝》，说写得真绝，题目尤其好。

我们都很喜欢读铁凝的作品，对她早期的《哦，香雪！》，王蒙有过很高的评价，后来拍成电影，我们还特意去看。王蒙说，包括他自己，已经写不出这样美好而纯真的小说了。我们感觉老了。从铁凝身上，我们看到了一去不复返的往日时光。

王蒙最欣赏的，是铁凝两个不太引人注目的短篇，都写善良人、善良心，铁凝写得那么纯真，那么朴实，那么亲切，那么可爱。一个故事是：主人公出席她好友的婚礼，好友在忙乱中，只顾了招待大人物，没给她这个介绍人喜糖。在回来的路上，她代她的好友买了一包糖，分给大家。另一个故事是：一个农村姑娘在县城照了一张相，结果照相馆把照片寄错了。这位姑娘就把这张错寄的照片镶在镜框内。街坊四邻、小姑大姨来她家做客，看到这照片都问：这是谁呀？她回答：这是俺姐。

我们对文学作品的看法也时常有分歧。比如《废都》，我就直言"不好"；王蒙却不是全盘否定，说作为一种文化现象，贾平凹是有自己考虑的，不能简单地把它当作淫秽书籍来读。

有一件事，至今想起来很有趣。一次外国评奖活动，王蒙担任评委主任，评委会把经过筛选的20篇作品拿给王蒙，由王蒙圈定前三名。我呢，看后悄悄在心里选出前三名，事前并没和王蒙交流看法。王蒙的评审意见是，他的第二名是我认为的第一名，另外两篇作品一致。结果拿到国外的评委会上，海外华人评委的意见与我的完全一致。听说这个情况后，我很得意。但最终的评选结果，仍是王蒙选出的顺序。我还是觉得有点儿遗憾。

王蒙的作品出来后，常常会有人对号入座。我也曾多次被别人说成王蒙小说中的某某人物，而常常是这个人物我恰恰不喜欢。于是我和王蒙会有一场舌战。这时他会着急生气："你不懂吗？这是小说，是创作，是艺术品。是虚虚实实，虚里有实，实里有虚；真真假假，真里有假，假里有真。永远不要把小说里的人物与实有的人画等号。"于是我回答："是啊，我很懂小说，我很爱看小说，你很会写小说，所以你写得太像我了。"

常有人问我，最喜欢王蒙的哪部作品。我喜欢《鹰谷》这个中篇小说。《鹰谷》的神秘与气势，留给我一个很大的想象空间。

还有些篇目，对于我，也有它的独特意义。

比如短篇小说《木箱深处的紫绸花服》。它像是一首多情的中年人跟你轻唱的哀歌，也像一首抒情的奏鸣曲，又像一篇失落的诗。

这个故事，还有点儿由来。1957年在我们的婚庆上，我的一位要好的同学送给我一块花色漂亮、质地很好的料子。我用它做了一件式样新颖、俏丽的紫绸花服。这件衣服还没怎么穿，我们的生活就发生了意想不到的变化，再没机会穿这件讲究的衣服了。几十年过去了，随着年龄和身材体形的变化，这件衣服便永远与我无缘了。而这样一件无生命的衣衫，竟成为王蒙小说的引子。

《哦，穆罕默德·阿麦德》，是王蒙在上海开会期间写的一个短篇。他一边写，我一边看他的草稿，边看边流泪。

小说写的是一个维吾尔族的男主人公——穆罕默德·阿麦德，是一位多情、善良、可怜、可悲的人物。主人公的原型是我们的朋友肉孜·艾买提。

肉孜·艾买提，原是乌鲁木齐气象学校的学生，困难时期学校解散，他回乡务农，成了生产队里有点文化的青年农民。

1965年5月，王蒙到伊犁巴彦岱不久，一天，他正在地里劳动，一个维吾尔族青年走过来，主动用汉语与王蒙搭话。他先作了自我介绍，然后详细询问王蒙从哪儿来，做什么事。分手时他对王蒙说："今后你在劳动中、生活上有什么困难，就找我好了。"那以后，肉孜·艾买提见到王蒙，总是口口声声喊他"王蒙哥"，喊声中，满是善意与关爱。

当时，王蒙由于住处离得远，下地劳动时，经常带上苞谷馕，在玉米地里吃午饭。肉孜·艾买提看到后，马上把王蒙拉到他家，请王蒙喝热气腾腾的奶茶。后来，王蒙便常常去肉孜·艾买提家里吃饭。肉孜·艾买提的住房很简陋，桌上却摆着不少书，这在当地农民中是罕见的，而且肉孜·艾买提兴趣广泛，读书、跳舞唱歌、朗诵诗，样样都行。

他还主动向王蒙推荐一批维文原版书，成了王蒙维文书籍的主要供应者。他还帮助王蒙解决文字上的疑难问题，和王蒙一起热烈讨论书中的内容。王蒙从他那里先后借阅过维文版的《在人间》、《暴风雨中诞生的》和吉尔吉斯族作家原著《我们时代的人们》等。王蒙特别欣赏塔吉克族作家艾尼写的《往事》，说书中对布哈拉经院的描写，漂亮极了。王蒙一直说，是肉孜·艾买提帮助他认识了维吾尔族乃至整个中亚细亚突厥语系各民族语言、文化的瑰丽，也是肉孜·艾买提教会了他维吾尔语言中最美丽，最富有表现力和诗意的那些部分。王蒙由衷地说："我将永远感激他。"

小说中的阿麦德，同肉孜·艾买提一样心地善良，但活得十分艰难。他热情好客，助人为乐，喜爱唱歌跳舞，喜欢看电影交女友，喜欢看抒情小说背诵诗篇。他活生生地被扭曲，表现出男不男女不女的个性，从而被一些人鄙视。他太厌倦他的生活了，以至于愚蠢地说"我想当特务"，结果又因此招来批斗。

张贤亮说:"王蒙当然不需要绯闻,他已经得到了世界上最好的女性,足以涵盖一切的女性。如果一个男作家被女性所冷淡,所拒绝,所欺骗,再没有一点点的绯闻,怎么行呢?"

2003 年 9 月,在青岛的中国海洋大学,组织召开了王蒙文学创作 50 周年的国际研讨会。会上,曾在中国作协担任领导工作、做事谨慎小心的张锲先生发言说:"王蒙是一位没有绯闻的名人。"顿时全场活跃起来。

据说我们的朋友张贤亮在会下表示:"作家怎么能没有绯闻呢?没有绯闻怎么能够成为一个作家呢?"

但是在大会发言的时候,善于思辨和辞令的张贤亮改变了说法。他说:"有人说王蒙是没有绯闻的。他当然不需要绯闻了,他已经得到了世界上最好的女性,足以涵盖一切的女性。如果一个男作家被女性所冷淡,所拒绝,所欺骗,再没有一点点绯闻,怎么行呢?"

他还没有讲完,众人已经开怀大笑,尤其是在台下第一排听发言的王蒙,笑得前仰后合,几乎出溜到地上。

果真一个作家当一个好丈夫就那么难吗?一个作家没有绯闻就需要一番花言巧语,需要理论和辩才的说明解释吗?和一个作家生活就那么没有"安全感"吗?作家本应是一个平常的人啊!

我和王蒙相识到如今,半个世纪已经过去了。我们经历过各种阴晴寒暑，风云变幻，但我们俩的日子是踏实的、平凡的、诚挚的与始终如一的。我不想说什么世界上的最好不最好，我宁愿说，我们是世上最平常的一对。爱了，永远爱着，无可替代。过日子了，一直过下去，有你有我，相依相靠，便一切都属于我们两个人。天塌地陷了，我们过着我们平常的日子。风风火火了，我们过着的还是我们的日常岁月。回想这一切酸甜苦辣，回想这一切起伏跌宕，终于好人有了好报，我不能不感谢上苍，愿上苍把赐予我们的福气也赐予所有善良的人世男女。

我跟王蒙相处这么多年，往往在对人物形象的观感及判断上有差异。我说美的他说不一定，我说丑的他说不见得，长得很有特点。我说这个人的脸庞是圆型，他说是瓜子脸。这些倒无所谓，各有各的审美观。有时他张冠李戴，偶尔看一两个画面的电视剧，非要把这个演员的名字叫成另外一个，这也不足为奇，原谅他看得不多，只是当你纠正他时，他还对你说的表示怀疑，自信超常。

例如在电视里看到一个女演员唱意大利歌剧，我一眼看出了是谁，他说不是，原因是那个人的演唱风格应该是另外的样子。有什么办法？我靠眼睛判断，他靠分析，而且分析得不对。

有一位女作家，评论他的"季节"系列，直击到他的薄弱环节。说小说中除了叶东菊以外再无可取的女性，即使写到了，也极不可爱，有的还不怎么正常。还有观察力更高的女作家，悄悄地对我说，你们王蒙可让你放心啊——多么深奥的含义！不过这话应该我说，我对他的了解胜过我自己，我会不会也是超常自信呢？

事情也不能一概而论。2002年的非洲之行，那儿的人文、地理、自然景观以及黑皮肤的男女，尤其是黑皮肤的女人都给王蒙留下很深的印象。他很爱非洲，写了一组非洲纪行，其中有一节篇名叫《最美是黑人》。平时在家，他也常常说黑人真美。我们从喀麦隆还带回一尊木雕黑人女头像，实在是一件极有价值的艺术品，也是王蒙对女性美的审美理想。

王蒙在 2003 年年初的新作《我的人生哲学》中，有一张我和王蒙的照片，在石船上我目不转睛地看着他，那张照片引起了一派赞美声。歌唱家王昆说："王蒙你真幸福，你看瑞芳那么爱你，看你没够，要看你一辈子，好让人羡慕啊……"中国海洋大学的一位教授说："那目光是那么传神、那么专注地看您，跟着您……"

这的确不是一张普通的照片，那一瞬间的定格，集中表达了我们之间的爱恋和默契，我很喜欢，是我的骄傲，更是王蒙的骄傲。我在心里跟他说，那一年我们也是在这里，让我们永远记住这时刻。我会永远看不够，看不完，看到永远。

这张值得留恋的照片 1999 年 9 月摄于山西晋祠。其实晋祠我们去过多次，1957 年 5 月和 1958 年年初，王蒙在极度困惑、危难即将降临时，再次来太原看我，有一种惶惶然。我们相会后又有一种无形的力量，彼此的心相互照耀，无须多说什么。晋祠当时是我们常去的地方。1999 年，我们去山西太原，王蒙仍然提议去晋祠，那里留有我们相扶相携的脚印。

我们去年轻时走过的路，在当年的石船上再拍一张照。这回与前几回不同的是，不只我和王蒙两个人，而是一行人。陪同我们一起去的有山西作协主席及来自北京的随行人员，共五六人，游人也比当年多，整体气氛也是今非昔比。大家在说笑中来到晋祠。

摄影家抢先拍了许多，我跟随行人员崔建飞说，在这儿，再给我们拍一张。我看王蒙嘴角挂着惬意，满面浮现出内心的充实，那副自得其乐的样子，很舒展，还真有点儿像一位顶天立地的男子汉。

"咔"一声，就这一瞬间闪过了多少心绪。我想起1956年秋天，我们的恋情恢复后的一个月，王蒙第一次来太原看我。我们去了晋祠，整个庭园非常宁静，我们清闲地游逛，满怀着失而复得的喜悦，漫不经心地来到了这座叫作"不系舟"的石船上。见不到游客，倒是有一位身背相机专为游客拍照的人。

王蒙建议："我们在这儿留个影吧？"

我说："好啊！"

在50年代，还不那么开放，没有一个姑娘家和一个男孩单独在一起照相的。当时我答应了，就找了一个可以倚靠的栏杆坐下，王蒙呢？走到我的前面大约3米处站在那里，很不自然，两臂不知怎样放才好，只好把双手交叉搭在前头，羞怯地跟照相人说，远一点儿，照小一点儿。这是我们结婚前留下的唯一一张两人合影。

这张照片，由于王蒙的要求，距离远，人照得小，曝光又差，从摄影技巧上看，是太差不过了。但是，我们仍然视它为至宝，这毕竟是我俩在恋情期间唯一的一张照片，是多么有意义啊！不仅如此，从这张小照中，是不是可以探究到王蒙年轻时的乖巧？江山易改，本性难移，这么多年过去了，他还是这样一个守规矩的人。在近十几年来的过程中，他接触的人很多，有许多年轻漂亮的女记者、女演员、女作家——他与人家都是就事论事，在女性面前，绝无非礼言行，但并不失幽默，他是很尊重自己更尊重旁人的人。自然绯闻就远离他了。

旧宅小院

小院很有历史价值。记得张永志到我们家来，他说他喜欢旧房子，旧房子有很多故事。新房子没有。

在一篇文章中，我曾介绍过朝内北小街的旧居小院。如今小院已经没有了踪影，变成了一条交通要道，现在从那里经过时，不免叹息。在川流不息的车辆中，伸出手指点着，这里是我的小三角屋，那儿是你的书房——有一种失去了再也找不回来的感伤。

这座小院我们是 1987 年 5 月入住的。我还记得有关人员陪我们看房，我们没有任何挑剔，当即表态答应。当时很多人说房子太旧（有一百多年的历史了），面积还没达到标准。我们倒是很高兴。我喜欢新鲜，喜欢变化，就是不搬家，也要把家里的摆设调过来搬过去，换换景致。何况这是一座有四棵树的小院，非常有情调。

小院很有点儿"历史价值"，住过语言学家黎锦熙，黎是毛主席的老师，是注音符号的发明人，他在"文革"中被周总理安排住在这里并在此院去世。他的继女钟鸿是王蒙的熟人，也是"难友"，他们一起在门头沟山区劳动改造过。黎锦熙之后，夏衍在这里住过，院中的一棵香椿树就是夏衍的女儿沈宁种的。

记得有一次张承志到我们家来，他说他喜欢旧房子，旧房子有很多故事，新房子没有。

初春采摘香椿，低处的用手轻轻一摘就下来，高处的够不着，拿一根长竿，竿头上绑上铁钩，香椿就乖乖地被折下。采摘比吃还诱人。

秋季大丰收，要收枣、柿子和石榴，柿子与石榴是我们来后移来的。那真是果实累累，景象令人难以忘怀。石榴龇着牙羞怯地迎接主人，大枣噼里啪啦像跳霹雳舞，祖孙三代狂喜地去捡枣。到了深秋，拾零散枣是我的独乐。这时，树上的枣已寥寥无几。早上起来，我站在屋门前，先不走进院里，用眼睛扫一下院子，一定会有惊喜的发现。地上散落着红红的大枣，有的绿叶遮掩，有的赤身裸体。橙黄色的大柿子，沉甸甸地挂在枝头上，有的五六个挤在一起，压得树枝抬不起头。摘柿子是有技巧的。一是当它将近熟时你再动手，二是轻拿轻放。为了摘树顶的柿子，年轻人上房，我和王蒙在下面接应。上房是从小后院处窄窄过道的两面墙壁左右脚一登就上去了，然后沿东厢房绕到北屋房顶上，这里接近柿子树，摘起来最方便。上去时，带一个筐，装满了，用绳子系住，下面人接着。柿子像排队一样摆了东、西、北三窗台。这是小院里秋天的一景，客人来了，都愿一睹为快。有的柿子，长的地方太刁钻，没法够得着，柿子叶全落光了，它依然纹丝不动，直到熟透了，往往在夜深人静时，睡梦中，忽然听到"咚"的一声响，发现时柿子树下已经是一摊柿泥。

这个小院，给我们带来了无比的欢乐。我俩时常跟孙子踢球，却踢不过几岁的孙子。在我们 42 周年结婚庆典时，双方的亲戚来了二十多人，院子里热闹非凡，有打乒乓球的、有跳绳的。绳子两端分别站一个人，负责同时向一个方向悠，可以一人跑过去跳，也可以一队人连环跳，我和王蒙当然不甘人后。

在这所小院里，王蒙曾接待过许多国内外朋友。其中中日友好代表团来过多次，井上靖先生、团伊久磨先生（两位已仙逝）、佐藤女士和横川健先生也是我们的常客。他们很喜欢在庭院交流。尤其是夏季，愿意在院子里乘凉，嗑瓜子，吃葡萄干，喝热茶，聊天。再有就是台湾的琼瑶，居住在美国的台湾诗人郑愁予，英国著名女作家多丽丝·莱辛和玛格丽特·德拉伯尔也来过这个小院子。

这儿还是我们家大花猫的天堂。它们太自由，太随心所欲，房上房下，房前房后，为所欲为。每逢时令，猫开始叫春。王蒙并不反感，只是我们不喜欢它招来的对象。常常来一个大黄猫，看起来又脏又老，又粗又凶，但是我们还要热情迎接它们的第二代。大花猫一胎生了三子，有两个小猫继承了妈妈的聪明和漂亮，另一只有点儿呆傻。大花猫做了母亲，往往把它的宝贝搂在怀里晒太阳。大花猫的帮手是王蒙。他天天用眼药瓶给小猫喂奶，给它们上眼药，有时去小摊贩那儿为猫买点可口的羊肝之类的。他自称是"猫奶妈"。

我们院子里靠近大门处有一个三角形的屋子，那里是我的小天地。它的墙壁随地形顺势而砌，其结果变成了一个锐角三角形。长边墙上有两个窗口，临街窗。这里摆放了六个书橱、一个写字台、一个小衣柜、一张八仙桌、一台落地式电风扇——麻雀虽小，五脏俱全。

一天内，我大概能有一半时间在这里。它的造型我喜欢，它与其他的房屋有一定的距离，这种安静我喜欢。而且它离大门最近，像是位守卫者。上午 11 点来第二次邮件，往往有用图章之类的活儿，我出来最方便，来个人开街门也是我的事。我在那里首次用很落后的 386 笔记本电脑写东西，在那里看书学习，听到墙外边的各种声音。早晨八九点有推车叫卖豆汁的，我会出去买上二斤，我和王蒙喜欢喝豆汁，再买几个焦圈，配上辣咸菜，感觉非常好。门外还有磨剪刀的，肩上挑着一条长板凳，满街叫喊磨剪子磨刀。有个谜语：骑着它不走，走着它不骑，谜底就是这活儿。

在我的窗外，还有一位焊洋铁壶的老者，几年来每天 10 点左右推一辆破车，车上挂着大大小小的烟囱、洋铁壶、水吊子、洋铁板——给人家修补铁壶，做个烟筒之类的。才搬进新家的第二天，我就买了他的一块 30cm×40cm 的铁板，是为了挡锅炉的灰。日久天长，我自小红门出出进进，他总是与我打招呼。有一次我在他那里焊一件小用品，他不收钱，说什么也不收，还说街里街坊的，收什么钱？我每逢出家门或从外面回来，很自然地就望望老人，他长年在外风吹雨打，显得很苍老。一年的中秋节，我还给他送去月饼。过了几年，老者不见了。连续多年再也没见到他的身影，不知他是否平安？

这座小院的兴盛期是我们刚刚入住的时候，总是有十几口人。大儿子三口、二儿子三口住在东厢房，姑娘住西房，有时姥姥来也住在西房，我俩住北房。那时三角屋给保姆住。这个院真有人气。大人说唱，孩子玩闹，小猫乱蹿乱跳。遇到大家全出门了，只剩下我母亲一人（那年她已 90 多岁了），她会自告奋勇，给我们看家，还帮助拆收信报，处理杂事。

不多久，二儿子去美国，大儿子有了自己的家，女儿也结婚成家。

那几年小院很萧条，剩下我们两个人，深夜，只能静听风吹树叶沙沙作响。不过，这时期王蒙的文学创作又进入一个旺盛期。他的《坚硬的稀粥》、《我又梦见了你》、《四月泥泞》，长篇小说《活动变人形》，"季节"系列的前三部，都是在这个小院子里一鼓作气完成的。

住进小院5年以后，一个亲戚搬家，把他自己种的几株小树送给了我们。一棵柿子树，另一株是石榴树。王蒙在石榴树上挂了一只风铃，风一吹，风铃发出金属的清脆声，我们都爱听。后来不知道什么原因，小风铃不好用了，这年王蒙的生日，他就向女儿"索礼"："如果你要送我生日礼物，就送一只风铃。"

女儿送的是一只陶瓷风铃，观赏很不错，但声音闷哑，一点儿也不清脆。王蒙不住地叹气。

二儿子送的生日礼物是一个台灯，电脑控制，但技术不过关，点起来闪闪烁烁，同样令王蒙长叹。

后来，二儿子换了一个普通台灯，女儿则买了大风铃，王蒙夸张地称之为"管风琴"。

有了"管风琴"，声音变得浑厚悠长，圆润苍凉。然而我们的孩子与亲戚中，都有闻风铃而失眠者，他们来住的时候，就要把风铃拴起来，封杀它的声音。人耳不同，各如其性，没法子。王蒙为风铃写下不止一首诗，其中一首是这样的：

你的性格是金属的沉默，

在诗人的抽屉里，

失落了许多岁月，

没有一点声音。

犹豫的声音显得遥远，

羞怯中开始轻轻呼喊。

天风啊，请尽情把我奏弹！

我已准备了那么多年。

有的朋友说王蒙的某些小说写得有些刻薄。读了这首诗，他们的印象会不会有一点不同呢？

王蒙阿Q式地自吹起来，说随着农村旅游的发展，这座山村真正的农家房屋，只剩下我们住的这一所了。一天，四五个北京人推门走进我家，边看边说："这家不错。"我们面带笑容，谢绝参观。

1997、1998 年，北京城里人开始往乡村跑。艺术家、画家居多，他们在怀柔、昌平、延庆——购置房子。这股风也波及我们。王蒙想这是个好法子，在家干扰太多。我更不用说，觉得这是换换大环境的好机会。

1997 年初春，作家张抗抗夫妇陪我们去怀柔看房。那里山水清秀，景色迷人。几位艺术家已经在那里大兴土木，其中一位把石房砌在半山腰，布局别具一格，人们戏称之为"座山雕"的官邸。最可乐的是德国伯尔基金会竟也在那里买了一处房子，上面挂牌曰"伯尔草堂"，大约是在模仿"杜甫草堂"。我们看了一处农民要卖的房子，价格便宜，只是太旧，土地，土炕，窗户是用木条分成几小格，糊上纸，我们的孙子小雨和阳阳那年还小，很淘气，站在人家的窗户底下，用小手嗵嗵嗵，一捅全破了。那天房子没买成，大吃了一顿红鳟鱼，打道回府。

不久，我们和华侨出版社社长金宏达及其夫人于青一起进餐。他们也问起我们要不要在农村买房。经他们的开导，我们终于下定决心，在平谷的山村买了一所农家小院。

当时有两所房任我们选，一所有很整齐的小院，但两边相邻全是住户，夹在中间。房价比现在我们已买的便宜五分之二，我放弃了。我和王蒙看法一致，选了另一所。它的好处是在村子边缘，一旁相邻农家，另一旁靠着山，而且大门前有停车的场地。跟房主交易很顺利，拍板神速。

我们的小院，维持农家小院应有的特色，低院墙，矮厢房，平顶，整体上不做很大的装修。但有一项是必须要做的，建厕所。我们才搬进时，那里的农家，都是没有厕所的，只在自家门外或路边有个简陋的屏障。因此首要的是修建一个卫生间。动工时，顺便也配备了洗浴设备。几家外来户见状，都纷纷效仿，进门先建厕所，当地的农家也逐步地

家家建起厕所。金社长说，是我们给村里人带来了如厕的文明。

这座小院，有两棵树，一棵是核桃，另一棵是山楂树，都很大。5月份山楂开花了，一小枝头是6朵白花，像白雪羞涩地洒落，美极了。秋天核桃熟了，我们也"装模作样"，每人拿起一根长竿打核桃，很是刺激，一不小心就会掉在脑袋上。核桃的外皮要剥下之后晾干，而且剥皮后里外是黑的，跟它接触过的皮肤会染黑。以往知青下乡到平谷劳动锻炼，有的知青偷摘核桃剥开外壳就吃。回到队里，一下就被人家发现偷吃核桃了，因为他们的嘴边油黑，"挂彩"了。山楂果熟得比核桃晚一个多月。红果个个鲜艳夺目。长在低处的，举手可摘，

边摘边吃，香甜可口。高处的旁人上树或上房摘取。一棵树可以有四五筐果实。王蒙深知山楂益于身体健康，所以他能生吃山楂，遇上很酸的也会说甜。还有一种方法，我喜欢把山楂洗净切成片晾干，沏水喝，需要时加入冰糖，酸甜可口。一天，王蒙在要淘汰的286电脑上写东西，我忽然想起冰糖葫芦，就悄悄到厨房去做，做出来很不像样子，但我还是拿了两串去问王蒙："在门外买的，你猜多少钱一串？"他从电脑前移开，抬起头看了看，喜出望外地回答："这还能买上糖葫芦？两毛一串吧！"说完就痛快地吃掉四毛钱。王蒙如此喜欢山楂，每年我们都想方设法保存好山楂，直到春节也吃不完。

庭院的地，我们不铺盖洋灰，而是留下很大一块真土做我们的"自留地"。第一年铺了草，一片草坪带来生气，很美。只是由于管理不善，或说无人管理，草愈长愈长，第二年春，变成了一片乱草，以失败告终。金社长常开玩笑，说草丛中会有狐狸出没，当年的蒲松龄就是从这样的草丛中找到写作素材的。第二年，我们移来两棵小树苗，一棵是柿子，另一棵还是柿子。第三年小树苗壮成长，农田也开始耕作，种了一些黄瓜、豆角。第四年，除去种植一些蔬菜、大葱和老玉米之外，最可喜的是农民朋友为我们栽种了草莓——这年是个大丰收，我们享用足了没有污染的农作物。第五年，这片地结了许多草莓，小柿子树上结了4个柿子，王蒙很珍惜它，包好带回城里放入冰室。草莓大家吃个够。第六年，小院更丰富了，我姐姐、姐夫在此院住了一个时期，为我们精耕细作，支起豆角架、丝瓜架，有日本南瓜种子，培植得很好，结了有足球那么大的白南瓜，一派大丰收景象。王蒙热爱劳动，抽空就下地拔杂草或浇灌，不惜力气。只是太使劲了，再加快不择苗，在拔杂草时一起拔掉了两棵丝瓜根。原本长得好好的三颗丝瓜，经他操作之后，发现两棵茎叶全垂下头。我很惋惜，他慌忙重新培土，徒劳。

什么是其乐无穷？住进那座小院才深切地体会到。

风铃高高挂起，再也不必打开音响设备了。自山谷飘来的阵阵小风，顿时化作一首微妙的、奇异的交响乐。此间它传递给你的是无指挥无旋律无规律的节奏，声音含羞，音色优美。往往它的尾声少了半拍，躲躲闪闪，勾你心弦，令你陶醉。

夜空环抱着你，满天的星光灿烂，衬托得天尤其蓝，尤其大，你可清晰地巡视属于你的星。每逢此时，王蒙总是说一遍牛郎会织女的伤感故事，直至我俩叹息不止。

观山望明月。我家的位置在山脚下，四面环山。站在庭院中，东面的山，在临近山顶的凹处，有一尊佛像（这是想象中的，因为山形确实有些像），永远保佑着我们，祝福着我们。跟它相邻的又像一位巨人守护着我们。季节的变更，山的景色也随之改变。冬季山比较秃，留给你想象的空间，你可任意组合成你所要的造型。春天满山绿色，使人看到希望，在早晨的云雾中你仿佛见到一棵小树在山间腾空而起。夏季那种浓郁、茂密、丰满的绿阴，几乎会把你埋没。喜悦的秋天到了，满山腰橙黄色的柿子，一片一片的，个个丰硕。山是看不够的，才搬进不久，我有意在院子里建一个眺望台，被王蒙阻挡了，他说我太狂妄。望明月，是我们一大乐趣。以前我喜欢的是满月，爱看十五的月亮，常常问今儿阴历十几？来到山村，才欣赏到半月的美。尤其是上弦月，一弯月牙挂在天空，让我想起在中学读书时常唱的一首童谣：蓝蓝的天上银河水，一只小白船——山村的天湛蓝湛蓝的。那里比城里污染小，空气新鲜，天空清晰。

由于山峦环抱以及我家所处位置，月亮的出现较晚。我们为了等月亮，常常站在院中，像等待日出一样。终于等来了，好像是山在往后退，月渐渐升起。王蒙又是一首一首地吟诵唐诗：举杯邀明月，对影成三人……嫦娥应悔偷灵药，碧海青天夜夜心……月亮跟我们捉迷藏，忽明忽暗，忽来忽去。难怪自古以来，文人墨客都在咏山、吟月，写了那么多不朽之作。

在山里观月观星当然很好，那里确实碧空如洗，星星也比在城里看到的多得多，但也有不便。八月十五，当然是赏月的最好时机，但是由于我们的农舍位于山脚下，直等到晚间九点多了，只看得见山洼洼上的青光，找不着月亮。王蒙于是向西面走去，走出 20 米左右就大喊看到了刚出山的月亮，兴奋地叫我去与他一起赏月。我却不愿意去，原因是，第一，他看到月亮的地方紧挨着狗窝与羊舍，气味与环境不是赏月的理想之地；第二，我们正在兴奋地等待着月亮的初升，他突然用改变自己位置的方法提前看到了月亮，这不是自行破坏了待月东山下的情趣吗？这里也可以看出我们行事的一点差别吧。

我们家离西山稍微远一点，即使如此，入冬以后，下午刚 3 点多，太阳就下山了，马上开始天黑，冷空气压下来，让人心里一紧。在农村，特别是山里，你能明显体会到四时的更迭，感受到冬天的无情，于是两个人又嗟叹一番。

我们很喜欢在户外活动。除去刮风下雨，我们喜欢在庭院用餐。有时招来苍蝇，这很烦人，我消灭或轰跑苍蝇，不能让它落在食品上，王蒙在厨房打点。

在这儿，还有一大乐趣，喝豆浆。王蒙认定这儿豆浆香、浓，味道地道。每天早晨 6 点多，另外一村的农民推着车子卖自家做的豆浆，知道我们喜爱喝他的豆浆，每逢到我家附近，就开始高声大喊：买豆浆啊！刚开始我们听不出他喊的是什么，日久天长自然听懂了。王蒙急忙拿起预备好的容器，买上几斤。不仅早点喝，常常无时无晌想喝时就喝。

黄昏时，躺在庭院的躺椅上，望着天，有着意想不到的感觉，天空会把你从混浊不定的空间带到一个清澈的境界。往往我们会把躺椅相向而放，便于聊天，一些重大题材的小说也在这儿酝酿过。1999 年，王蒙最喜欢的是一个人去农村，星期一去，星期五回来。这年的初冬，他在那里开始了《狂欢的季节》的写作……我们有时候也和朋友们一起叹息，当年是强迫知识分子下乡，现在是自愿下乡，人生的沧桑着实有趣。我们也从侧面了解了许多改革开放以后新农村的故事，早晚王蒙会写到这些宝贵的见闻的。

随着远郊山区旅游业的发展，今日的这个村，发生了很大变化，面貌焕然一新。道路美化，整洁有序，家家挂牌：吃住在农家。几乎所有的农民都改建或装修了自己的农舍，铺花砖地，安落地式大玻璃，屋顶与内墙都做了重装，差不多接近当年的县级招待所标准间了。王蒙乃阿 Q 式地自吹起来，说是随着农村旅游的发展，这座小村落的真正农家房屋，只剩下我们住的这一所了。确实，农民大做起生意，招揽城里的游人，大部分来自北京或天津。周末和"五一"、"十一"长假期间，家家户户忙碌接待。一个星期六近中午，四五个北京人推开我家门走进来，边看边说，这家不错。我们面带笑容，谢绝参观。王蒙打趣地说："我们应在这里开一包子铺。"我们（当场还有几位朋友）一致拥护，还选了一位朋友做大厨，大家有信心一定赚大钱。

1997 年以来，连续多年的夏季，我们都会到北戴河中国作协的创作之家。他常说：人生哪有这样的好事，上午写作，下午游泳。除了健身及游泳技艺提高之外，创作也是收获颇丰。

《蹒跚的季节》、《狂欢的季节》、《我的人生哲学》、《青狐》都是在那里定稿的。

的确，他平生最喜爱的两件事就是游泳和写作。他更把这一切提高到人生观的高度，他说他并不看重名利、官职、金钱，更不会拉帮结伙论证自己永远正确。他别无他求，就是要绝对捍卫游泳和写作的权利。

以游泳而言，他痴迷，执着。每天一到下午，风雨无阻，劝也无效。有时遇上水温低（他并没有冬泳的习惯），一下水狂喊几声，周身的皮肤都变紫，上岸后说太刺激了，越发地痛快。

去年在非洲毛里求斯，他游了印度洋。那天水温很低，王蒙的自我感觉却极为良好。1987年，他在意大利西西里岛的策勒尼安海（地中海的一个小海湾）游泳，还以此为题写了新诗。他最为得意的是仰游。躺在大海里，面朝蓝天，任凭光滑如缎的海浪把他漂浮摇动，他说那是身心交瘁后获得的一种天境般的满足。王蒙的这个爱好，亲朋好友无人不知。

年轻时，在我们恋爱期间，他已表露无遗。我和他在昆明湖划船，船到湖中央，他突然跳进水中，船身失去平衡，来回摇动不止，当时我并不会游泳，惊慌不已，而他却在水里乐不可支。在以后的日子里，去颐和园或紫竹院，他只要一见到水，就孩子似的乞求我："你在岸边等我！游一会儿，就一会儿！"我在岸上为他看衣物，他跳下水，游到兴头上时，大叫一声："救命啊！"等我一看他，他又立刻站在水中，再猛地把头往下一缩，整个人埋入水底。

他常常提起爱游泳是受了他父亲的影响。很小的时候，父亲就带他去游水，并向他大讲游泳的益处。

新疆伊犁是边城，没有游泳的场所，当时又处于武斗期间，但他也能在劳动之余，大汗淋漓之后，毫不顾忌地和许多维吾尔族巴郎一起赤身裸体地在路边的窖坑里游。

1983年7月，我们搬家到虎坊桥居住，离陶然亭近了。那时他已经 49 岁，并且被选为中共中央候补委员，还担任《人民文学》杂志社主编。众多的头衔，对他没有任何束缚，他竟然还像一个大孩子，和一群少年儿童混在一起，到陶然亭游泳池参加深水测验。这种测验秩序十分混乱，工作人员用竹竿敲打那些不遵守规则的人，噼里扑棱，你打我拽，王蒙挨了众顽童好几巴掌好几脚。但他还是混在孩子中间，游了一个多来回，就冒充游完二百米，居然排队领到了深水合格证，还把合格证缝到自己的游泳裤屁股蛋上。每当说起这件事，他都得意扬扬，大笑不止。

这些年他有了一处相对固定的游泳场所，在养蜂夹道老干部俱乐部。一般情况下，一周去两次。最近，游回来，他感到很不舒服，不是颈椎痛就是胳膊痛，他完全不在意，到时候还要去。他不但在那里游泳，还常常从池边"乒乓"地向池内跳。在那儿游泳的人大部分是离退休的老干部，人家都是规规矩矩地慢游，只有他活蹦乱跳，姿势又不美，搅得人家也游不踏实。后来那里专门竖了一块大牌子，上书"严禁跳水，违者罚款"。他得意地说："那块牌子是专门为我而竖的。"

王蒙自称："渤海、黄海、南海、西沙、贵州花溪、天山脚下、镜泊湖……以及大西洋与太平洋、策勒尼安海（意大意西西岛附近）、墨西哥的高原湖泊中，都留下了我游泳的雄姿。"

1993 年，王蒙在意大利米兰开会。会议开得很紧张，每天从上午 9 点到下午 6 点，除中午一小时用餐以外，没有任何休息时间。即使这样，王蒙心中还在盘算着到哪儿能游泳。一天，他起个大早，匆匆忙忙到附近的科摩湖游泳，一口气游到湖中心。参加会议的美国教授文森先生也来到湖边，王蒙远远看到他，高兴地冒出头大叫一声："早晨好！"高度近视眼的文森先生吓了一大跳，以为是尼斯湖怪兽。

王蒙对文学的追求，十分执着。他9岁时写旧体诗，12岁写散文，19岁写长篇小说。一路写下来，写到今天。

他爱文学，是因为他爱生活。他以为只有文学才能把美好的瞬间与永恒联系起来。对语言文字如鱼得水的运用是他的一大快乐。他说，他只能写作，否则就不是他。

1953年，在王蒙工作的东四团区委的一间小办公室内，在一张破旧的办公桌上，放着一本特大号的蓝色横格笔记本——这是初草本，他舍不得用稿纸——然后把公文批件放在上面，即使有工作人员进来，也发现不了——悄悄地开始他心仪的写作。

一天下午，我来到他的办公室，那天他很激动，神秘地告诉我他在写作，还让我看了初稿的开头。我连声说好，"写吧，准行。"

那一年他19岁，着手写的就是长篇小说《青春万岁》。这一次，与以往不同，是他对文学庄严的投入，是为此献身的郑重宣誓。

一天天，手稿如小山般堆积，写了改，改了再写，又一字字誊抄在稿纸上。整整一年，终于完成了小说的第一稿。然而，这本热情歌颂新中国一代青年的书最后还是搁浅了。王蒙眼巴巴地看着自己的第一部长篇小说排印好了却不能出版。

直到20年后的1979年，《青春万岁》才被允许出版，同时，也迎来了王蒙写作生涯中最辉煌的时期。他夜以继日地奋笔疾书。小说、散文、评论、诗歌，竟然写下了一千多万字。

王蒙是近70岁的人了，但他的观察力、判断力、写作的表现力不减当年。特别是他的写作激情，完全不让年轻人。好心的亲友担心他累着，劝他不要那么拼命。他说："写作就是休息，写作就是我人生的最大快乐，不写作，吃肉喝酒都不香。"

购物请客 | 王蒙理论上非常肯定包括购物在内的日常生活。他在小说里热情描写过人们在百货公司看到琳琅满目商品的欢乐情景。他也常常表示有热情陪我去逛商店。一到实际中，完全两回事。

王蒙轻易不去商店。但买牛奶例外，他不能容忍家里没有牛奶，他认定，少喝一回奶就会缺钙。他买奶都是直去直来。有一回，买东西，收了找回的零钱，转身就往家跑。见他双手空空的，我便问他买的东西呢？啊！他才发现买的东西没有拿。

王蒙从理论上非常肯定包括购物在内的日常生活，他在小说里热情地描写过人们在百货公司看到琳琅满目商品的欢乐情景。他也常常表示有热情陪我去逛商店。然而，一旦真去，他只会做"催人泪下"的事情。

"催人泪下"，就是不停催促，直到别人难以忍受。

王蒙生活节奏快，变化也快。他喜欢催人。早餐一般由王蒙掌勺，我还没洗漱完毕，他已不停地在喊："面包烤好了，都凉了，吃不吃啊？"知道他是好心，却让你不能从容。出门赴约会，发一封信，取一个包裹，缴纳水费电费，直到看到一个好的电视节目，他都会急慌慌地催人不止，于是我将他的特点总结为：催人泪下。女儿对我的活学活用赞赏不已。

我们从甲地到乙地，只有半小时时间，他可以用便携式电脑写出一篇一千来字的文章。

去老干部俱乐部游泳，别人都是活动、热身，然后再下水游，边游边悠闲地聊天。王蒙却是直奔主题，忙不迭下水就游，上岸后目不斜视，和衣回家。

朋友们都问："王蒙怎么什么都不耽误？游泳、爬山、打球、开会、赴约、下馆子、看孙子、出国、学英语、学维吾尔语……还能写出这么多作品？"

按他的说法，变化着做事，兴奋点转换，大脑可以得到积极、健康的休息。事情越多，生活越丰富，休息也越好。

王蒙效率高，体现在他的"选择记忆"上。爱看的书看得快，记得住。忘却烦恼，忘却不快，忘却那些乌七八糟的事。这样，在他的大脑储存中，纯度高，效率自然也高。王蒙爱惜时间，效率也体现在时间的使用率上。

有时候客人一来，说起来没完，遇到这种情况我束手无策，王蒙真敢给人下不来台，他会说："我还有别的事，今天就谈到这里吧。"直接下逐客令。有一个文学青年访问过王蒙后，写信讽刺说："我的到来使你一直皱着眉头，只是在我告辞的时候，我看到了王蒙老师脸上的笑容。"

90年代初期，王蒙离开文化部长的位置。许多朋友一直关心着我们。宗璞和蔡先生夫妇就是其中的一对。我们常到他家做客，参观参观蔡先生培植的花园，听一听宗璞义正词严的表述，在她那书香幽静的环境里聊天也是一种享乐。有一年5月，王蒙在电话里约了宗璞夫妇去香山游玩，且说中午要去颐和园门前的一家西餐馆吃饭，说那家有点小名气，尼克松访华时来过。然后强调了由我们来做东。

　　我们四人游览香山后，按计划，中午去了那家餐馆。饭后，王蒙悄悄地跟我说："一会儿你去结账。"我说："钱不是在你那儿吗？""不对吧？"说着，王蒙上下左右一通翻找："没有啊！"当时，弄得我脸上红一阵儿，白一阵儿。王蒙却说："不是你拿了吗？"急得我眼泪都快出来了，我说："临出家门时，不是说好了你请客就由你带钱吗？"我俩的尴尬被宗璞发觉了，她若无其事地说："钱我先付，客还是你们请，回到家把钱给我寄来不就行了吗？"

　　回家的路上，王蒙伸手到口袋里去翻，不费吹灰之力，一下掏出一叠钱。弄得我哭笑不得。

有人问王蒙是不是忘记了维吾尔语，他用地道的维吾尔语和维吾尔方式回答说："一类东西是从一只耳朵听进去，从另一只耳朵飞走；还有一类东西是从耳朵里听进去，从此溶进了血液，再也不忘，我学的维吾尔语是第二种。"

　　我对于语言的选择相当计较，只接受熟悉的、喜欢的，而王蒙却不同，他兼收并蓄。

　　王蒙喜欢说他的家乡话，自认为那是一种介于山东与天津之间的有包容性的方言。听与说都十分有味道。

　　每逢遇见老乡，都是他交流家乡话的最好时机。王蒙原籍河北南皮县，其实生在北京，长在北京，但说起家乡话来比土生土长的南皮人还地道。每次聊天，都从家乡大名人张之洞说起，接下来哪里有个桥，桥边的碱地，以及当地的民间歌谣……直到别人夸他"真是无所不知"。

　　也难怪他对家乡有那么深的感情。他两岁多就跟着母亲，与姐姐妹妹一起，从北京回到家乡——沧州。他的母亲是沧州人，那里离南皮很近。他在沧州生活了三四年，直到上小学才回到北京。据说，4岁前的生活对人的一生有关键性的影响。

　　直到现在他举手投足，都有意无意地流露出河北乡下的某些影响来。

　　我的祖籍在北京，尽管我出生在山东济南，幼年时也在济南生活，比王蒙在河北农村待过的时间还要长，但我似乎很少受山东文化的影响。那里的话我一点儿都不会说了，不知是什么原因。

说起来很有趣，在我还是学生时，我已经认识了王蒙。理性告诫我，此时不宜谈恋爱，很长一段时期我徘徊、不安、惶惑、焦虑，但是只要一拿起电话，听到从另一端传来："喂！是我，王蒙！你有空吗？今天我们可以在北海见个面吗？"我的烦恼就会悄悄消退，心情也顺畅了。他跟我说的是普通话，听起来音色很好，醇厚、深沉、文雅。他约我出去会面，我实在无法说"不"！

有一天，他约我去他家，我才坐在那里，就听见他跟他家人说的全是沧州话。那是我第一次听到那种口音，乍一听不习惯，觉得王蒙忽然变成了另外一个人。

我们结婚以后，最初和他母亲住在一个院门内，他们仍然用沧州话对话，说起来眉飞色舞。有时我简直听不懂，忽然觉得他不是那个我所认识的王蒙，他和我的距离是那么远；把我一个人冷落在一边，仿佛我是一个局外人，一个陌生人。

今天看起来，我的这种想法是不恰当的：一是我逐渐深入了解了他；二是回想起来，我对口音的感觉过于排他了——我在山西上大学上了4年，可至今连一句山西话也不会说——这无论如何也不能算是一个优点。

1984年，王蒙回老家一趟，看到河北省的县志里，有对他们家史的一段记载。无疑，他的根就在那里。而且，他还在县志里意外地发现了一首民谣，他用地道的南皮话，一遍一遍地朗读：

羊巴巴蛋，

上脚搓，

俺是你兄弟，

你是俺哥。

打壶酒，

咱俩喝。

喝醉了，

打老婆。

打死老婆怎么过？

有钱的再说个，

没钱的，

背着个鼓子唱秧歌。

这首民谣给了王蒙极其深刻的印象，他的家乡太贫穷太封闭太不现代了。他在小说《活动变人形》中详细写到了这首民谣，他自己也常常用家乡话诉说。此后，王蒙多次提到是他的父亲王锦第先生毅然离开家乡，到北京来上大学。走出龙堂村（王蒙祖上故家的所在地），是王锦第先生的历史性贡献，没有上一代人走出来，就没有今天的王蒙。过去他认为父亲一生一事无成，其实是不公正的。

一天，我们5岁的外孙子来福，听了姥爷的民谣，一下子被吸引住了，非要跟姥爷学。这种突如其来的好事，姥爷最高兴。其他孙子只要听到爷爷用南皮话说民谣，捂着耳朵就跑，边跑边说："太难听了，太难听了，爷爷，您别让我们受刺激行不行？"

只有来福，有点儿像姥爷，喜欢学习各种语言。他上的是双语教学幼儿园，教他英语的是外籍老师。来福在家时常拿腔拿调地说英语，跟奶奶在小店铺买零食，他用英语问多少钱，店员愣到那里，不知所云，只好由奶奶当翻译。来福跟姥爷来这一套正合适。

"羊巴巴蛋用脚搓"，来福一句一句地跟姥爷学。教他两三遍就会了。来福高兴地说："明天上幼儿园我教给小朋友说。"结果枉费心机，没有一个人爱学的。来福的运气还算好，一次在清东陵，朋友的聚会上，来福跑到每个餐桌前主动表演，有声有色地用地道的南皮话大说民谣"羊巴巴蛋用脚搓"，结果被在场的老文物局长张德勤爷爷大为赞赏。张爷爷一直追着来福学，很快也学会了，来福很得意，终于有了唯一的一位优秀学生。

王蒙不单单喜欢说家乡话，他对各种语言——不管是外国语言还是国内各种地方方言——都具有极大的兴趣。

1958年我上了山西太原工学院，当年寒假回来时，他问我："怎么样？跟我说几句山西话吧。"我目瞪口呆，一句也说不上来。后来他去了两回太原，对他们说话的字眼和音调特别感兴趣。他想跟当地人搭上话，因我校的师生大部分也不是本地人，所以他就拉着我去商店。那里的售货员基本上是本地人，说一口的山西话，细听起来还是很好听的。

近几年，我们常到各地去旅行。一次在河南，听到商店里的几个售货员小姐聊天，王蒙听得入了迷，不肯离去。他说："过去以为河南话怔怔憧憧，发音挺生硬，想不到女孩子们可以说得这么哆。"到了湖南、四川，他又说湖南、四川话真好听。遇到红线女唱粤剧，他虽然一个字也听不懂，却对粤语铿锵有力的劲儿赞不绝口，如醉如痴。

此后，我们一道去了许多地方，他的确是走到哪儿，学到哪儿。

回到北京后，说维吾尔语的机会不多，他就千方百计创造机会：

一是交往了一大批在北京工作的维吾尔族人，像歌唱家迪里拜尔、舞蹈家阿依图拉及她的丈夫吾斯曼，哈萨克族小说家艾克拜尔米基提……在与他们的交往、交谈中，他尽量用维吾尔语，其实这些朋友的汉语水平很高，但是王蒙不会放弃用维语的机会。二是不分场合，只要是维吾尔族人，如饭店的服务员、街上小摊贩卖烤羊肉串的，王蒙就凑上去跟人搭话。最近就发生过这样的事，我们去才开张的维吾尔白玫瑰餐厅，想吃烤羊肉及"大半斤"（即一大盘拉面）。刚坐下，王蒙就把餐厅经理叫来，津津有味地用维吾尔语问人家来北京多少时间了，开张以来的情况，大师傅是从哪里请的以及羊肉的来源，自我陶醉地介绍自己也是从新疆来的……我看那位经理根本无心搭话，王蒙在那里纯粹是自作多情。我在一旁看着想笑，王蒙却丝毫没有觉察。

当人们问到王蒙是不是忘记了维吾尔语的时候，王蒙就用地道的维吾尔语和维吾尔方式回答说："一类东西是从一只耳朵里听进去，又从另一只耳朵里飞走了；还有一类东西是从耳朵里听进去，从此溶进了血液，再也不会忘。我学的维吾尔语是第二种，不是第一种。"他的话会引起热烈的掌声。

至于王蒙学英语才是走火入魔呢！

1980 年 9 月至 12 月期间，他参加了衣阿华大学的国际写作计划活动。在他去美国前，只有初中那点儿英语基础，而且许多年以来，他并没有机会学和用。

他去美国之后，认为是最好的学习英语的机会。那儿的主持者聂华苓，见王蒙学习英语很积极，便为王蒙与另外一位罗马尼亚作家请了一位希腊裔的英语老师尤安娜，每天负责教他们两小时。王蒙勤学苦练，只要是老师教的他很快就能学会，老师的复课提问他也能对答如流。罗马尼亚作家乔治·巴拉依查本来英语基础比王蒙强得多，但他学习不如王蒙努力，于是尤安娜便不断地表扬王蒙，批评乔治。

王蒙与这位罗马尼亚作家，也成了极好的朋友。王蒙有一次在厨房里烧小泥肠，打开火以后就到另一间房子写作去了，结果泥肠烧焦了，冒出滚滚浓烟，火灾警报器凄厉地鸣响起来，是乔治赶紧关掉火，打开换气系统，避免了一场灾难。事后王蒙见人就说乔治救了他的命。1986 年 12 月，王蒙对罗马尼亚进行官方访问，曾对当时罗马尼亚文委会主任讲了这一段故事。王蒙还开玩笑说，他个人打算给乔治授予名誉消防队员——代号"119"——的称号。

使王蒙最惊喜的是，1980 年 10 月 15 日，聂华苓邀请他去一个朋友家玩。聂华苓说得吞吞吐吐，令王蒙纳闷儿。等他去后，一看，正是英语教师尤安娜家。在王蒙迈进门厅的刹那，许多朋友——聂华苓、安格尔（已故）、尤安娜……一起高声唱起"祝你生日快乐"，王蒙非常感动。桌上摆着一个大蛋糕，祝贺王蒙 46 岁生日。

远隔太平洋，我在北京接到他寄给我的信，十分抒情地描述了他在美国过的这个非常愉快的生日，比在家过得还好，有特色，有情趣。我读了信，很感动，不知该怎样感谢这些朋友。

尤安娜的本职是一所医院的药剂师，由于教王蒙学英语成功，同时从中国来美留学的人越来越多，她后来辞去了医院的工作，专门教初到美国的中国人学英语。两年以后，王蒙重访衣阿华时，人们一见王蒙就告诉他关于尤安娜改行的最新消息，并且对王蒙说："您改变了她的生活！"这种话在英语中本来是常用来称颂爱情的，说起来特别幽默，王蒙听了也得意之至。

在美国 4 个月，唤起他学习英语的热情及信心。回国后，他买了各种学习资料，坚持听星期日广播英语。每周日上午 8 点，由国际关系学院申葆青女士主持的这档节目开始播送，节目做得很活泼，她的口语、音质也极好听。王蒙很喜欢这个节目，每周必听，连我这个非正式生也有兴趣跟着听。

有一回，王蒙被请到国际关系学院讲演，正巧申葆青也在场。在休息时，王蒙很开心地与申葆青老师联系上，用现在的话说，就是跟人家套起"瓷"来了。在表达了对申老师的敬意及自己是一位最忠实的听众之后，王蒙说："只是到如今我还没有课本，《时文选读》到处买也买不到。"

没等他说完，申葆青连忙说："您给我留下地址，我一定会给您寄去。"

王蒙毫不客气，连说："太好了，太好了。"

显然，那时他"套瓷"心切，也不顾虑什么了，开口跟初次会面的老师要东西，真不好意思。

没出 3 天，王蒙就接到申老师给他寄来的《时文选读》。

不久，葆青又邀请我们双双去她家做客。她性格开朗，出口成章，说到哪里，都有她的独特见解，语言、意识似流水一般。她和王蒙可真说到一起了。

从此，一来二往，我们成了好朋友。

后来，我们失去联系，听别人说，她去了美国。

再后来，到了 90 年代，我们与葆青在美国的洛杉矶见面。经她介绍，我们看了一部片子，是美国和台湾合拍的，片名叫《喜福会》。这部片子是申葆青翻译的，而且她还被好莱坞聘请扮演其中一个配角。大概她自己也从未想过，做了一辈子英语教师，老了老了，还跑到美国演电影。这是多么有意思的事啊！

10年来，在跟一些外国朋友的交往中，王蒙喜欢用他的蹩脚英语跟人家交谈。有时候遇到了"中国通"，他的英语远不如人家的中文水平高，他也不肯放弃说英语的机会。

出国参加学术会议或做学术讲演，有时会要求事先准备好英语讲稿。他总是把这种事看成学习英语的最佳机会，为之雀跃。当然，他没有能力自己写英语稿子，每次都是他先写好中文稿，再请朋友帮助译成英语，然后再不怕费功夫地排练。王蒙是下了功夫的：他一有空闲，拿起稿子就念，在家里他还找听的对象，我和孩子们谁也没逃掉陪着听。到了国外，他尽自己所能用英语演讲，即使受挫，比如旁人反映他的英语发言有时"难懂"，他也决不灰心。

1993年9月至11月，王蒙去了美国的东岸、西岸及中西部，被许多大学请去演讲。有的大学华人比较集中，人们希望他讲中文，那当然是如鱼得水。在加利福尼亚大学洛杉矶分校，他讲中文，由李欧梵教授简要灵活地译成英语，以照顾在场的极少数不懂中文的人。李欧梵是高明的翻译，更是中国文学的知情人，他俩配合得非常默契，你一言我一语。给我的感觉是，与其说他们俩是一人讲演一人翻译，不如说是两个人在唱双簧乃至说相声。他们合作得如同一个人，博得台下阵阵热烈的掌声，听众不停地喝彩，气氛热烈极了。

有的大学，华人寥寥无几，王蒙便用准备好的英文发言稿。学生提问，有时配翻译，但以王蒙的性格，常常用英语给予回答。会场气氛一下子就活跃起来，效果反倒好。

但无论如何，王蒙的英语水平还是太低了，远远没有达到他追求的水平，更没达到他的维吾尔语水平。

1990 年春夏之间，王蒙每天上午要出席党员登记学习会，不可能静下心来写小说或评论了，于是，他就利用被分割零碎的时间搞英语文学作品翻译。他一口气翻译了美国约翰·契佛的两篇小说，又翻译了 9 篇新西兰"新小说"。他说搞翻译的最大好处是可以利用这不完整的时间。他的英语水平并不能用于文学翻译，这方面的工作得到了黄友义的帮助。

喜欢说俏皮话，喜欢说笑话，在生活中固然能调解情绪，活跃气氛，可搞不好也会适得其反。有一回，吃过晚饭，孩子们都围在一起，说笑很快活。王蒙也在其中大说特说一些无边无际的话，而且是哪壶不开提哪壶。我看出女儿不太爱听，但王蒙就是停不下来，弄得大家很不高兴，这个鼓着脸，那个瘪着嘴，直说得不欢而散。

王蒙爱说俏皮话，只是有时不分场合。1988 年秋季的一天，天津的曲艺家骆玉笙（小彩舞）在她外孙女的陪同下拜访我们，其中一个主要话题是想请王蒙为她的大鼓填一段词，王蒙很愉快地接受了她的要求。不久，他写好了一段词，是关于"酒"的题材。骆玉笙拿到这段词之后，很喜欢，谱成曲调，唱了起来，感觉很上口。

不久，骆玉笙带着录制好的磁带，又不辞辛苦来到北京，到我们家，热情地为王蒙演唱。之后，骆玉笙说："您这个词填得太好了，不仅好唱，还特别受到我们天津酒厂的好评，他们可高兴了，为他们出的酒闯了牌子。"

王蒙跟着就开玩笑说："那太好了，应该让他们给我送两箱酒来……"

骆玉笙听得很认真，马上说："我回去就跟他们说，给您送酒来，回去就跟他们说……"

王蒙自知失言，坐也不是，站也不是，直摆手，说："开玩笑，开玩笑。"

越说骆玉笙越当真，她说："我去办，我去办……"谁也听不进谁的话。

我当时在场，知道弄糟了，她信以为真了。王蒙一个在职的部长，怎么能这样戏言！我不得不插话："他爱开开玩笑，是真的在开玩笑。您千万别跟人家说……"

送走客人后，我的心里很不是滋味儿，对他说："你看你，开玩笑也不分场合……"王蒙也感到自己失言，忙为这事给天津的作家冯骥才打电话，请求大冯帮忙劝阻骆大姐，让她千万不要去搞酒。

近几年，王蒙不再担任领导工作，他就更解放了，经常是笑话不断，有时也不无尖酸刻薄。有人说："想不到当过部长的人还这么幽默！"王蒙哈哈大笑，飞快地接茬儿说："所以还是不适合当部长呀！"他见朋友们开心，便进一步说："我是宁可放弃当部长，也决不放弃幽默！"

他爱说，至于说的话究竟能否起作用，我有时不免怀疑。

一个周末的晚上，全家老少坐在一起，大概连续几天太紧张，或者王蒙认为才吃过的这顿饭缺少蛋白质与维生素，就问："看看明日我们去个什么地方玩玩？改善一下伙食。"大家的情绪被鼓动起来，你一言，我一语，兴致勃勃、七嘴八舌地策划起来。

有的说："我提议去香山，观赏红叶，爬鬼见愁。"

有的说："不！咱们去登长城，那里也有红叶。"

"别忘了，还要吃一顿，那两个地方吃的不行。"王蒙发表意见之后，话题就转到什么地方吃好。"去天伦王朝吃自助西餐。"

"不同意，那儿的自助餐比美国贵多了。"

"去燕莎啤酒屋，有德国啤酒，又有烤肘子。"

女儿反对，说女婿要开车，不能喝啤酒。

讨论到最热烈时，女婿说："明天咱们去通县玩儿去，吃活鱼。"

大家一致认为这是个好主意，这地方不大去，不俗气。

大家把话说完，踏踏实实地去睡觉。

星期天早晨，竟然一个比一个起得晚，尤其是女婿，一个懒觉直睡到 11 点。

我看这意思，没有什么新动向，于是照常在家做了一顿家常便饭。中午 12 点，全体来到餐厅用餐，个个吃得都很香。

居然没有一个人感到吃惊，没有一个人表示为什么今天不出去玩？或提问怎么没有到外边去吃饭？

头一天晚上花了那么多时间讨论达成的协议，就这样无声无息地作废了。

只有我最清楚，我们这位语言大师，他发动了群众，大家都把话说了，至于执行不执行是另一回事，说完了就算达到目的。这是为艺术而艺术呢！

有什么办法呢？嫁鸡随鸡，嫁狗随狗，嫁了王蒙，我也变得爱说爱笑了。生活常常是沉重的，自己不开心，又怎么能愉快地活下去呢？

公平地说，他说什么，不说什么，是有原则的。

在公务中，他从来不说假话、不说谎话、不说大话（不包括小说中的夸张）、不说不切实际的话。

有人登门或通过电话托他帮忙办事，如果他根本办不到，回答很干脆："不行。"这样回答问题有时让人家感到很尴尬，我在一边也觉得不好意思。但他不会拖泥带水，黏黏糊糊的，明明办不到，偏偏说个活话。

如果是可以帮上忙的，他就默默地为人家做。他从不会把话说满，总是留有余地。甚至有的事，已经答复人家说不好办，一旦有一点儿可能性，他会悄悄地为人家办，直到办好为止。

他从不说阿谀奉承的话，也决不会说。

他不会说一些甜言蜜语，包括温柔的脉脉含情的话。

人有时需要听一些好听的、顺耳的话，尤其在生活里。我默默地下厨房，把热菜热饭端上来，希望大家吃个和睦，吃个协调，吃个满意。如果得到丈夫一个会心的笑，哪怕是一句"这个菜真好吃"、"就让你一人在这儿忙了"、"你太辛苦了"（这句话是我常常对小保姆说的），心里也高兴。但王蒙却不会这样说。譬如某个菜做咸了或淡了，王蒙的词儿可多呢，边吃边埋怨："这么咸，怎么能入口？是不是把卖盐的给打死了。"说起来气呼呼的，我听着心里很不舒服。

一旦涉及大事，王蒙说话却是很有分寸的，也很巧妙。他在对付国内外记者时，特别显示出他的机智、他尊重事实的态度以及他的分寸感。

1978 年 11 月 18 日，王蒙很晚才从美国驻华大使馆回来。

那天他一进家门，就面带喜悦。

我问他："怎么样？参加的活动好吗？"

他很兴奋，说他今天用英语对话了。

　　洛德大使讲了一个笑话：有一次，三个国家的人一起去太空漫游。条件是每人只限带125磅的物品，不得超过。美国人带的是一位女人；越南人带的是125磅的香烟；中国人带的是125磅的英语课本。他们去了两年回来时，美国人又带回两个孩子；中国人学会了说英语；而越南人忘带火柴，白白去了一趟。

　　洛德大使的笑话，赢得了众人的笑声。

　　紧接着王蒙建议：美国人带去一个女人再加中文书；中国人带去英文书再加上一个女人。超过125磅怎么办呢？他建议一是女士们要搞减肥，一是用新型材料出书，这在技术上是完全可以解决的。那么当他们两年后回来时，不就是都可以有孩子，又都会说对方的语言吗？

　　在场的大使夫人说："别忘了这是文化部长而且是作家。"

　　王蒙立刻纠正地说："是作家，而且是文化部长。"

　　回家后，他跟我叙述时，仍然掩饰不住他的得意。

　　我俩在一起生活了几十年，所说的话，如果能输入到电脑里，也够可观的了，恐怕需要几个大容量硬盘的电脑。从早到晚只要在一起，我们就是说、说、说。

　　我这个人并不是特别有兴趣谈政治。有时候他的政治分析让我感觉疲倦，我就告诉他说："这样吧，你分析你的，如果我同意你的话，我就不出声；如果我有不同的意见，我再说点儿什么。"这样说完了，我就可以没有负担了，他尽管讲下去。而我呢，一会儿就进入了梦乡。

猫道主义

一天，我家小黄猫生病了，两天不进食。王蒙心情非常沉重，他反复分析猫生病的原因：进食多？还是着凉？……自己充当起大夫和"猫奶妈"。

　　王蒙很爱惜小生命，从不杀生，从小没故意踩死过一只蚂蚁，没有宰过一只鸡。当我们还在伊犁时，没有那种加工好的半成品的食品，像西洋鸡之类的，那时我们吃的都是土鸡。要吃鸡怎么办？他只好摩拳擦掌，大汗淋漓，把杀鸡的架势摆足了，然后把鸡捆绑起来，提着刀冲着鸡脖子杀将过去，眼看着就要成功，就在刀将要接触到鸡脖子的关键时刻，持刀的手一颤，终于手软，刀从手中滑脱，没有完成"屠鸡大业"。这不能说他是手无缚鸡之力，他在农村劳动时扛过重 117 公斤的麻袋。但他确实是心无杀鸡之狠。他的这点儿胆量，还不如我们的儿子，山儿、石儿十四五岁时，好友送给我们一只老大的鹅，小哥俩一经研究，一会儿工夫就把它给宰了。不过，今天我再问他们还敢宰吗？他们也表示下不去手了。

　　王蒙对待蝴蝶、蜻蜓之类的更是爱护备至。我们的儿子、孙子，都喜欢捉蝴蝶、蜻蜓，捉到后用线将它们拴起来玩，每次让王蒙看到，他都是让孩子放掉。90 年代的一个夏天，我们在北戴河度假，去了山海关的角山。孙子小雨，好不容易捉到一只很大的非常漂亮的彩蝶，孩子兴奋极了。小雨用手小心地捏着心爱的蝴蝶，爷爷和孙子坐在一个缆车里，一望无际的蔚蓝天空，高高低低的绿色绵延远去，万里长城就在身边。

王蒙说："小雨，你看我们多么美妙，好像在天空中飞，但是，蝴蝶虽有翅膀却不能飞，多可怜，它的妈妈多么想念它呀！我们还是把它放了吧！让它自由地飞翔不好吗？"小雨听了爷爷的这一番话之后，马上举起胳臂张开小手放了蝴蝶。

王蒙喜欢养猫，不管多忙，心里都想着猫。在数九寒天冷气逼人时，他仍要上街为猫买食品；半夜三更如听到猫叫，他立即披衣起来查询原因，直到把猫安排好才回来睡觉；在外面参加活动回来，一进家门，首先是到猫屋看望猫。如果遇到他正在喂猫，碰巧电话找他，他是听不见的，人家等久了，不知是何原因，只好挂上。

他的"猫道主义"，还有甚者。有一天，我家的小黄猫生病了，两天不进食，他心情沉重，反复分析猫生病的原因：进食多？还是着凉？……他自作主张宣布猫是感冒了，立刻采取措施，自己充当起大夫，为猫服用先锋霉素，按着体重的比例配药量。喂了几天药，再加之精心护理，用眼药瓶给猫喂牛奶，小黄猫的病慢慢地好了。他一颗悬挂的心才落地，逢人便说自己已经是一名兽医了。

近年来他常说王蒙老矣，我知道，更多的是自嘲。他从来没老过，他的心志还像19岁时写《青春万岁》一样。有时我无意中嗟叹光阴易逝，他立即驳斥，说本来生命是无限的，它跟草木一样都属于大自然，当然与宇宙相比，人的生命又是渺小有限的。我们俩在挪威与一位美术家讨论生命与死亡的问题，她说："个体好像是生命之树上的一片树叶，树叶虽然时时会凋零飘落，但是生命之树仍然存在，生命之树常青。"王蒙很欣赏这个话。他说他相信不朽，相信永恒。他说："你是唯物论者，那么物质就是你的不朽和永恒。你是道家，那么道和无，无极和太极便是你的永恒和不朽。哪怕你是虚无主义者，那么虚无便是你的上帝。想一想，一切来自虚无，回归虚无，虚无中产生了一切，虚无又接受、容纳了一切，这虚无不也是并不绝对的虚无，充实的伟大的虚无吗？冥冥中，你不仍然是与世界同在的吗？"

王蒙常告诫自己，后退一步，海阔天空。无论大事小事，无论政治际遇或生活小节，遇到麻烦时，决不钻牛角尖，他会换个角度，换个方向去超脱自我。他还有一种本事——忘却，忘却那些不愉快的大小事，牢记那些令人开心喜悦的事。他的大脑比电脑的筛选、储存和杀病毒还灵。

「下台」之后

从文化部长位置上退下来，王蒙觉得是回归到作家的本行。这里记述了他"下台"后第一天的情形。我想起他常说的话：这边"下台"，那边"上台"，这边隐退，那边复出，妙关！

天蒙蒙亮，我还没完全醒来，似乎在睡着。突然听到王蒙说："别跟我说话，我再睡一会儿。"

我感到纳闷儿，心想我并没对他说什么，而且正睡着呢，也没有想去说什么，他这么无的放矢地一说，反而把我吵醒了。

没多大工夫，就听他说："我做了一个梦。"

"你不是不让说话吗？"其实我早已经被他吵醒了。

"你看你，"他说完，继续说他的梦，"我梦见石儿了，好像就在家里，在梦中我说，你不是在美国吗？"

石儿是我们的二儿子，现在在美国上学。我说，梦是心头想，日间我们不是说到他了吗？晚间就托来了梦。此时我俩的心情都有些酸楚。

醒来说梦，是经常的事。做了噩梦，经这么一说就破了；做了好梦，共同分享。说梦不仅是早晨。有一天，1990 年月 11 月 6 日深夜 2 点，我正迷迷糊糊地睡着，就听到他很兴奋地叫我："方！"这一声，我已经醒了。他说："我的长篇小说出来了，小说中的人物、性格、言谈话语……个个都在梦中跟我相会。有一种写作的冲动，非要写出来不可了，一定会写好的，一共 5 卷，第一卷叫《恋爱的季节》、第二卷叫《××的季节》……如果两年一部的话，10 年完成。打宽点，70 岁也完成了。"

"哦！我真为你高兴。"我鼓励了他一番。我知道，这哪里是他的一个梦决定的，这个酝酿了几十年的梦，无时无刻不在萦绕着他，渗透在他的灵魂里。那天我再酣睡，也甘愿他把我吵醒。

我们有一座小庭院，虽说不大，却有味道。院内有四棵树，枣树、石榴树、柿子树和一棵香椿树。清晨，几只小鸟围绕在几棵树的枝头上飞来飞去叽叽喳喳叫个不休。"咖！咖！咖！"突然传来一只喜鹊的欢叫声，立刻，我的心情极为舒畅。我说："今天准有好事，你听，多么欢快的叫声！"

阵阵凉风从门窗缝隙中吹进，使人的精神顷刻振作。时钟还不到 7 点，他已经穿衣起床，趿拉着拖鞋走出卧室。不出家门的话，不论春、夏、秋、冬，他是不喜欢穿鞋子的，这是他自小养成的，他自己倒解释为一种卫生习惯。听说 1957 年的那场运动中，他穿着拖鞋待客曾作为"问题"写入材料。

他轻轻地推开客厅门，咪咪仰望着他，"喵喵"地向他问安，围着他的脚舔来吻去。我听到他在窗下挪动猫食盆的声音，咪咪跟他进了厨房，他把鱼煮熟，喂咪咪，然后我听到太阳能水箱哗哗地流水——给太阳能水箱上水。这是他每天必做的事，不把水箱上到往外溢水，而且是哗哗地流，他决不罢休。其实他最讲究节约，这种浪费，纯属他机械的责任感——他认为他必须把水上满。这种事如果发生在我家的任何一个人身上，那这个院子都装不下他反浪费的呼叫。

尔后，你会听到厨房磨豆浆的声音，"滋滋"的尖叫声足足得15分钟，粉碎机很小，磨够全家喝的，要分几次才能完成，他也不着急，反正喜欢干这差使。头一天，他吩咐小阿姨泡上黄豆，我就清楚，次日的早点，不用我操心了，可以不必那么早起。他这样一折腾，我不得不起来了。我看到他正用微火煮着豆浆呢！我等了好半天了，锅还不开，就把火拧大。王蒙发现了，立时火冒三丈："你这是干什么？让它全扑出去？既然我来管，你就别掺和。"他要干点事，别人就别想活了，我堵着气坐在餐桌前。他吩咐小阿姨出去买油条，一喝豆浆，即使炸油条的油质是劣等的，也得买，他认为这样才谐调，配套。

说起买油条，还有一段佳话。一天，新凤霞在电话里称赞，王蒙可真行，当部长时，早起穿着一双拖鞋排队买油条，后面的人说，人家真没架子，还是部长呢！这是从北小街的居民口中传到新凤霞那里的。

餐桌上摆好了热腾腾的豆浆、焦脆的油条、面包、黄油、咸鸭蛋……他挑出蛋黄递给我，说："你爱吃这个。"可他怎么让我也不吃，他很奇怪，问："怎么了？"

我还噎着呢！吃不下去。尽管他费了劲，我一时也缓不过来。刚才他独断专行的那几句话，把我噎到南墙上。但他早忘了我不快的原因，还纳闷儿呢！我也没法再生气，用女儿话说——跟爸爸生气，不值。

他边吃边喊："山！东升（我们的女婿）……喝豆浆！"自以为有点劳苦功高。

8时许，王蒙走进小书斋，坐在电脑前，立刻投入写作。上午是他的黄金时间，他说不管谁来，他都不见，也不接电话。

自从有了电脑，他只要一坐在那里，就文思潮涌，马上有敲键声传出来。用他的话来说，过去爬格子之前，总要做点这做点那才会静下来，逐渐投入。现在可好了，电脑就像个玩具一样吸引着你快快去写作，他太喜欢这个电脑了。

这时，门铃"铛铛铛"地响起来。算万幸，是找我的，一位老编辑，为我的一篇稿子。简短地谈好后，非要见一下王蒙不可，并说："王蒙当部长时我不来，现在要见见他。"我踌躇不安，又不肯说假话。我支支吾吾说他正赶写一篇稿子，在电脑前一投入，不能很快停下来。这位老先生又说："只需要5分钟，你跟他说就要5分钟。"我实在不敢、也不愿打扰王蒙。只得硬着头皮，踮着脚，悄悄走到电脑旁，看他敲到句号，才说："你去一下吧，只要5分钟。"他不出声，我只好退出门外，在另外一个房间徘徊，也不敢见老编辑。过了10来分钟，他总算出来了。

哪是5分钟，起码是它的4倍。老编辑说了些传闻，然后是问安祝愿寒暄告辞。

我看到王蒙满面晦气，送走了客人，说："是好人，好心，就是说来就来，从来也不打个招呼。"幸亏王蒙"抗干扰"性强，能接着回到书斋，回到电脑前，继续投入。

我在东屋做点儿我想做的事，但不断被电话打搅。他有话在先，上午的一切电话都由我挡。我坐在写字桌前，电话一个接着一个，十之八九是找他的，我只能答："对不起，您有什么事跟我说好吗？"或"请您将电话号码留下，下午4点后再联系……"9点半左右，我沏上两杯茶，给他送上一杯。有时他会自动走到客厅，沏杯茶，调剂一下情绪，休息十来分钟。饮茶是我们共同的爱好，通常是早点时饮奶茶，用茶砖煮茶，烧奶兑入，放盐，做成奶茶；上午是花茶；午后是自制的功夫茶。功夫茶的操作权属于王蒙，在紫砂壶里放许多台湾冻顶乌龙，用滚开的水沏上，用小巧精致的小杯，慢慢品。此时索尼音响悠悠传出门得尔松的 D 小调小提琴协奏曲，优雅起伏的旋律，让人心绪开朗。王蒙这样形容他的感受：听这支曲子，像是有一个柔软的小勺，一点点地把你心中的苦闷全掏出来。王蒙喝茶的兴趣，用他的话来说，是我给培养起来的。记得我俩才认识时，我到他家去做客，他给我的是一杯白开水。我感到很惊讶，误认为他家暂时没有茶叶。后来才知道，他从来不喝茶，他们家也很少为买茶而破费。他自觉地坚持喝白开水，并把它视作一种艰苦朴素的美德。我们结婚后，我不停地往家里买茶叶。1958 年时，买 8 角一两的茉莉花茶就感到不错，那已经是很清香的了。后来逐年逐步升级，到目前我买的是几十元一两的，还不觉得怎么样。这些年来，王蒙跟着我一起品茶，愈来愈品出点滋味，而且走到任何地方，都离不开茶。

上午的时间，他抓得很紧，喝上一杯茶之后，匆匆地又开始了创作。此刻，是他一天写作中的高峰、最佳状态，情节展开了，全身心倾注，文思敏锐，灵感频频涌来。写作达到这种境界，凡人都快成仙了。恰在这时，电话响了，非要他亲自接不可，说是要改变与他人会见的时间，得马上定下来，很紧急。

我迟缓地、不情愿地走到他身旁说："王蒙你要接这个电话，人家等着定时间呢。"没料到，这回他真迅速，可能是因为已经 11 点多了，该休息了。他立刻从座位上起来，顺手把电脑开关键关掉，提起电话，"喂"了几声，才知对方是谁，在梦境里把事说妥。

还没等我在厨房跟小阿姨安排好午饭，只听从北屋传来声声叫喊："哎呀！哎呀！"那声音活像他挨了一刀。我吓坏了，赶快跑过去探虚实。他正在客厅的门口，站在那里，脸色苍白。见到我后，说："糟了糟了，全没了！"

"什么什么？"我一时弄不明白。他说："一上午打的字全洗光了，就是你让我接电话，没存盘（从未发生的事）。"我站在那里，心率过速，一时语塞，什么话也说不出来。本以为今天有好事呢，不是喜鹊来报喜了吗？我振作起精神，又劝了他几句，着急也没用。他说："这是写得最精彩的了，进入那么好的状态，是很不容易的。"他叹息了好一阵子。

王蒙心不在焉地翻了翻当天的报纸，就催饭。午饭，比较简单，鸡蛋韭菜馅包子，两碟小配菜，大米绿豆粥。这顿饭吃得无味，他说："吃进的像一堆草，缺乏动物性蛋白质，影响白血球里抗体的生成。"我说："晚餐再补吧！"

中午，他稍微休息了一小会儿，就又回到电脑前，追查上午的损失，但我知道他下午的活动排得很满。按惯例，两点钟，我起来了，我们照旧煮咖啡，用的是德国产的味道很刺激的一种，我常常形容它的浓香味像鸦片。我们的习惯还是少许加一点糖和奶，不喝纯的，但很浓郁。一杯咖啡喝下，他的情绪大有好转。我猜想，经过中午的奋战，大概已经挽回了不少损失，再说无论遇到多大的不快，他的反应都不会超过半天。不像我，生了气半天缓不过来。

两点半，他说："约好了一位外地朋友来家小坐，怎么还不来？"3点还有一位出版社的编辑来谈文稿的事，4点他要游泳去。

如果不守时刻，往后一推，就麻烦了。正说着，客人来了。如果单纯是工作上的联系，一般我不出面，倒杯茶水，就不奉陪了。

趁这个空闲，我到远处崇文门菜市场采购食物。不是要改善晚餐吗？附近都是一些一般的副食品，自朝阳门菜市场拆掉之后，快5年了，到如今，新的市场还没影呢。听说改建后命名为奥运之光购物中心，难道要等到2008年才修好吗？4点整，当我赶回来时，王蒙又在那儿着急，东翻西找，抽屉、挂袋、衣架和衣柜里的衣服翻得东倒西歪。

"你找什么？"

"游泳证哪儿去了？我没时间了，快帮我找！"

我跟着忙了半天，白费劲，上回他游泳回来，并没把证交给我，他乱放东西惯了，这回我是无能为力。

"不行，时间到了。你去吧，交5元押金进去。"

他去了养蜂夹道干部活动俱乐部，刚到柜台，服务员小姐说："这是您的证吧？"原来他上一次游泳根本没取回证件，当然更没往家放。

5点50分，王蒙回来。没进屋门，先找猫："咪咪呢？"咪咪正在那里酣睡呢！一听主人叫，抖抖身上的土，"喵喵"地追出来。猫的女儿呢？满院子找不着它，准是上房了。原来咪咪的女儿只会上房，不会下来。这时它正在房檐来回寻找下来的路，急得乱叫，王蒙搬起一个院中的藤椅，高高举起："来！快来！往下跳。"他把藤椅举得高高的，胳膊酸了，还坚持。

儿媳小璐看见说："爸爸成了'猫电梯'。"

我把厨房的事一五一十地跟小阿姨交代清楚后，从门厅抱回一大摞信、报。看到一封来自法国的信，是一位研究中国文学的傅玉霜女士写来的,说她很喜欢王蒙的小说,想征得王蒙的同意,翻译他的短篇小说《Z城小站的经历》,我暗中欢喜。说来也怪,她怎么选中这篇了。这篇小说的构思、初稿,全是我写的。看来女性的灵感能相互沟通。她欣赏它,我很快活。哦!这正是早晨喜鹊报来的喜讯。

晚上,除了在美国的石儿,家里的人全回来了,共8口。6点15分,我招呼大家到餐厅,把一张椭圆形的餐桌围得满满的。女婿东升把世界名酒马爹利打开,山儿为每一位斟上,孙子小雨喝可口可乐。女儿伊欢说今天的菜真丰富,儿媳小璐尤其喜欢吃她自己做的什锦沙拉。小雨举起饮料杯,要求跟我们碰杯:"祝爷爷、奶奶身体健康!"一下掀起相互碰杯的高潮。借此酒兴,大家说了许多笑话。伊欢说了一个笑话,是她把李逵读成李达的故事。王蒙大发议论,也说了一个笑话,是他从《读书》杂志上张中行老师的一篇文章中趸来的。说是有两个人对"四七二十八"还是"四七二十七"争论不休,直找到县官,请青天大老爷定案,县官令差人把坚持"四七二十八"的人拉出去打三十大板,此人不服,要问个究竟。县官说:"他已经糊涂到如此地步了,你还能跟坚持'四七二十七'的人争辩吗?不打你打谁呢?让你清醒些。"大家听了拍手叫绝。王蒙是自说自笑,自己叫好,而且悟出道理,决不跟"四七二十七"的人争论,不屑一顾。我说反正挨打的人是坚持"四七二十八"的,而"四七二十七"的人却逍遥法外。王蒙便说:"你说得深刻。"

菜饭吃得差不多,只剩喝汤了。门铃却不停地响。

"这是谁呀?你约人了吗?"

王蒙说:"约了一位,7点钟,不是今天就是明天。"

客人进家门后，王蒙马上迎过去，也顾不上喝汤了。他没有在本上记事的习惯，近一两年，个别时间安排有漏错。有一两回，我在电话旁听到他约人的时间与另外一位时间重了，便提醒他不是已经约过人了吗？他才更换时间。

7点准时赴约的是社会科学院的朋友，他们谈得好不热闹。中间还插进一桩要王蒙题词的"官差"，因要得紧急，他只好临场大笔一挥，交差，并叹息道："少壮不努力，老大徒伤悲。小时候没有好好练字，现在又整天给人家题字，真是为难啊。"

送走客人，已经9点了。还没等我们两人坐下，伊欢推开门娇声娇气地说："爸爸妈妈这几天也不理我了，看也看不见你们！"一时好像我们真有点儿理亏。然后我们又说："还看不见你呢！东升出去了，你才想起我们来。"跟女儿逗起来了。

"爸爸，你看过这期的《读者文摘》吗？有很多小文章，挺有意思的。"然后女儿说起马克思的"答女儿问"。马克思回答她女儿的问题，其中有一题是这样：你最不能原谅的是什么？轻信……女儿对此非常感兴趣。

"那么你问我吧！"王蒙主动挑战。伊欢非常兴奋，父女俩一问一答，像是参加竞赛。

最崇拜的人？
达·芬奇。
你认为人生的真谛是什么？
永不停留，不停息地追求。
你认为什么是天才？怎样才能有成就？

集中精力。

你最不能原谅的缺点是什么？

无知。

你最讨厌的是什么？

卖友求荣。

你最喜欢的格言？

大道无术。

你最喜欢的职业？

那还用说吗？写小说！

　　11点了，话正谈到兴头上，女儿还要大发议论。我说："天不早了，该休息了。"伊欢说："整天是你俩一块说，还是不乐意理我。"这样又热闹了一会儿。

　　夜深人静，微风吹动着树叶，发出瑟瑟的声音，我很喜欢听。王蒙入睡得很快，睡得很甜。我想，他一定会做个好梦。

在吃的问题上，王蒙也是理论先行。一旦认识到，他的肠胃能立即随之调整变化，再怪的东西，他也能甘之如饴。而我，即使认识到，吃不下去还是吃不下去。

1991 年 10 月，在去新疆南部的塔什库尔干的途中，我们走进塔塔尔族的一家毡房里，顺势坐在炕沿上。这家室内没有任何家什，这些年来我还从没有看见过人穷困到这种地步的。主人很热情，用他那剪惯了羊毛的手，为我们奉上一盘羊油和用发酵后的酥油烧制的大米饭。大米饭上的酥油泛着绿光。这作料大概很有年头，饭的味道奇特，汉族人是非常不习惯的——据说即使是当地的人，也少有能吃它的——可王蒙居然毫不犹豫地把它吃下去。陪同我们一起来的喀什宣传部张同志对他说："你可真行，以这一条，可以看出你和少数民族的关系非同一般。不要说吃他们的东西了，有些汉族干部，连进他们的毡房都很不习惯。"

王蒙怎么能习惯呢？他是理论先行！他坚决认为：汉族应该与少数民族亲密团结，要团结就要打成一片，互相交流，建立感情。他还认定新鲜的经验是最有益处的，对待异族文化要抱热情汲取的态度，坚决反对狭隘的民族主义，反对自我封闭。他爱各个不同的民族，尊重他们不同的生活习惯。当然他还坚信，奶制品有益健康，汉族食物的一大缺点是缺少奶制品，遇到奶制品就应该毫不犹豫地吃掉。这样的认识我们并没有多大的区别，问题是我虽然认识到了，但吃不下还是吃不下；而王蒙，一旦认识到了，他的肠胃能立即随之调整变化，鼻子与舌头也能立即听命于他的理论认识，做出必要的调整，即使再怪的东西，他也能甘之如饴。

土洋食品，南北风味，他都能适应。每到一处，不论酸、甜、苦、辣、咸、淡，生、熟、软、硬，带核、带荚、带毛，生猛海味，腌制鱼腥，鸡鸭鱼肉，山珍海味，飞禽走兽，稀奇古怪……他都说好。除非在吃螃蟹时，他总是说："我不太会吃，弄不好还会扎着手。我是'毛派'，还是吃红烧肉'补脑'好，土点儿好。"如果我在他的旁边，他就把一只蟹螯放在我的盘子里。他嫌太麻烦了，的确，他在这方面显得很拙笨，也很没有耐心。

他自幼喜欢吃稀、软、甜、黏的食品，什么馄饨啊，各种汤、豆浆及小吃，如茶汤、驴打滚、芸豆糕、黏糕……我想这与低水平的食物经验有关。在他幼年时，曾一度家境贫困，实在没有好吃的时候，得到一碗白面打的面糨糊，或熬一锅胡萝卜黏粥也是好的，这是过去的事了。当他自立后，记得在 1953 年，他在东四区团区委工作时，从第一次领薪水，由供给制改为薪金制的第一个月起，他的早餐就增加了牛奶。当见到我时，他很兴奋地告诉我这件事情，并大大地赞扬吃牛奶的益处。他自嘲说，为什么自己的个子长得不是很高，块头不是那么大，原因就是自小营养不良，他确信自己的判断是无误的。其实不尽然，并不能以那个理由作为唯一的根据，他的兄弟姐妹也是在同一个家庭长大的，但个头并不低，再说王蒙自幼在家就得到厚爱。

由于他自己的经验和固执的看法——营养是人体健康的必要条

件——他十分重视孩子的营养。女儿很小的时候，他每天研究怎样给女儿加辅助食品。孩子长大后，说起爸爸的关心时，给他们印象最深的就是：爸爸最爱带我们下饭馆。5岁时，吃了什么，喝了什么，又去吃甜食和冰激凌……孩子们说起来津津有味。尽管那时经济上并不富裕，但他认定"民以食为天"。

他爱喝稀粥，还写了《坚硬的稀粥》。这篇小说居然能引起那么大的风波，真叫稀奇。最有趣的是，"稀粥事件"后，宛如雨后春笋，不晓得是怎么回事，一下子出来那么多写粥的文章，净是一些知名度很高的作家，大谈特谈起粥文化。怪不得张洁在她的散文《潇洒稀粥》里，把1991年定为"中华稀粥年"。此后王蒙不论走到哪里，一些刊物的编辑部或某个出版社宴请，在酒席上，总要上一碗稀粥，大家边喝边开玩笑，什么"要成立中华粥协，就要王蒙出任会长"等等。喝起稀粥来，王蒙觉得十分有味道。

随着阅历的丰富，他的吃文化也丰富起来，口味宽了，很讲究营养成分，很喜欢科学用餐。用饮料也是如此，成瓶成罐的他从不喜欢，说净是颜料，只喝鲜的。我们还特意买了榨汁机，现榨现喝鲜的，什么橙汁、西红柿汁、胡萝卜汁……他以为这样喝下去，立刻就会吸收许多营养成分，有利于健康。

王蒙坚持每天进食3次，不多不少，不吃零食。过去有的单位星期天只开两顿饭，这对王蒙来说是一件相当痛苦的事。可是有一天，他忽然吃得很少，我问他："你怎么了？是不是有什么病？不想吃东西？"他回答："不是，今天要节食。"我很惊讶，他一贯是非常重视吃的，如果哪顿饭清淡点儿，他总要说出一些道理，什么一天要摄入多少蛋白质，多少维生素，多少卡路里……然后悲愤地走到小街口买点儿酱肉之类的以补足他认为不够的那一部分营养,这也是对我准备的饭食质量表示不满的一种抗议形式。但是那一天他好好的却不吃饭了。原来他从报刊上看到关于一位欧洲电影明星养生经验的报道,说每月要有一天不吃东西,即所谓"清胃"。于是王蒙认为大有道理,还发挥说这正像房间大扫除一样,胃也一样,它需要调理,清除杂物,需要休息,然后再工作。但是这一理论没有完全化为实践,他虽然盛赞这种清仓法,但还是怕挨饿,然后只不过是纸上谈兵,每天三顿饭照吃不误。

又有一回,王蒙和东北来的朋友一起进餐,那位朋友吃得惊人的少,但身体却很健康,还坚持冬泳。王蒙问他为什么吃这么少,是不是偶然的。他回答天天如此,顿顿如此。这使王蒙很感兴趣,欲问个究竟。朋友介绍说,根据一俄国科学家的理论,目前的人们只消吃现有食量的四分之一就足够了。王蒙闻之如获至宝,认为很有道理。那几天,他每餐都有所控制,还向他人作义务宣传,只是没坚持了几天,又恢复了原状。

在吃上,给定居在美国波士顿的朋友刘年玲留下深刻印象的是:1993年,王蒙应哈佛的邀请,来到美国。抵达波士顿的当天,几位朋友在"五月花"中餐馆就餐,我们点了几盘菜,都是素的,然后大家认为足够了。他看了看,急了,气色都有点儿变了,很激动地说:"这怎么能行,我刚搬了几个大箱子,消耗这么大,还没肉吃。"他看了一会儿菜谱,点了一盘黑椒牛柳。这盘菜有很着实的肉,王蒙眉开眼笑,边吃边说,情绪一下子扭转了180度。这让刘年玲有所领教,再去餐馆时,她总想着点些荤食,并风趣地说:"不然王蒙又要造反了。"

王蒙还特别信奉一些老传统的吃法。如有点儿小病，不能吃油腻食品，冲碗藕粉或莲子汤，说这样有助消化，并把这种自欺欺人的食疗法传授给我们的孩子。我讽刺说，藕粉是王蒙的"回生粉"，他对此欣然接受。

有一回，王蒙体检，大夫说他可能有甲状腺线性瘤。于是他就接连不断地吃海带，似乎每吃一顿，脖子就会缩小一圈。他的感觉很好。

而且他对家里的老少三辈也是这样要求。我们真害怕他的这种关心。毕竟吃什么不吃什么，每人有每人的口味和兴趣。他高兴地看孙子大吃起司，大喝牛奶。那种欣赏的表情，像是孙子每吃一口，就会长出一块肌肉似的。一旁的我，不免窃笑。

由于我们曾经长期在新疆生活，养成了喝奶茶的习惯。北京买砖茶不那么方便，王蒙就专门去新疆驻京办事处买，他为此还写过一篇小文，发表在《新疆日报》上，通过喝奶茶这件小事来抒发他对新疆特别是对维吾尔族朋友的思念。1995年，我们家订了一份《中国食品报》，他在上面看到一篇文章，说砖茶喝多了会引起中毒。他根本不清楚这里边的化学原理，也弄不清到底吃多少才会中毒，立刻对奶茶退避三舍。任何报纸上的一篇小文章对他都有那么大的威力，真是一个不可救药的科学主义与教条主义者！我建议中国科学普及协会给王蒙这样的人发点儿什么"笃信科学奖"。其实我们喝的那点儿量，估计离中毒还远着呢。我很欣赏金庸在北京大学回答提问的妙语，当同学们问他读多了武侠小说会不会有副作用的时候，他说，吃多了干饭——例如连吃10碗——也会有副作用的。何必读到一篇科学小品就不再喝奶茶了呢？

　　我是不太讲究营养成分的，吃不吃哪种食品跟着感觉走，当然这并不值得夸耀，只是数十年的生活已形成了这种习惯。在我生伊欢坐月子期间，想吃鸡蛋，恨不得一顿吃上三四个茶蛋——平时并非如此——王蒙非要向我宣传，说什么每人在一天里只需吃一个鸡蛋，蛋白质就足够了，多了无法吸收。他的根据并不充分，但这类区区小事，我也懒得跟他争辩。

　　一日三餐，真犯愁——儿女要吃大鱼大肉，王蒙要讲营养成分，我只要喜欢吃的，不管它科不科学。这么一来太难为我这个主妇了，当我伺候不周时，不是这个噘着嘴，就是那位说风凉话。实在招架不住时，我索性甩手不管，这时他们只有吃速冻食品，也听不到王蒙说什么营养价值这个高那个低了。

王蒙是个十足的教条主义者。他的教条，严重起来让你受不了，使你觉得没法跟他过正常生活。遇到这种时候，我就谢天谢地，幸亏他不是洋博士，要不，还让人活不活了。

王蒙理论先行的做法，以至发展为生硬的教条主义，我手上的例子也还不少：天气预报如果说没雨，那么出门时，即使天正在下雨，他也不会打雨伞；室内的温度计明明放在散热器附近，表内的指示度数肯定偏高，即使室内再凉，他也不觉得。一次冬天在外地住旅馆，他调了一阵儿空调后，立即说温度升高了，我说感觉反而凉了，最初他不相信，经过检查，确实吹进来的是冷风。我们还在新疆时，一次，好友李洪看见王蒙洗完的衣裳搭在院子里的绳子上，满是一缕缕的褶子，还湿淋淋地往下滴水。她十分怜惜地对王蒙说："你要是没劲儿，就别洗了。"其实，王蒙并不是没劲儿，而是十足的教条主义。他笃信报纸上的一切科普文章，有一篇文章说洗完衣服不能用力拧干，否则会伤害织品。从此，王蒙洗完后去晾晒的衣服都是水淋淋的。

生活中有许多小事，不值得费脑子去分析，而且有很多事本身就那么简单，比如：用电器的工作电压是 10 伏，就不能接在 20 伏上；一盏灯白天不亮，夜间没人动突然它自行亮了；巴西木喜热不能过早搬出室外……类似这些小事，他都要以科学道理分析半天。

有一年夏天，我们去北戴河度假，住在东山宾馆8号楼。这是一栋20年代洋人盖的别墅，大石块砌的石壁，前廊的阁楼，像是一座古老的碉堡，别有情趣。它坐落在绿荫中，旁边有两棵巨大的杨树。在两棵杨树的枝头叶片中，有数不清的知了（蝉），天愈热，知了叫得愈欢，汇成一曲大合奏。

知了的声音吵得我日夜不得安宁，整天耳膜嗡嗡作响。在这样恶劣的环境下，王蒙居然反应不大，我很奇怪，他在平时很怕刺激的声音，这次怎么回事呢？

他说："知了叫，跟大自然的电闪雷鸣、刮风下雨一样，都是天然的。不像在你窗前过的汽车、火车或什么机器声，那些是噪音，实在不能容忍。"

他说这些，纯属把教条化作了血肉，因教条而改变了听觉等生理反应。莫非他的一切爱憎亲疏喜乐都是被一定的逻辑根据所决定的？

若是你从《组织部新来的年轻人》中认识王蒙，准以为他是个锋芒毕露、多棱多角的人物，但是，他的老实规矩，你是意想不到的。

他对自己要求很严格，有点儿近于死板，气得孩子们说他极"左"，是教条主义者。

"文化大革命"中，我曾多次回北京探亲，但是王蒙不肯与我同行，他说没有请示，自己不好擅自行动。

近20年，他多次出国，美洲、欧洲、东南亚、非洲、澳洲，走访了近50个国家，得到的贵重一些的礼物，全部上缴。

1989年他"下台"以后，我才有机会同他一起去过几个国家。在国外，无论是正式演讲或回答学生的问题，还是接受采访或随意与朋友交谈，他一贯以自己的见解，以真挚的爱为出发点，寻求一个和谐的契合点；或以实事求是的精神为国为民讲话，客观地交流情况。我们在美国见到一些滞留未归的中国作家，如果对方征求他的意见，譬如去留的问题，他毫不犹豫地劝他们都回来："你如果写作，只有在自己的国土上，才会有生活，才会有根。"

他在遵守时间方面，毫不通融：每次用车他说几点到，你就一定要准时；你如果搭他一次车，动作慢半拍，他都会跟你发火；他到一个地方，一定会跟司机交代好是一个小时办完事，还是需要几点来接。他心中想着他人。出访 1 个月，或是 3 个月，他决不会在返程时晚 1 天，这是他给自己制定的纪律。每天上午是他的黄金时间，用来写作，这个时间他是不轻易允许他人占用的。

家里的电话，那个时候是公家给装的，孩子用的时间长了，他就马上进行干涉。

他爱惜时间的一个原因，是他爱节约。有一次，铁凝从石家庄打来长途，当他们正说得很起劲时，铁凝又提出一些话题，王蒙却说："别占时间了，这是长途。"

有一次接女儿伊欢从荷兰打来的电话，还引起误解，闹出笑话：伊欢询问家中的一些情况，王蒙没多说一个字，只回答"对"或"是"，那天孙子小雨正在旁边，非要问一声"姑姑好"，也被爷爷制止了。挂上电话后，女儿以为家中发生了什么不愉快的事，放心不下，跟女婿又通电话又写信，欲问个明白。最后得知是爸爸怕过多占用她的电话时间，没敢跟她多废一句话。这种精神、物质双损失的后果大概是王蒙所未曾料到的。

随着年龄的增长，王蒙的牙齿一颗接着一颗地坏掉，常常痛得难以成眠，这真是他的一大灾难。他很怕拔牙，因为听一位亲戚说，一位牙科医生给病人拔牙，用的是老虎钳和锤子，一通敲打之后，没把坏牙拔掉，倒把好牙拔掉了，还把口腔捅了一个洞。当然这种传说带有戏剧性的夸张，但是他声明自己的神经末梢敏感，一想起老虎钳子就受不了。何况他在同仁医院拔第一颗牙时，也受了惊，医生没等麻药起作用，就开始拔，当时他痛得险些昏倒。在他离开医院，等到无轨电车来时，牙床才感到麻木。回到家，他一只手捂着半边脸，面无血色，整整疼了3天，也不能进食。这些年来，治牙病是他一大心理障碍。

或许他根本就没法对付这个心理障碍。由于他笃信医学，有认死理的毛病，他戴了二十多年的假牙，认为是大夫给配的，就应该戴。可他的假牙配得不合适，戴上去牙床疼痛，牙龈发炎，而且那个金属环用舌尖一舔上去，再用手往下拔就下来了。我说不合适你就别戴了，他说假牙就是这样，戴着戴着就合适了，有个过程，戴就要坚持戴，不要怕疼，你不戴，它的邻牙也会相继一个一个地全掉了。他说了一大套理论。

近日他的假牙损坏，不得不去医院治，遇见一位高明的大夫，是北京医院的汤医生，她为王蒙治了牙，修了牙。前几天，王蒙从医院回来，没等坐稳就忙着发表感慨："我戴了二十多年的假牙，都不懂，今天戴的才是真正的假牙。敢情做好了没有什么不舒服的。我真傻，真是戴了二十多年的'假'牙。"后来这一通话，快成祥林嫂的口头禅了。

他从来就是这样认死理。我配的假牙也不合适，他命令似的一定要我戴，他的理论根据是假牙就是假的，是不可能合适的。我实在无法接受他的理论，刚感觉有些不适，就立即把它（假牙）扔在一边。

他以拔牙的体验，写下小说《选择的历程》，我认为虽然他对牙科知识的了解实在太少，但还是写了一篇极有味道的小说。

天空的彩霞在弥漫，渐渐昏暗，远处的路灯一下子亮了起来。这是一个秋天的傍晚，风儿吹来凉爽宜人，我俩漫步在小路上，与匆匆赶路的行人不断擦肩而过。

本来我们是漫不经心地散步，王蒙突然说："如果我不是搞文学，当初上了理工大学，再读了博士，那该多好啊！"

"这也不是不可能的，你的数学老师不就说过吗？你当初如果学了数学，会成为世界第一流的数学家。"我又说，"如果你得了洋博士，那么也许我们就走不到一块儿了。"

他不容我说完，颇有点儿诗意地说："你也是博士，我们在美国相会。"我们相互送了一顶高帽。实际上我知道，这是他在感叹自己没能系统地攻读某个专业——正是求学年华，他却投身到人民革命的浪潮中，14 岁时已经是一名少年布尔什维克，作为正规的学校教育，他仅仅读到高中一年级。而谁能相信，他在感慨没能拿上博士时，已是年近花甲的人了！

王蒙喜欢用他所信奉的理论去指导他的行为。他若知道一点儿道理，就会忠实地做理论的奴隶。干脆说，有些时候，有些方面，王蒙是一个十足的教条主义者。他的教条，严重起来甚至使你受不了，使你觉得没法儿跟他过正常的生活。遇到这种时候，我就想，谢天谢地，幸亏他没有什么洋博士的学位，要不，还让人活不活了！

早在还没有提倡家庭用电脑，更谈不上普及电脑的时候，王蒙就感到在文字处理上应采取点儿什么手段，有"改革"的愿望。但到底该怎样做，他也很茫然。

80 年代中期，王蒙托人从香港买回一台打字机，科达牌中英文电子四色绘图打字机，用卓氏中文字母输入，它的发明人是区卓煊先生。机子用起来非常烦琐，很不方便，只可打个便条，无法用来写大块文章。后来干脆就成了孩子们的玩物。

几年后，北京的几位作家，张洁、谌容、李国文……纷纷都用电脑写作。张洁从美国带回一部电脑，用汉字拼音输入法，谌容用五笔字型输入法，他们都动员王蒙添置一台电脑。到了这时候，王蒙突然又保守起来，怕打断思路呀，怕改变秉笔疾书的情调呀，总之，所有不用电脑的人对电脑怀有的疑虑他都有。最后还是张洁的一句话打动了他。张洁说："写作最困难的是进入状态，而有了电脑，写作如同玩电子游戏，它吸引你，使你乐于写作。"

于是，1991 年秋季，王蒙也购进了一部台式 286，是三明电脑公司为他安装的。王蒙的汉语拼音基础好，一上来自然就用双拼输入法，很快能投入使用，他得意极了。

不久，谌容向我们反复宣传五笔字型的优越性，说专业人员都用王码五笔字型，基本没有重码，不必选字。当时听后我很动心，我想既然这种方法输入快，为什么不试试呢？

当年我家只有一部电脑，理所当然专供王蒙使用。我悄悄通过一位朋友的孩子，买来一份王码五笔字型汉字输入法的学习材料，自学背口诀，并找出它的输入规律。但是我不能想什么时候使用电脑就什么时候使用，只能是偶尔练一下。不过，我操作上虽不熟练，理论上、程序上倒是完全弄通了。

当时王蒙使用汉语拼音输入法已经一年多了，我劝他改用五笔字型输入法，他略有迟疑，下不了决心。凑巧谌容的长子梁左到家来说个什么事，也劝王蒙一定要用五笔字型输入法。他的态度诚恳、坚决，王蒙被他说动了。我看王蒙有意试用，借此机会，又鼓励他一番。

起先，我把材料交给他，他看了看，把材料还给我，说："什么呀，太乱了，太复杂了，我不用。"

"你用吧，好学极了。"我对他说。

我知道他根本就没看进去，凭他的智力水平，这算得了什么，他肯定会很快掌握的。于是，我趁热打铁，提纲挈领地跟他说了说规律，记忆方法……

果然，王蒙来了兴趣。最初的几日，每天晚上睡觉之前，我俩就一起背口诀：

王旁青头戋五一，
土士二干十寸雨，
目具上止卜虎皮，
日早二竖与虫依。

我们还把各种简码背诵下来：

一地在要工，
上是中国同，
和的有人我，
主产不为这，
民了发以经。

我俩一边学习一边发牢骚："什么呀，什么叫'和的有人我'，'民了发以经'呀！简直不是人话嘛！"

笑骂归笑骂，反正口诀是背下来了。

王蒙在学习使用五笔字型输入法的同时，照写文章。他从来都是边用边学，在用中学，以用为学，学了便用。我说："你这就写起正经文章来，多慢啊，不如纯技术地先练练。"他有他的方法，没采用我的那一套。果然，在改用输入法之后的第二天，短文便写出来了。大约三四天的工夫，他就初步掌握了规律。两个星期后，他用起五笔字型输入法时，已经基本胜任了。

之后，王蒙变成了五笔字型输入法的热心鼓吹者，见了张洁向张洁宣传，见了刘心武对刘心武劝告，并且把学习材料送到人家家里，倒好像他成了王码电脑的推销员。可惜，他的宣传收效甚微，那两位作家谁也没有采用他大力推销的五笔字型输入法。

好笑的是，我教会了王蒙，自己却只会纸上谈兵，一台电脑一直由王蒙占用，我很少有操作使用的机会。直至1993年4月我们在香港买了一台 AST 牌386笔记本式电脑，出门归他用，在家归我用，王蒙还用他的台式。值得说明的是，王蒙对电脑也是不惜血本，不断更新，从286换成386，1994年一举鸟枪换炮，用上了486、彩显、多媒体……出门，带上便携式的；空闲时，先紧着他用，他不用时我用。1993年我们在美国哈佛大学3个月，王蒙用这台笔记本电脑写了《失态的季节》里的4章，它为我们立下了汗马功劳。

当我真的用电脑写东西时，却并没用五笔字型，而是用双拼输入法——我的五笔字型输入法，等于完全是为了王蒙学的，我把王蒙领进五笔字型输入法的门，自己就放弃了——我认为双拼输入法用起来很方便，按字音，一般敲两个键就行了，用熟了，选择也很快。于是我又给王蒙出主意：千万别用五笔，还要拆字，太分散写作的思路，用双拼吧！这回他说什么也不听我的劝告，认准了，就不改。他说自己已经不必先想着拆字了，已经形成条件反射、机械记忆，丝毫不影响构思。

有很多朋友喜欢问他："你用电脑写作一定比手写来得快吧？"

王蒙总是回答："写作速度差不多。"因为他手写得很快，只是不大讲究整齐和美观，但是，用电脑来做修改、校对、编排、储存、检索、复制等工作则要方便得多。他还开玩笑说："东西乱放，常常是写好的作品不知哪儿去了，或邮寄过程中丢失了，这回可不怕丢了，因为电脑里还有储存。尤其是写了长篇，也不必打印，给对方一张软盘即可，这样也大大减少排印的手续，各方面都方便。"

我们的消费意识也在更新。起初，由于家里只有一部电脑，当然是王蒙优先使用。有时他也很慷慨，说："上午我用，下午你用。"我没能欣然接受这种做法，而是说："有时想写而不能写，不想写时，你让写也写不出来。"反正没能实现这种做法。当提起再买一部时，我又说："家里又不是开电脑公司的，干什么买这么多呀！"

如今呢，不仅我单独有一部，而且全家加起来有9部：两个儿子及一个女儿各两部，还有一个快译通。我们家差不多可以开一个小型的电脑公司了！

我希望，能有哪一家电脑公司给我们家发一个"率先普及家用电脑奖"。

　　爱节约是王蒙的美德。热菜热饭端上来，全家老老少少也坐齐了，他想起冰箱里还有剩菜，比如半盘扁豆之类的，便问怎么没热剩菜。我是主妇，热菜理所当然是我的事，或许这回我忘了，又赶上比较累，懒得答复。我只求安静、和谐，大家也都不作声，只顾吃新的。他却立即站起来，气呼呼地打开冰箱乱找——他很不擅长找东西，十之八九是找不到的——费了一番功夫，拿出来再热，我们也吃得差不多了。当他把刚热的剩菜放在桌上时，气不打一处来，一个劲儿地吃旧菜，口中还不停地发牢骚："全家就我一人爱吃剩的，你们的妈妈最适合过幸福的生活，具有不吃剩菜的高尚习惯。"他不停地讽刺我，结果新菜也凉了，又变成了剩菜，他也没吃好，弄得大家也吃不踏实。我从一大早就操持这顿饭，下午还要去远处采购，经历了一番辛苦，为的是让大家吃得高兴，没想到落得这么一个结局。

　　我们在新疆期间，有一回，儿子把嚼不烂的羊肉从碗中挑出来，被王蒙训斥了一通。大讲粮食来之不易的道理之后，迅速把扔掉的羊肉拣起来，放在口中吃了，同时说："怎么嚼不动？这不是很好吗！"他还发挥说，爱惜食物是他在农村改造思想的一大收获，农民对一切农产品都是非常珍惜的。如此这般，十分雄辩。天晓得，他是克服多大的阻力才把带着筋头巴脑的羊肉吞下去的。我在一旁心疼他，这是何苦呢？

但是仅仅说他是爱节约，也不确切。他想要做的，总是不惜血本。他常常很大头，花一些冤枉钱买一些废品，像托人从香港带来的已被淘汰的打字机，自买来后一次也不能投入使用。那一年他还从国外带回一台手提式筒用冰箱，很不实用，又占地方。他到商店买东西有他的特点：一是决不选择，二是快，没等售货员包装，他拿起东西就走。当然，在可以讨价的地方，他也不会讲价，看见自己要的商品，直去直来。所以我们从未有过一起在商店里消磨时间的损失。过去他每逢出国，都问我需要点儿什么，每回我的答复都是："什么也不需要，只要你平安地回来。"尽管这样，他仍然总是想着给我买这带那。他并非采购的能手，往往会惊动一些朋友做参谋。怪不得聂华苓的女儿薇薇和墨西哥的汉学家白佩兰女士都说过，王蒙对他的爱人真好，在国外总想着为她买件满意的衣服。

王蒙在购物上，依然存在着教条主义，或说是为艺术而艺术。

3年前，王蒙在张洁家看到她正在使用一种专供打电脑用的椅子。这种椅子座位向前倾斜，为的是使人挺胸不驼背。最令人感到新鲜的是，双脚不平着直接踩地，而是在座位的前下方，支起一个向后倾斜的靠腿托，当你写作时，把小腿弯曲，很自然地靠上去——确切说是跪在那里。王蒙一听这是最科学的座位，非常羡慕，曾在国内到处寻找，没有找到。可巧1992年他去澳大利亚访问，在一家家具店的橱窗里发现了它，就当机立断用去几百澳元买了一张。店铺老板热情接待，他说这是一种新产品、新技术，很科学，就是一般的人还不能接受，在本国买的人也很少，如今，却遇到了远自中国而来的知音。

直到如今，王蒙仍坚持用着这张椅子。至于是不是很舒适，那就只有他自己知道了。我们都试过，不敢恭维，坐一会儿腿就麻。

有一年我们一起去澳门，碰到原文化部一位副部长的秘书，现在澳门新华社工作。他说："你知道我们怎么议论王蒙吗？王部长是形右实左，他在位的时候执行国务院的规定，秘书谁也不能随领导出国，他一下台，所有的秘书都出去了。"

我听了别提多痛快了。多年来我不知道怎么样总结王蒙的特点，现在总算总结出来了。什么叫"形右"？他在文化工作上总是提倡宽容，提倡并存与互补，提倡创作自由，提倡从容讨论，反对动辄搞爆破式的批判，反对动辄上纲上线，他也不爱斗争批判。他确实是一个有点儿软弱的人，该出手时候不能出辣手，不能下狠心，不肯使毒招，总要给别人留有余地，总爱往好处想别人……如前所述，连鸡都不敢杀的人，能说不是"右"吗？

他为什么又是"实左"呢？他听从各种指示、规定、纪律、章程直到理论命题，说不让干什么，他就绝对不干什么，说应该交的钱，他就拼命去交，说不能办的事，他就告诉人家办不到。这就是"左"，不但左，而且有点儿傻！

1994年9月初的一天，我把一杯茶端过去，说："新沏的，你喝吧。"他不作声。我又说了一回，他仍没听见。此时，我见他并没做什么，只是一个劲儿地出神。

晚上，我们照例没看那些没劲的电视节目，他说："我们聊聊天，好吗？"

"今天干什么这么正经，我们平时不是老在说吗？"话虽是这样说，我觉得今天他一定是有什么特别的话要说。

"我快60岁了，积60年之经验，我对生活、对人生、对处世……总结出这么几点经验。"

我的心紧缩了一下，感叹人生，时光似箭，年轻的王蒙也会年老。我认识他时，他才18岁，现在他都60岁了。60，这是个可怕的数字，也是人生经历丰富的数字。几十年来，他与我经历的事情实在太多了。

王蒙的处世哲学，也算是他的人生格言吧，反反复复跟我说过许多次。这是他在长期工作实践中总结的切身经验，是他在真实的生活中学习、领略到的：

1. 不把自己绑在任何战车上。

2. 对所有上级尊重而不投靠。

3. 所有同行都团结，但不拉帮结伙。

4. 上帝的安排是公正的，这地方吃亏，另一处补偿。

这样明智的设想和处世态度，我当然是赞同的。每当他跟我说起，我都会回答他十个肯定。

他对生活的信条是：爱。充满了爱，就会有活力，有激情，有宽容。尽管我们曾经有过苦难，但苦尽甘来，最终还是得到了公正的对待，我们是多么感激上苍对我们的厚爱呀！他能实现他年轻时的梦想，能做他最喜爱的事，这是人生最大的幸福。倘若他在生活中遇到一些不如意，我俩会相互开导，相互勉励，知足者常乐。我们的格言是：

什么是你人生中最大的幸福？梦想成真。

生活道路中最大的残酷是什么？光阴流逝。

人生中最大的痛苦是什么？爱莫能助。

他还有三枚闲章。一个是"无为"，所谓无为，他解释说不是什么事情都不做，而是不做那些愚蠢的、无效的、无益的、无意义的，乃至无趣、无味、无聊，而且有害、有伤、有损、有愧的事。无为就是把有限的精力、时间节省下来，才可能做一点儿事，也就是说有所不为才能有所为。我想，这是真的。例如，文坛上也有许多是是非非的闲言碎语传来传去，但是王蒙对这些从来不感兴趣。当然个别情况下他也会反击那么一两次，反击起来也会给人留下深刻的印象，但是他适可而止，决不纠缠。再比如对于在一个刊物上发表作品是头条还是二条、三条，他也从不计较，有时候还嘱咐编辑"千万别发头条"。

他说："什么事都有个平衡，你本来不够那个份儿而占了便宜，那下一次就一定会裁下来。"他又说："有一些作品是希望引人注目的，还有些作品，几许知音看看也就行了，不必咋呼。"

另一枚闲章是"逍遥"。王蒙常说他从小就喜欢"逍遥"这两个字，因为它们的发音好听，有一种美的感觉。而且一想到逍遥，就能立即获得一种轻松感，有一种飘飘悠悠、优游自在的快乐。

王蒙说逍遥是一种审美的生活态度，把生活、事业、工作、交友、旅行，直到把种种沉浮，视为一种丰富、充实、全方位的体验，把大自然、神州大地、各色人等、各色物种、各色事件视为审美的对象，视为人生的大舞台，从而得以获取一种开阔感、自由感、超越感。他还说，因为逍遥，所以永远不让自己陷入无聊的人事纠纷中，你你我我，恩恩怨怨，抠抠搜搜，嘀嘀咕咕。那样的人至多能取得蚊虫一样的成就——"嗡嗡"两声，叮别人几个包而已。

我了解他这方面的特点。即使处境非常复杂，他也会突然放下手中的一切去听唱片，如醉如痴地一听就是几个小时。在朋友们给他报信，告诉他有人要算计他时，他会躲到一边写一首不但抒情而且相当朦胧的诗。甚至在文化部七班的时候，他居然能够在完成各项行政任务的同时写小说。

他当然也有生气的时候和急躁的时候，而且这种时候也不算少。但是他的特点是不愉快的事一会儿就过去，过去了就忘，从不钻牛角尖。

再一个是"不设防"。他直言道,不设防的核心,一是光明坦荡,二是不怕暴露自己的弱点。他常说:"为什么不设防?因为没有设防的必要。无害人之心,无苟且之意,无不轨之念,无非理之思,防什么?"

也许王蒙是太天真了。他有时候特别愿意把别人往好处想,甚至有人告诉他别人背后如何害他,他也不愿意相信。他老是说:"要暴露自己的弱点,别人掌握了你的弱点,他才会是你真正的知音;如果你老是化着装,老是端着绷着,谁也不是傻子,人家自然也就与你隔着一层,无法与你结交。"有时候他自嘲到我都无法忍受的地步。为此,我事后提醒他,他总是不接受,他从不怕别人因为他的自嘲而瞧不起他。

有一次他严肃地对我说:

大道无术:要自然而然地合乎大道,而毫不在乎一些技术、权术的小打小闹,小得小失。

大德无名:真正德行,真正做了有分量的好事,是不应该也不可能出风头的。

大智无谋:学大智慧,做大智者,行止皆合度,而不必心劳日拙地搞各种的计策——弄不好就是阴谋诡计成癖。

大勇无功:大勇之功无处不在,无法突出自己,无可炫耀,不可张扬,无功可表可吹。

他说的有点儿意思。他就是这样,常常是无心无事,满不在乎。

矛盾太复杂了，情况太凶险了，他有意识地专门挑这种时候约我一起去逛北海或者商店。他最擅长在焦头烂额之中享受生活。冯骥才的夫人顾同昭曾经对他有个评论，说："有的作家跟领导又哭爹又叫娘，也没混出点儿什么来；而王蒙看着整天说笑话，就像阿凡提似的，反而什么事儿也没耽误。"

王蒙从小就主张干什么都要既能入乎其内，又能出乎其外。我还在上中学的时候，他就常常向我宣传王国维的这个说法。

王蒙还喜欢向我讲述老子的名言：治大国如烹小鲜。"烹小鲜"，他解释说就是熬小鱼。当然我们没有什么治国平天下的事情要做，他的意思是，连治大国都应该如熬小鱼一样从容不迫而又谨小慎微，别的还有什么可着急的呢？所以，他特别瞧不起那种动不动就声嘶力竭，动不动就十万火急的家伙。

我问他："对人当然要与人为善，你大度，容忍他人，但是别人做了损害你的事，你在情感上能受得了吗？"

"宁叫天下人负我，不愿我负一个人。"

这就是王蒙。虽然他也有急躁或愤怒的时候，但起码他理智上懂得，自己应该怎样做，他更懂得，应该怎样不做。

我也嘱咐王蒙要诸事小心，要警惕平地陡陂，事事都要谨慎。到了这个岁数，一个陂也陂不起。然而王蒙还是王蒙，60岁也罢，20岁也罢，在他的身上，有一种不变的东西。

"王蒙，快到你的60岁生日了，我准备去北京为你祝贺！"1994年9月，我们在新疆结识的老友贡淑芬来电话说。在供应困难的年代，她常常帮我们从北京运肉馅和油渣到新疆去，而现在她在石家庄工作。

"10月15日是你的60大寿，我们要为你祝贺！"许多朋友在电话中预祝生日。

平时王蒙只过阳历生日，这回既然来祝贺的人多，就把旧历生日九月初八也饶进去了。

我们自家人是在10月15日这一天庆贺。14日是山儿的生日，20日是山儿姥姥的生日，这样就三合——起庆祝了。山儿、石儿为此操办。女婿以他们夫妻的名义送来了花篮，祝词是：寿比南山。我们还接到女儿伊欢从荷兰海牙寄来的生日贺卡，卡片是女儿自己作的画。她在海牙正在梦乡时，我们全家汇聚一堂在吃寿面。她的想象真灵，这一天全家正是在萃华楼共进晚餐。在所有祝酒词中，最有趣的是长孙小雨的祝词："祝爷爷长生不老！"笑得我俩合不拢嘴。

笑过后，我们心里又很凄凉，人哪有长生不老的？老是必然，是规律。话又说回来. 如果人当真长生不老，那又有什么意思？没有新生、成长、壮大、成熟、衰老直至凋谢的全部过程与体会，又哪里有生命？

近来王蒙的老态也逐渐表现出来：忘事。明明自己把刊物（他认为是重要的）收在书柜里，却硬说在东屋的茶几上，找不到就发脾气，埋怨旁人乱动。直到我指出是他自己收在书柜里了，再把刊物摆在他眼前，才算了事。诸如此类的事情还多着呢！他打电话要说4件事，说着说着就忘了两件。

体力也不能说是一天比一天强。血压忽高忽低，右胳膊有时抬不起来，腿部有时发麻，颈椎骨质增生，偶尔晕眩。尤其是他说话的声音，有几次广播电台播放他的专访，我一听，他的声音里怎么有一股子老气呀，起码有一点儿慢性支气管炎的感觉。过去，说王蒙会成为一个60岁的老头子，这对于我来说是不可想象的。但是，谁又能违抗生命的发展和衰老的规律呢？

然而王蒙还是王蒙。60岁也罢，20岁也罢，在他的身上，有一种不变的东西。

这一年既是王蒙的花甲之年，也是王蒙的本命年，不知为什么大家都说本命年似乎对本人不太好。我也嘱咐王蒙要诸事小心，要警惕平地跌跤，事事都要谨慎。到了这岁数，一个跤也跌不起。

大儿子买了一个红布腰带，要他套上，他戴了没几天就不再用了。他总结历次本命年的经验，觉得未必很不利。恰恰相反，1994年是王蒙空前大丰收的一年，是充分发挥出他当作家不当官的优势的一年。不知道这是不是使用红布套的效果。他自己说，这个本命年简直是"心想事成"的一年。这一年,他有两部长篇小说——《失态的季节》与《暗杀—3322》出手;10卷本的《王蒙文集》在华艺出版社出版,并被团中央、文化部、广播电视部、新闻出版署四部门授予"青年优秀读物奖";他评点的《红楼梦》在武汉首发,很受欢迎;这一年,他的一大批短文——例如关于人文精神的,怀念胡乔木的,等等,也引起了强烈反响。人们评论,王蒙现在的写作心态更加开放自由,简直是随心所欲。无官一身轻,无官有利于写文章,特别是做了几年官以后,他的经验更丰富,看问题的角度也更全面,却又不用背包袱。他是多么快乐呀!

这一年夏天,他在北戴河写了大量旧体诗。其中《秋兴》一首达百余行,在《新民晚报》上发表,后又被《民主》与《新华文摘》等刊物转载。诗中说:急流勇退古来难,心未飘飘身已还。两岸猿声啼不住,轻舟已破千重雾。水深浪阔无失堕,虾鳖流涎何所获?一年豪雨今朝多,文章由心非由他,仰天长啸复高歌,此情可待成超脱——呜呼,百年一瞬挥椽扛鼎笔酣墨饱之作能几何?花甲之年拨心曲,遥想读者泪如雨!

在中国,搞文学可不是件轻松的事情。直到今日,针对他的各种说法和做法从来没有停止过。当友人告诉他这方面的情况时,王蒙的回答是:"哦,我已经习惯了。"

这一年他还获得了人民文学出版社颁发的"人民文学奖"与《上海文学》杂志社颁发的"上海文学奖"。这一年,他的许多作品被译成外文在海外发行,其中包括《活动变人形》、《我又梦见了你》、《坚硬的稀粥及其他》、《蝴蝶》等。

王蒙常说:"我现在进入了建国以来,也是有生以来的最好时

期。"1995 年 1 月 17 日，王蒙在中央人民广播电台的"491"广播
室名人访谈节目中愉快地宣告："去年一年是我过得最充实、最快乐、
最有意义的一年，我无法不在这里表达我的快乐之情……"

好人一生平安，这就是我的祝愿，也是我的信心。王蒙本命年
的生日那天，也就是阴历九月初八午后，老友贡淑芬怀里抱着一条
毛绒绒的大玩具狗，手里提着生日蛋糕，包里装着彩灯、风铃和生
日贺卡，气喘吁吁地进了门。她算出今年是王蒙的本命年，属狗，
难为她从石家庄带着这条长达 80 厘米的"狗"来到北京。

打开了生日贺卡，她的祝词是：

喜悦幸福的岁月长留，
温馨甜蜜的时光永驻，
祝福你生日快乐无限。

她带来了来自石家庄的作家铁凝的祝贺，贺卡上写的是：

人生从六十岁开始！
祝您生日快乐，全家幸福！

这一天来的还有在新疆相识的陆天明夫妇，真是老朋友了，一
束鲜花就是喜庆的吉祥物。值得一提的是，他们还带来了一盘俄罗
斯歌曲原声带，在我们的索尼音响中，《红莓花儿开》、《山楂树》、
《莫斯科郊外的晚上》……熟悉的旋律又响了起来，给我们带来一
种旧情调的新体验，客厅的气氛顿时活跃至高峰。当彩灯五彩缤纷、

鲜花吐露芬芳时，朋友和我们全家老少唱起祝寿歌，王蒙这位"长尾巴"的人为我们分蛋糕，贡淑芬抢了最佳镜头，留下了纪念照。

最令王蒙感动并着实感受担当不起的是惊动了宗璞。宗璞在电话中，说起为王蒙庆祝 60 岁生日的计划。宗璞素常是不大张罗事，不大参与一些活动的，而且当时她正在病中，参加什么不参加什么她完全能选择。承蒙她的青睐，我们都有十分荣幸的感觉。

在宗璞的发动和策划下，10 月 14 日我们在阿静新餐厅会合。

当我们走进包间，不免大吃一惊，在座的都是在京的一些作家朋友：李国文、邵燕祥、从维熙、唐达成、张凤珠、刘心武、李辉夫妇……墙上挂的、桌上摆的、地上放的净是祝寿的贺礼。

智圆行方黄钟大吕世相人间金管立。

气豪词锐朗月清风姓名天上碧纱笼。

这是宗璞所撰的贺联，王蒙事后向朋友们说，宗璞给了他那么高的评价，他太荣幸了。

唐达成以极漂亮的隶书，赠条幅"寿如金石嘉且好"。我们把它挂在客厅的墙壁上，时刻记住朋友的情谊。

李国文以他与老伴刘世荣的名义送给我们一个两用茶杯，很有欧罗巴风格。王蒙喜欢欧式餐具、茶具。

大家公推宗璞讲话，宗璞也就当仁不让，讲了一段关于友谊的话。她说，中国传统说法，朋友是五伦之一，这是很有道理的，她珍视与我们的友谊。

后来，她说了一个谜语："大懒支小懒，小懒支门槛，门槛支土地，土地坐着喊。"这个谜还真把大家给难住了，宗璞提示指做一件事情。谜底解开时，大家笑个不休，只有蔡仲德先生笑而不露。

原来是宗璞太谦虚了，她说为了筹办此事，她（大懒）先给刘心武去了电话；心武（小懒）又选了合适的人，给李辉（门槛）说此事；这算是找对了，李辉让她的爱人应红（土地）具体联系、落实，找到这么一个再好不过的地方：不仅物质条件好，房间大，服务好，菜烧得也讲究，而且有一番人情味儿，经理还准备了花篮，送来了大蛋糕。

那几天，陆续有社会科学院的、艺研院的以及文化部的许多朋友表示了祝贺，文学馆的朋友还前来拍摄电视纪录片。10 月 16 日，是部里的老同事为他欢聚。本来，官场上人走茶凉是通例，也无可厚非，但是，除了职位以外毕竟还有人心、人情、人缘在。尽管也有人为了打击王蒙使出吃奶的力气，但结果收效甚微，这也是没有办法的事。我们不知该怎样感激这些朋友，而最好的感激是永远不会忘记朋友的鼓励、朋友的支持。

我想起了王蒙的一首诗《友谊》：

友谊不用碰杯，

友谊不用友谊，

友谊只不过是，

我们不会忘记。

有趣的是，通过过 60 岁生日，王蒙获知，他的生日还可以高攀许多著名人物：他的农历生日九月初八，也就是重阳节前一天，正是比他大34岁的老前辈夏衍同志的生日；他的阳历生日，10月15日，则既是尼采的生日，又是另一位前辈作家严文井的生日。此外，王蒙还说过，许多年前，他参加胡耀邦同志为意大利歌唱家帕瓦罗蒂举办的宴会时，曾与帕瓦罗蒂谈起各自的生日，帕瓦罗蒂也是10月出生的人。帕瓦罗蒂还说，意大利人认为，10月出生的孩子最聪明。

王蒙有时候说得很偏激："宁做恶人，也不要做一个无趣的男人。女人俏俏好一点，女人一般至少还要抓抓生活，心里还有点鸡毛蒜皮的生活气息。"

王蒙的兴趣非常广，只要是有利于健康的活动，他就去参加。

年轻时，我们大都喜欢跳绳，玩速跳、跳双环。记得我上大学时，各系还举行过跳绳比赛，我的跳绳速度名列前茅。多年来，以至步入老年，每当想到该锻炼身体了，首先想到的仍然是买条跳绳跳着玩。近几年我们不知买过多少根绳子，每次拿回来，图个新鲜，我就和王蒙比着跳。他还想大显身手，来个双环跳，但大不如以前了，没有那个敏捷的速度。偶尔他还带着我跳，但是，怎么努力也不会跳出半尺，没那个弹性，而且跳不了几次，绳子就丢了。

打板羽球、羽毛球，是我俩生活多年以来最常做的娱乐活动。三十多年前，没有那么宽阔的场地，我们就在室内玩板羽球，伸展不开，常常怕碰了杯子，打碎了器物。

还是羽毛球与我们有缘。多年来，我们搬过无数次家，从一个地区到另一个地区，在同一个地区也搬过几回。在搬家的过程中，一般的家什总是有亏损，丢了这个，或损坏了那个，但羽毛球拍一直紧跟着我们。其他的体育器材可以不要，羽毛球是非留不可的。

喜欢玩羽毛球，可能与王蒙做青年团工作时，业余常打乒乓球有关。我跟他初识时，他常常向我炫耀自己如何如何会打乒乓球，高兴时还要向我表演一番。后来，因为我喜欢羽毛球，才不得不跟着转向。

我们玩球，纯属消遣，不来悬的，不打激烈的，打的是和平球，外加累积数。有几次朋友来，找来找去，结果我们在住所的楼下或院前的空地上玩球，像小孩子似的正数数呢。真有点儿不好意思。

登山，他有极大的兴趣。我们在平谷有一所山村"别墅"。那是他作诗爬山的好去处。他不登有台阶的有规模的山，专爬没路的野山。约几位朋友同去，像是探险家，他们发现一条新路，就给它取一个名字，分别是腊口口1号、2号。一次他带儿子与孙子去登香山，第二天孙子说腿疼得很，爷爷却没事。他开玩笑说："17岁的人，70岁的腿。70岁的人（他还未满70岁），17岁的腿。"

打起保龄球来王蒙像个小伙子，打出几个连中，很严肃，身边的人也都跟着长出气。他要趁此保持好状态，再接再厉。如果失误或打飞了，他反而很轻松，说已尽力了。

玩牌也是这样，他对于输赢太不在乎，使认真的人失去了与他一起玩竞争性游戏的兴趣。

他喜欢听音乐。这不用说，他在小说里、文章里多次提到《意大利随想曲》、《自由猎手》、《G小调小提琴协奏曲》等等。他喜欢苏联歌曲，为此老了老了还写了中篇小说《歌声好像明媚的春光》。最近，他又迷上北方曲艺，找了一批带配像的曲艺VCD，其中他最喜爱的首推梅花大鼓。许多年前，他去天津参加北方曲艺学校10周年校庆之后，就写过一篇《梅花朵朵绕梁来》，对刚毕业的学员王喆的演唱大加称赞。他说梅花大鼓的唱法最甜，适合表现内容。

"红楼"故事多半用梅花大鼓的形式演唱，并非偶然。他说京韵大鼓则比较苍劲，柔中含刚。他也喜欢河南坠子，喜欢那种娇嗲嗲的泥土气息。他更喜欢单弦，说单弦有一股子脆劲。他说上小学时候，家里有一个破"话匣子"，下了学常常听曹宝禄的单弦、花四宝与花小宝的梅花大鼓、赵英颇的评书、刘宝全的京韵大鼓。随着年龄的增长，他的趣味越来越返回到儿时了。

王蒙不喜欢打麻将，但不是完全没碰过，在他的经历中确曾有过两次打麻将的高峰。

一次在"文革"期间，1969年年初在伊犁，无事可做，只能在家逍遥度日。

恰巧我们的邻居王世辉、李继勇夫妇是牌迷，但是在那个大破"四旧"的年代，是买不到麻将牌的。好在王世辉心灵手巧，动手做了一副麻将，雕刻精细，色彩鲜艳，美观实用。我们和他们正好四人凑成一桌。在牌桌上我算是老手，自幼我净看大人打牌，那时讲究的是算番，会打的都是憋大和。和王世辉玩时，他提议要嘴子，就是不讲究番，只有在符合庄家要的嘴子的条件下才可以做和亮牌。谁做庄谁有资格点一个嘴子，譬如"亮四打一"，大家跟着庄家按顺序都把第一手摸到的4张牌亮出，而且在分别打出第一张牌时，必须打出这4张中的一张，其余的不许动了，再和手中的牌组合，该和时再和。再如"西北铁路"，是说当你宣布和时，你手中的牌必须有一副是由西风、北风和四条组成，称为"西北铁路"。"孔雀东南飞"，顾名思义说的是和牌的前提条件是有一副牌是东风、南风和幺鸡。我当庄时，喜欢要的嘴子是"扣四"或"亮四打一"、"老少副"之类的。轮到王蒙做庄时，他一遇到牌"背"，好久不开和了就要"西北铁路",这是最死的顶要命的嘴子,明明你的牌很好,只是摸不来西、北或只欠四条,那就只能干着急,和不成。王蒙自称这个嘴子最适合白痴玩,也怪了,王蒙只要是要了"西北铁路",十之七八他都能和。

输了怎么办?王世辉提议三把不和的人就要钻桌子。尽管钻桌子形象不雅,是低水平的招术,但王蒙说这样可以活动身体,练练功,因此谁输了也逃不过这一关。玩烦了这一套,大家又有新意,在牌桌上用一页报纸糊几顶高帽子,谁输了,就给他戴上。大家说这也是配合形势,内外结合。街上给走资派、黑五类、臭老九之类戴帽游街,在家给王蒙戴上一顶也是为了消灾免祸,把本来"文革"中难免的戴帽之灾从游戏中消解。

我们边玩边出怪点子,于是每当打完一次牌,王蒙唉声叹气的声音便没完没了。

另一个打牌的高峰,是1989年下半年和1990年年初,也是赶上全国各地"一片麻"的时期。时代不同了,打牌也要更新,用了一种新的算番的办法,把过去的"一边高"、"姐妹花"、"老少副"、"中心五"、"八张"、"扣张听"……属于嘴子的现在都算成番。王蒙打牌的特点是见和就和,和了就高兴,此时废话特多。什么时候你听不到他说笑的声音了,准是有个时辰没开和了。他从不嫌牌和得小,不憋着做大牌,往往是破坏了人家的大和,也不捏旁人的牌,自顾自。而且一般来说打了两圈之后,王蒙便宣布自己的智商只够打两圈,累了,来不了,要求散伙,搅得大家很扫兴,两圈牌怎么比胜负?所以我们的牌友是不会持久的,没有人当真愿意与王蒙一道玩牌。

　　说真的，平时他是很不喜爱打牌。我呢？比较喜欢玩，只是玩起来需要凑上四把手，常常是三缺一，玩不成。偶尔他为了陪我，约老同学张玉玲夫妇凑上 4 个人玩两圈。他有了这个举动之后，在我面前说起话来底气十足，仿佛这是为我做了牺牲。

我们会快乐地迎接人生中难得的结婚50周年庆典。不仅如此，我们还要迎接金刚钻婚。我和王蒙就是这样铸在一起的金刚钻。

如今我和王蒙已迈入古稀之年。我们这一对老夫老妻不论走到哪里，总会引起很多人的注目。

遇到一些不太熟悉我们的人，出于对我们的好感，就会做出巧妙婉转的探询："王蒙去了新疆，你也一起去了吗？"从我的答复中，获得一点儿信息，就可以判断出我们是半路再婚还是结发夫妻。

我们的朋友们，慢慢得知了一切以后，都以诚挚的心、羡慕的目光感叹我和王蒙走过的漫长的人生路，真不容易啊！一些年轻人可能发出疑惑，你们活得累不累啊？你们能体会到什么叫及时行乐吗？

自然，每个人来到世上，上苍就给他走一回的机会。各有各的选择，各有各的生活道路，各有各的乐趣和遭遇，各有各的人生价值。是的，我们并不希图长生不老，我们只希望能正直无愧地、勤劳而又快乐地度过人生的每一个阶段。该盛开的时候尽情盛开，该灿烂的时候光辉灿烂，该勇退的时候说退就退，该沉寂的时候悄没声息。这才叫潇洒，这才叫大气，这才叫人的一辈子呢！

当回首我们走过的道路时，连我自己都惊叹不已。

路是漫长曲折的，是坎坷不平的，而这样的路，我们都坚强地走过来了。

1950 年的春天，我和几个同学去北海公园春游，与才认识不久的女三中学生王洒不期而遇（当时我在女二中读书）。我看到她旁边站着一个男孩，王洒立即向我介绍说："这是我的弟弟王蒙。""啊，这是你的弟弟？真有意思。"我不明白当时为什么会有这样的反应。这是我第一次见到王蒙。谁能料到，这个"弟弟"就跟我一起过了一辈子。不仅今生今世和我在一起，来生来世我们还要在一起。我常常奇想，虽然我们不能同年同月同日生，但愿同年同月同日死（王蒙并不喜欢这句话）。我还当真想了许多方法，怎样才可以做到同年同月同日死。想着想着，想到了孩子们，我就想不下去了。

他和我的恋情是在 1952 年夏季开始的，他总是快活热情，多次纯真的表白打动了我。我和王蒙相识不久，他送给我一枚苏联少先队徽章，我很珍惜，一直收藏着，跟了我们五十多年，细想是不是很幼稚？他借给我的第一本书是《少年日记》，薄薄的，给我的感觉是他舍不得借给我有分量的书，他的书案上放着许多大厚本的苏联小说。我送给他的是一块小手帕，更是微薄，那是女生喜爱的信物。

这期间也是有曲曲弯弯的感情历程，主要由于我自己情绪的多变，1955 年秋至 1956 年 3 月这几个月中断了联系。可以想象这对他的伤害是多大，痛苦有多深。最终，是天使，是爱神，是王蒙的一篇小说，促使我们旧梦重温，又走到一起。这种失而复得是一种新的体验，使我们格外珍惜。

回想起来，这个过错是我的，我时常感到内疚。有人常常称赞我，说我是自始至终和王蒙风风雨雨在一起，跟他同甘苦共患难。请不要夸奖我，听了这些赞美，我很惭愧。我所做的一切，是一个妻子应该做的，既然我嫁给了他，我们的理念，我们的思维以及方式，我们的情感，我们的喜、怒、哀、乐，我们的灵魂，上苍赐予我们的身体统统融为一体了。我所做的都是我心甘情愿。

他的初恋受到了挫伤，痛苦之极。1955 年冬季，他以此写了篇名为"初恋"的小说，遗憾的是，稿子被编辑部退了回来。这个退稿，在他的写作经历中是极为罕见的。至今我仍收藏着《初恋》的手稿，上面还有退稿的大印章。

1956 年夏天，经过短暂的情绪上的调整，我们重归于好，这以后便生死相约。

当年 9 月，他的《组织部新来的年轻人》发表在 9 月号的《人民文学》。我读后，觉得非常生动、真实……便立即给他写信。不久这篇小说引起强烈反响和争议，小说的创意和真实都是习惯势力所不能接受的。从文坛到同事、朋友，都惊疑："王蒙要干什么？王蒙是不是有'问题'了？王蒙是不是自找倒霉？"而我只有三个字：不理解。这样的一篇小说都不能容忍吗？

1956 年，王蒙向我求婚。那时《组织部新来的年轻人》已经在社会上沸沸扬扬，正处在一个极为微妙复杂的情况下，这对我来说丝毫不受影响，我不会在意外界的干扰。

　　记得是 1957 年 1 月 27 日，我们结婚前一天，匆匆忙忙去东安市场，王蒙为我买了一条项链。白色我最喜欢，代表纯洁。一位有经验的售货员向我们推荐一种象牙材料的。王蒙用 14 元 5 角买下，这在当时已很昂贵。婚礼那天戴上，感觉耀眼夺目。

　　婚后，我们向往过一种平静温馨的生活，我们买了鱼缸，养了几条小金鱼，天天看着它们自由地游来游去。

　　婚后没多久，我回到了学校。我们人在两地，由于风云变化，两颗心都悬着，不知会不会有一场风暴发生。

　　果然，王蒙在这一年里，经历了《组织部新来的年轻人》的大起大落：先是在《文艺学习》上争论，后来风声愈来愈紧，尤其是李希凡在《文汇报》上对小说做了毁灭性的批判。接着突然峰回路转，居然是毛主席发表了有利于小说和作者的意见。而夏天以后，反右斗争开始，王蒙的处境又急转直下。1957 年 11 月，王蒙从一个大工厂的团委副书记的岗位上离开，被调回团市委参加运动，实际上是去接受批判……从此，打入另册达到二十多年。

　　这之后，我与他的命运紧紧地拧在一起。由于我"认识上不去"，划不清界限，所以在交心会上，屡屡通不过。1958 年上半年，我所在的学校开了若干次批判会，帮助我，历经数月不见成效。王蒙却还来劝我："你应认识到，这是大是大非……我们应夹起尾巴好好做人，认真改造……"

　　这一年中，幸福和不幸、安逸和危难、欢乐和苦涩，缠绕在一起。幸福，是我们两人已经结合在一起，不管面临多少灾难，我们都会有加倍的勇气抵挡一切。这一年的暑假，我们自己找乐，参加了那个年代少有的周末旅游：到香山别墅去。住在庭院式的客房里，吃所谓西式的餐饮，一杯红茶 6 角钱，当时就是天价了，我们在狭缝中享受人生。我们从来都认定，人生是一个整体，工作事业，政治社会，家庭亲情，柴米油盐，春夏秋冬，酸甜苦辣，不会尽失不得，人生总是有希望的。

2003 年在香港浸会大学，王蒙与金庸先生就《我的人生哲学》对谈，金庸先生说，他认为此书的主旨是，为人要做一个"快乐君子"。他还引用《论语》中的话说："君子坦荡荡，小人常戚戚。"除了孔夫子的影响以外，我觉得王蒙还深受新中国的建立所带来的理想主义以及苏联文学的影响，苏联最喜欢讲什么热爱生活之类的话，王蒙就是一个热爱生活的人：他爱国家爱人民，爱工作爱学习，爱亲人爱朋友，爱运动爱旅游，爱世界爱宇宙，爱体力劳动也爱脑力劳动，爱吃喝也爱艺术，爱平凡的日子也爱接受各种挑战，爱穿新衣服更爱显示自己的朴素与艰苦奋斗，爱听表扬的话也决不在乎批评乃至攻击。他爱谈政治、哲学、玄学、神学形而上，也爱谈家常、谈物价、谈时尚形而下。王蒙喜欢听音乐，音乐上他绝对不党同伐异，他爱听交响乐也爱听民族古乐，爱听昆曲、河北梆子、单弦、梅花大鼓，也爱听苏州评弹，爱听王昆、郭兰英、郭颂，也爱听约翰·丹佛的乡村歌曲，爱听帕瓦罗蒂与多明戈，甚至也爱听周璇、邓丽君、凤飞飞……你几乎无法使他厌烦，使他扫兴，使他万念俱灰、心力交瘁、不思进取。再以吃饭为例，他爱吃北方面食、广东菜、上海本邦菜、东北菜、四川菜……对法式、俄式、意大利式西餐也赞不绝口。他爱吃日本生鱼、寿司、天妇罗，韩国烧烤、泰国甜辣、印度咸辣与各种薄饼，也爱吃穆斯林地区的烤全羊或者古斯古斯（一种小麦碎片），他吃北京的臭豆腐、绍兴的霉千张、宁波的霉冬瓜，也吃法国的荷兰的各种带气味、带霉斑的乳酪和俄式红、黑鱼子。王蒙接触各种人物，高级领导、学者、外国人、港澳台胞、少数民族、基层干部、工人农民、企业家、小摊贩、宗教神职人士、"另类"作家、劳改释放犯、老中青男女、革命派、保守派、激进派、改革派、自由派、新左派。还好，我也是口味很宽兴趣很广的人。不难想象，像他这种性格，他这种豁达，他这种从来不设防，如果谁想难住我们，想摧毁我们，不是很难吗？

我很感谢金庸先生的总结，王蒙一如既往就是君子坦荡荡，他的坦率、直言、真挚我始终是学不到位的。我们这一辈子就是要做快乐的君子。倘若在你身边出现了小人，老想着使坏，我认为他们未免太辛苦了，太艰难了，我劝他们节劳制怒，但愿他们也活得善良一些开朗一些。五十多年的日子，当然经历了太多的酸甜苦辣，经历了许许多多的磨难。不但有社会政治的风云变幻，也有生老病死和灾难。1999 年，王蒙得了急性胆囊炎做急诊手术，正好赶上由他带领一个对外友协的代表团访日的时刻——正是为了访日，他一再漏报迟报轻报了自己的病情，才搞得最后相当紧张。入院那一刻，他高烧发抖，腹痛如绞，医生叫来了我们全家人，我代表家属签了字。那一刹那，我的内心承受着千斤重量，担惊受怕，但表面却要故作镇静。

病中王蒙依然情绪饱满，他一再惦记访日团的情况。他称颂护士是真正的天使。女儿给病中的他洗头剪指甲，他对女儿说："我伺候了你 30 年，今天总算你伺候了我一天，为了这一天，我这 30 年的服务也就值得了。"说得满病房的笑声，幽默与快活之中又多少有点刻薄。这个人啊，就是这样。有什么办法呢，几十年来我们一次又一次地尝到了永别亲人与好友的滋味。每当想到谁谁又走了，而我们自身也 50 岁了……60 岁了……70 岁了，我们也有哀伤，也有悲鸣，也有无奈，但同时我们也告诫自己，人心不足蛇吞象。我们对人生做出了自己的选择，我们为自己的选择付出了代价，我们又得到了那么多回应、安慰和鼓励，我们应该做到也早已做到无怨无尤，无憾无愁。我们尽我们的力量做我们应该做的事，我们已经充分享受了人生的曲折丰富，坎坷辉煌，特别是我们真正体会到了真情的无价与无悔。

2001 年 10 月我们在美国期间，中美文化交流协会的冰凌先生首先向我们发出邀请，希望 2007 年 1 月 28 日在百忙之中来美国，为我们庆祝金婚。我们听了之后深为感动。紧接着又连续受到几位朋友对我们同样的邀请。

谢谢好心的朋友的盛情。我们会快乐地迎接在人生中难得的结婚 50 周年的庆典。不仅如此，我们还要迎接金刚钻婚。我和王蒙就是这样铸在一起的金刚钻。

常回新疆看看，这是我们的夙愿。只要有机会，王蒙是不会放过的。

2004年夏末，王蒙接到了访问俄罗斯的邀请。他很兴奋，说这回又可以去新疆了。我想这不是风、马、牛吗？哪儿跟哪儿啊！

11月中旬，我们去了俄罗斯。在莫斯科，王蒙接受了俄罗斯科学院远东研究所授予他的荣誉博士学位。之后，访问哈萨克斯坦。在返程的路线上，王蒙做了精心的安排，不直接回北京，而是自阿拉木图乘汽车进伊犁霍尔果斯口岸入境，重回新疆。他说，从这条线往回走，而不是出去，是别有意味的，是一种新的体验。

我们乘一辆中国驻哈萨克斯坦使馆派的越野车，由使馆工作人员张先生陪同，只用了三个小时就到了霍尔果斯口岸。

一路上，我们心潮澎湃，感慨昨日的苏联和今日的俄罗斯以及独联体国家，又期盼着将要见到的久别的第二故乡——伊犁。这条道路上人烟稀少，土地荒凉，一望无际，没有一般的公交车。据说，这一段路最近因哈萨克斯坦总统扎尔巴耶夫访问伊犁而特别整修过。托总统的福，我们也走得很顺利。宽敞的田野里，伊犁河的流水伴随着我们。

途经的几道关口都有边防军守卫，盘查许多问题，幸亏张先生操着一口流利的俄语，那些问题都难不倒他。我们很理解这些边防军，这里一天到晚人迹罕至，太寂寞了。好不容易来了一批人，还不趁机多聊几句！

过关入境，我们的双脚踏在了祖国的土地上，景象截然不同。那边辽远荒凉，这边熙熙攘攘，热气腾腾：儿童献上鲜花，自治州领导前来迎接，热心的记者请王蒙签名。开怀谈笑中，我们与自治州以及霍尔果斯口岸的领导一起用了午餐，又合影留念。

当天下午，东道主带领我们参观了伊宁市容。放眼今日之伊宁，满目高楼大厦、车水马龙、百业兴旺，很多地方我们都已经不认识了，如果没有向导，非迷路不可。有个作家朋友开玩笑说："当年那个小渠绕城、杨林蔽天的宁静边陲小镇，只有在王蒙描写伊犁的小说系列中重温了。"

第二天一早，我们去了王蒙在"文革"期间劳动、生活过的地方——巴彦岱。远远地，就看见老少乡亲们站在村口迎候。王蒙急忙寻找他的房东——阿卜都拉合曼老人。几位乡亲拥着近 90 岁的老人走来，他们拥抱在一起（这是离疆后第四次访问了）。老人感动得两眼含着泪水。王蒙问寒问暖，老人头脑清晰，对答如流。难得的是，老人还记得我的名字，又问起我们的几个孩子好不好。王蒙看到老人神采奕奕的样子，很高兴，一个劲儿地说："您一辈子都在劳动，个子也不高大，像您这样的人一定会长寿的！"

然而我们没料到，回到北京后不过十来天，便传来了噩讯，阿卜都拉合曼老人辞世。悲痛之余，我们又有一些庆幸：幸亏前不久去看望了他，没想到那就是诀别了。

我们和新疆还有着脉脉相连的亲情，留下了无法弥补的遗憾。王蒙的二姨妈董学文，长眠在伊犁的土地上。

二姨待我像是她的亲闺女。1962年，我正在北京的一所中学教书。她说我白天上了一天班，晚上还要带孩子，太辛苦，于是主动提出帮我照料次子石儿。那年石儿才一岁半，正是累人的阶段，我们在经济上也背负着巨大压力，的确精疲力竭。

我非常感谢二姨的一番深情厚谊。她18岁结婚，一年后就没了丈夫，自始至终孤寡一人。1967年8月底，王蒙冒着险情只身一人回了趟北京，把二姨接到了新疆。这是我们共同的心愿。她很高兴，总算有了归宿。当时我在伊犁二中任教，学校分给我们一套宿舍，尽管房间不宽敞，她住外屋，我们在里间，老少三辈却天天有说有笑，和和美美。

天有不测风云，她才来了半个月，就患脑溢血病逝。多亏一位工人师傅帮助，王蒙匆忙将二姨埋葬在伊宁市汉人街边的公墓里，由于当时的种种困境，我们没能为她举办葬礼，也没能进行一场告别仪式。后来我们回到了北京，二姨却一个人永远地留在了那里。

这次来伊犁，我们最大的心愿就是再去看看二姨。于是伊宁市文化局领导陪我们一道去往公墓。

途中，路过女儿的出生地——联合医院，想起伊欢此行交代给我们一项"任务"，就是在她的出生地门前留个影。要多巧有多巧，就那么一会儿工夫，我们遇上了毛院长，忙向她打听起当年为伊欢接生的妇科大夫茹孜婉。毛院长告诉我们，茹孜婉大夫已经退休了。真是光阴似箭啊，记得当年她为伊欢接生的时候，刚从新疆医学院毕业不久，处理产妇问题的时候，总要对照着一本厚厚的《产科学》查一查。

当汽车驶过一段泥泞的小巷，到了郊外，一片茫茫无边的墓地出现在我们眼前。墓海里有着大大小小的坟头，大都没有立碑，想必都埋藏着一个个难以言说的故事。

我们的二姨在哪里呢？没有墓碑，没有名字，也没有任何人来看望过你。我们不知道怎么办才好，只能站在那些坟墓前，朝着一个遥远的方向，深深地鞠了三个躬。

对不起，二姨，请你安息。当初接你来，我们是怕你孤独，没想到会是这样的结局。命运总是在和人开玩笑啊！

那天中午，伊宁市文联为我们安排了一场盛大的聚会。演员们载歌载舞，唱了一首地地道道的伊犁民歌《黑黑的眼睛》，这是王蒙最喜欢的，婉转多情的旋律令王蒙泪下。王蒙用维吾尔语致答谢词。他说他永远不会忘记在困难年代，伊犁给他的爱护和安慰。美丽的伊宁舞蹈家当场邀我们共舞，我们仿佛重新回到年轻的岁月。

第二天，我们是在乌鲁木齐度过的。如今的乌鲁木齐面貌焕然一新。汽车从我们曾经居住了8年的团结路驶过，而我们竟然没认出来！马路加宽了，立交桥架好了，昔日大粉大绿的墙壁不见了，道路两侧的现代化高层建筑拔地而起，还修起了一座颇具民族风格的大型国际贸易市场。我兴高采烈地在里面逛了一圈，选了很多块装饰表，准备送给我的小朋友，险些被旁人认为是个二道贩子。当然，这里的商品物美价廉，如果谁有心来做笔生意，一定能赚钱。

自治区文化厅的领导领我们去了二道桥附近一家地道的新疆餐馆，品尝典型的民族美食。仅仅馕饼一项，其丰富与美味就令我们惊叹。一切都是这样熟悉和熨帖，就像我们从来没有离开过这块土地一样。

实在太开心了，我们在街上乐而忘返，老朋友楼友勤和都幸福晚上到宾馆来看望我们，居然都没有见到。直到第二天清晨，才看到他们送来的两双楼友勤亲手做的绣花拖鞋。这份情谊难能可贵啊！

下午，我们要坐飞机回北京了。踏入机舱那一刻，心中满怀着新疆的朋友留给我们的温暖记忆和祝福。尽管此行没能一一相见，但我们一定还会再来的。

真是人小心大。每当我读起这短短二十八个字的旧体诗，都感到由衷的震撼。这是一个 10 岁孩子的人生誓言啊！

2005 年 6 月，王蒙宣布要写自传了。

我的脑海里立刻为他勾画出一幅漫长岁月的图景。他在 17 岁时遇到了我，相识相伴 54 年。他的经历就是我的经历，我熟悉他如同熟悉自己。

他写了大半个世纪，文字排列起来也有几分地了。大部分的文章，我都是他的第一读者，通常只有欣赏而没有异议。只是这回的自传，当他动笔写了几章时，我看了，看了以后大吃一惊。我呆在那里，无法往下看，不敢看。

自传怎能这样写？

要真实；要对历史和未来负责；面对天地明月沧海江河山岳；面对十万百万今天和明天的读者，我要写……

他的那股傻劲儿上来了。

我知道他是怎样爱他的父母，每当他离家上班或出远门，他不止一次向他们告别。有时他会找一些借口，比如"忘"戴帽子了，明明已经出了门，再返回来取，表达他的依依不舍之情。可是他在自传中，下笔是多么沉重，他不仅写到父母的光彩，也写了他们的一些屈辱往事。我看了脸发红。

还有很多篇幅，他对自己的不堪历史毫不粉饰，以至于他被打成右派，也要自己承担一定的责任。他长年都在自责。他的心里装着伟大的、崇高的、神圣不可侵犯的信义。另一个是他的根：那么荒凉，那么贫穷，那么落后愚昧，那么不知现代化，不懂现代文明——就是中国。

我能说什么？没治！

我们平时常在一起探讨一些好的文学作品。精彩之处，当然赞不绝口，偶尔也难免有些微词。他出于对作者的尊敬和对作品的喜爱，常常忍不住提起笔，毫无保留地大加评论。他以为这是最正常的、文化人之间最神圣的品味。可见他的傻劲儿不仅表现在自传上。这就是他，王蒙。

跟他在一起时，他常常痴情地背诵幼年读过的古典诗词。尽管多年未接近，字字句句仍然烂熟于心。20世纪50年代，他迷上了苏联文学，只要是在中国翻译出版的，他几乎都看遍了。书中哪怕一句很普通的话——陶醉于这个夏夜之美，列娜想到人生有多么漫长——都会令他无比激动，心中升起一种神圣的情感，好似突然体悟到了人生的真谛。

写自传自然要回忆生活。文学创作一向出自生活而高于生活。人们都愿意通过文学作品感受到美，但美与不美，从来就不是独立存在的。因此，王蒙想通过一部诚实的自传，还历史一个原貌。

王蒙年仅10岁时，写了一首旧体诗《题画马》：

千里追风孰可匹，

长途跋涉不觉劳。

只因伯乐无从觅，

化作神龙上九霄。

真是人小心大。每当我读起这短短二十八个字，都感到由衷的震撼。这是一个 10 岁孩子的人生誓言啊！当时光流经一个甲子轮回，诗中的豪情壮志，不是都一一印证了吗？权以此当作他的自传的起点吧！

情比金坚

我们走过锡婚、瓷婚、珍珠婚、红宝石婚，终于走到了金婚。此生再也无憾无悔，有的只是骄傲与幸福！

2007年1月28日，我与王蒙迎来了金婚纪念日。

之前，我们得知许多朋友都在为我们筹备庆典，一度左右为难，不知接受哪一家的深情厚谊才好。最后，还是儿女们大包大揽，兄弟姐妹间相互"串联"，一切都不必我们操心过问。这一天，我们和36位亲朋好友欢聚在新疆饭店宴会厅，空气中溢满了鲜花的芬芳。

次子石儿以兄妹三人的名义，为我们订做了两幅镶在镜框里的苏州刺绣。其中一幅上绣着两只小鸟，在竹枝上相依相伴，另一幅则是一对小鸟相视而鸣。图画下面，绣着山、石、伊欢的名字和孩子们的祝福。外甥女、外甥男的礼物是一张健康按摩椅，友人卜健则以50朵鲜艳的红玫瑰暗喻我们的金婚岁月。

长子山儿为我们佩戴上长长的挂珠，象征福光高照，苍天保佑。

外甥女张安代表姐姐全家为我们祝福："善良的姨，您对全家人奉献着无尽的关爱，幽默的姨夫，您永远给家人带来欢乐。你们坚强、豁达的性格，你们相濡以沫、风雨同舟的经历，对我们晚辈是一种启迪和教育。你们的日子总是充满阳光和欢笑，在生活中永远快乐地向前……"

啊，赞美的话实在太多了，我们简直有些坐不住了。还是大家舞起来吧！

山儿、外甥、王蒙的弟妹各自放声高歌，侄媳妇独舞……我和王蒙在这样的气氛下，勇敢地闯进舞池，跳起了新疆舞。王蒙的两只胳膊在肩以下前后摆动，他说男子跳新疆舞是不许将臂举在肩以上的。还真有点儿研究，不愧在新疆生活了 16 年。而我呢，不时地将头带动颈部，左右、右左地扭动。这是新疆舞的一种特有的舞姿。在大家频频举杯祝贺中，小外孙来福拿着贺卡递给每位来宾签名留念。孙儿小雨、阳阳、吉米合声唱起现代派歌曲，可惜没有几个人听懂唱词。

真叫欢乐无比，实感真情无限。女儿伊欢以特有的感触，把金婚庆典载入了她的博客中。

那期间，我们接到许多朋友的祝贺。一位来自青岛的老师，她送上相册并写道：

金婚送祝福，人生贺精彩。

特别让我们感动的是一位文化部的朋友，他是这样写的：

一旦倾心，举杯共邀五十春秋；经年愈醇，浑如不觉季节变换；瞬间约定，执手相看半个世纪；历久弥新，果然证得青春万岁。

半生多事的风雨，大块文章的波折，九命七羊的多变……我们走过锡婚、瓷婚、珍珠婚、红宝石婚，终于走到了金婚。此生再也无憾无悔，有的只是骄傲与幸福。

我愿把所有的日子珍藏，我愿珍惜我们走过的路，我愿珍重！再珍重！我愿以珍重回报所有关爱我们的亲友。

我的一位忘年交小友，他说要为我们的金刚钻婚祝福送鲜花呢！我们期待着。

跋

我和王蒙风里来,雨里去,云里飞,地上走,50多年来始终在一起,彼此不曾分开。我们曾有过一贫如洗的日子,蒙受过各种屈辱;我们也拥有过"荣华富贵",受到过怀疑不解。我和他从京华帝乡到遥远的边陲,从故乡到天涯海角,从城市到穷乡僻壤,从五星级酒店到地窝子,飞过太平洋,漫游大西洋……一切的一切对我全然都不重要。我的生活信条是,只要我和王蒙在一起,即使前方有个悬崖,必要时我也情愿跳下去!

我写的这些回忆文字得到了许多朋友的支持和赞扬。有的说怎么可能把情节写得这样细,记得那么清?是不是记日记了?我说,没有。我和王蒙走过的路,每道坎坷,每个关卡,生活中的苦与乐以及发生在生活中的重大事件和微小得看来不值一提的小事,都深深地铭刻在我的记忆中。当我开启了记忆的闸门,往事悠悠,几十年的人与事,浮浮沉沉,又好比过眼烟云聚聚散散。当我把它记录下来,它又显得那么清晰。那是我们真实的人生,我花点儿时间把它真真切切地记载下来倒也值得。

很遗憾,很抱歉,我仅能捧出这个不像样的小册子,全文净是一些无关紧要的生活小事——我本来就不把大事看得那么重,我深信大事所以变得那么大就是因为你把它看得太重。我还相信,也许小事不见得比大事就不重要。因此文中如果涉及某些大事情，那实在不是我的本意。

我拾起了撒在我们生活中的无人注目的石子，很可能却把另外一些人心目中的珍珠丢失了。有人说我是一个"捡起芝麻，丢了西瓜"的人。对此评语，我很得意：芝麻、西瓜各有所好，你觉得你抱了个大西瓜，我看着像是个土地雷呢。我不喜欢西瓜的浮华与珍珠的虚夸，我喜欢的就是芝麻和石子嘛！这个道理，已经伴随了我大半生。

我太爱这些无声、无息、不起眼的芝麻和石子了，我从来都把它们视为至宝，它们构成了我生命的全部。

附录

感谢信

我的亲爱的妻子崔瑞芳逝去已经两个多星期，在这段时间里，许多单位，领导和海内外友人通过短信、邮件、唁电、电话、信函、诗文、悼词、挽联，到家里祭奠等不同的方式对她的离去表示哀悼、怀念，对我及家人表示慰问。特别是还有一些朋友专程从海外和外地前来，更加令人感动。

3月29日，我们在八宝山殡仪馆举行了她的遗体告别仪式，很多单位和个人送来了花圈，很多人亲临告别，让我们非常感动。我们将永远铭记大家的友谊，非常感谢你们。

在她生病期间，在就医、疗养等方面得到了很多朋友的热情帮助，在此也一并表示感谢。

王蒙

永远的微笑

2012 年 3 月 22 日晚，父亲、我、弟弟、妹妹在 902（北四环的父母家）刚吃完晚饭，北京医院的特护病房的护工打来电话，说我妈妈有话要说，让我们过去一趟。闻听此信，我们都大惊失色，有一种不祥的预感，四人一起急匆匆赶往医院，知道大事不好了。路上车里的气氛沉闷，都没说什么话，我和妹妹在车里就已经哭了。

大约在晚 8 点左右，我们赶到了医院病房，母亲正在昏睡。护工小声告诉我们说我母亲已经说不出话来了。一小时前母亲做手势将护工叫到了病床旁，将手放到了耳边做出打电话的样子，比画着让她打电话，护工问她是不是给家里人打，叫他们来，母亲频频点头。

"瑞芳""妈妈"，我们带着哭音叫着，母亲闭着的眼睛微微张了开来。我说，妈妈，我们永远爱您。母亲微笑，点头。妹妹说，妈妈，您放心，我们一定会照顾好爸爸的，母亲微笑，点头。妹妹又问，您是希望我留下来陪您吗？母亲点头，我让妹妹问，让王山也留下来陪您？母亲接着点头。平时母亲是不要我们晚上在病房里陪她的。

过了一会儿，母亲声音模糊小声地说，吃西瓜。妹妹流着泪，用小勺切碎了早晨买来的西瓜，一小块一小块地送到了母亲的口中。

该说的话都说了，母亲又昏睡了过去。我们商量的结果，由我留下来陪母亲。

时间一点点在流逝，我心里明白，母亲的生命也在一点一滴地流逝，但我无能为力。夜间的病房里光线昏暗，空气中弥漫着病房中特有的药味和不洁的气味，母亲的头发稀疏，由于黄疸的缘故，脸和浑身的皮肤都黄得发亮，让人心痛，昏睡中的母亲血压和脉搏都已经低于正常值了。

我默默地坐在母亲的床头。夜里一点左右，母亲从昏睡中慢慢醒了过来，她睁开眼，迷离的视线落在了我的身上，看到了我在她身旁，母亲的眼神里有几分惊讶，但更多的是欣慰。我微笑着小声叫她：妈妈。母亲慢慢抬起了身子，又躺了下去，她伸出一只手扶住了我的胳臂，虽然说不出话，但望着我，眼神、脸上渐渐充满了笑意和无比的欣慰、爱怜。此生此世，我从没有见过一个人脸上的笑容可以持续得那么久。事后我想，其中一个原因也可能是因为母亲面部的肌肉、神经已经不听指挥，麻痹了。但当时我所有的感觉就是母爱的光辉充溢在我的心间，而且是人世间最美最圣洁最亲切的笑容。

过了许久，母亲的眼睛慢慢闭上了，扶着我的手悄然滑落，再一次进入昏睡。

23日下午，母亲终于解脱了。而母亲慈祥美丽的笑容，化作了永远。

一年零四个月之前，中秋前夕，潜伏在母亲体内的癌症开始发作。因为是周末，又恰逢中秋，她就强忍着病痛，没有去医院。中秋之夜，母亲给我发来了一则短信，说她看到了天空中的一轮明月。

王山

对视的目光

——追念崔瑞芳老师

触动我心魂的，是他们对视的目光，充满了怜爱、会意、信任与关怀，时而还有一份调皮、一份撒娇、一份故意的娇嗔，全都衬在一张甜美的笑脸上。

我第一次捕捉到王蒙与夫人崔瑞芳这样对视的目光，是在杭州黄龙饭店的小花园中。两个水塘，满池的锦鲤，几株松树、桂花、一些花草，桂花树间有石头做的桌子与石鼓凳子。院子里充满了阳光，弥漫着花香。他们就隔着桌子坐着。突然，两人回过头来相互对视，那种对视的目光，我以前只在电影里看见过，那是热恋青年的目光，而此刻却是一对老夫妻眼里放出的光芒。那时他们的婚姻已经走过近50年的时光，对，那绝对是燃烧的目光，还带着只有他们那个年龄才有的慈祥。

1951年的夏天，还不到18岁的王蒙在中共北京市三区区委，将热切的目光投向那个已经19岁、"借调"到区委参加"三反五反"的崔瑞芳，他等待着她的回望。他一直等了5年，他等到了，那或许是在太原侯家巷的湖边，或许在晋祠，或许就在太原火车站！从此，这深情的对视，便一直给他们以终结一切困难的力量。

1958年的秋风很紧，被打成"右派"的王蒙到门头沟的后桑峪村去劳动，改造思想。身怀六甲的瑞芳坐着火车，将王蒙送到了门头沟的雁翅火车站，那段铁轨可以见证那个不平凡的周末旅行。在铿锵的铁轨撞击声中，相信乐观的王蒙一定是在用最美好的语言讲述沿途的大好风光，和他所在的桑峪村生活的安详。瑞芳在侧耳聆听，会心的目光就一直停留在王蒙的嘴上，紧张与笑混合在她的脸上。

1963 年 12 月的西行列车上，当孩子们枕着他们睡去，他们的对视里充满了对新生活的渴望，他们讲述着对遥远边疆生活的种种设想。1965 年，王蒙用最美好的文字描述伊犁，那是西北的江南，让瑞芳带着孩子离开乌鲁木齐到那里去安家，去那里享受葡萄架下的浪漫。到达伊犁之后，王蒙将瑞芳带到了他描述的共产主义大街上，他曾经跟她说那里是自由幸福的天堂。在街尾，他们直视着对方，脸上是会心的笑颜。到小餐馆里去，"来一份烹大虾"，她说。那是绝对的浪漫与充盈的想象。

他们一家一起笑对伊犁春天长出麦苗的屋墙，一起听农村水渠哗哗的水响，一起帮老乡家盖屋上梁。在人民医院里，他们迎来了小女儿，相视而笑，给她起个名字叫"伊欢"。生活很苦，但伊犁的人民对他们非常友善。在那个乱世，他们的生活还算安详，他们在艰苦后面发现了生活的欣欢。

乌鲁木齐的影剧院，寒夜里有他们的身影，他们不会忘记北京莫斯科餐厅的浪漫。只要条件允许，他们就为自己寻找一块只属于他们俩的地方，可能是剧院，可能是餐馆，可能就在公园深处的小路上。演出、电影，他们牵手观看。那两只相牵的手，从北京牵到了新疆，又从新疆牵回了北京，再到深圳，再到香港，再到美国，再到伊朗，再到世界各个地方。在繁闹里，他们寻找影院里的黑暗，看到快乐处，相视一笑，看到伤心处，让泪水泛滥。

1976 年 6 月，他们回到了北京，住进了喧闹的 9 平方米的住房，后来是高知楼，后来是 46 号小院、雕窝的乡间平房、郊区的别墅大房。当王蒙在那间小屋里伏案，瑞芳就在身后紧忙着儿女的学业、家庭的杂项。偶尔站在身后看一看，王蒙抬头，对视之中，一种歉意，一种欣赏。她是他的第一读者，她有权挑剔，有权评鉴。王蒙在外面滔滔演讲，在那之前呢，她已经听过并给予了指点。46号小院的石榴花开了，石榴红了，他们一起品赏。在那石榴树下读读书，打打乒乓球，他们从不让烦恼占领自己的心房。院子里来了五湖四海的朋友，一起品茗，一起阔论高谈。乡下的平房里来了松鼠，他们一起用诗来歌唱，歌唱松鼠冬天的收藏。看，核桃熟了，红果红了，王蒙抡起了大杆，瑞芳泡好了茶水在一旁观看，眼里带着几分欣赏，"小心别扭了腰，把自己的胳膊弄伤！"别墅有很大的落地窗，春天里他们就坐在大厅的沙发里，看着窗外盛开的杏花与牡丹。周围是花圃与绿地，那是王蒙的农场，他把收获的第一个果实用衣襟擦过了，献给了他的瑞芳。她没有吃，放在了某个地方。别墅门前的湖水在夏天里总飘着荷香，他们就在湖边走着，一前，一后，无需很多的语言，只有偶尔的提醒："王蒙，你慢点，前面有个坎儿"，"王蒙，你慢点，前面汽车来了好几辆！"在瑞芳的眼里，王蒙不会过马路，不会上台坎。在王蒙的眼里，瑞芳的提醒是最美的风光。

在这岁月的年轮里，王蒙的瑞芳与瑞芳的王蒙就老了，他们的眼睛已经变得有点混浊，但他们的心却从来不显沧桑，他们对视的目光还始终像60年前那样清亮。那是2005年的春天，南京的雨湿了大地与草场。他们走在百佳湖的边上，他们爬上了那条用原木做的长长的荡桥，坐上了高高的翘翘板，笑声像孩子一样爽朗。2011年的秋天，重病的瑞芳与王蒙到了南京的紫霞湖畔，王蒙坐到了秋千上，站在身后的瑞芳将他轻轻荡起，王蒙回头朝着瑞芳一笑，然后闭上了眼睛。他想到了哪儿？想到了他们曾经到过的五岳三山？还是想到了他们到过的四大洲三大洋？我想到的是 2008 年 6 月那次雨中登泰山。那天傍晚，在泰山后山的王蒙与瑞芳迎来了雷雨冰雹，他们一起撑着一把小阳伞，相互搀扶，一步一步走向泰山极顶。当瑞芳走不动的时候，王蒙跑到前面，双手给瑞芳鼓劲，眼睛注视着她流着雨水的脸庞，瑞芳微笑着："关键时刻方显我的刚强！"当天色暗淡，雨停冰消，他们站在了泰山之巅，俯看着齐鲁大地。他们的一生就是这样，一起经历风雨，一起战胜困难。一切的力量，都在那凝视透露出来的相互信任与爱的承诺中，那也是爱情给他们的奖赏。

王蒙先生秘书 彭世团